시비평집

생과 죽음의 시적 기록

조 해 옥

새미

서 문

　필자가 본 저서에서 다루고 있는 시작품들은 하나같이 생과 죽음의 비의를 찾아내고 그 의미를 밝히려는 시인들의 고투가 담겨 있다. 시인들은 강한 존재들에 가려진 작은 존재들을 노래한다. 그들은 강함이 아니라 연약함에서 삶의 아름다움과 기쁨을 발견한다. 시인들은 권력의 중심으로부터 한없이 멀고 먼 대상들에서 반짝이는 생의 진수를 보는 존재들이다. 따라서 시인의 언어에는 세상의 가치와 판단으로 구분되는 중심과 주변, 소외시키는 자와 소외되는 자, 남자와 여자, 힘 있는 자와 미약한 자의 구분이 없다. 다만 시인들에 의해 아픈 존재로 받아들여진 인간에 대한 이해와 배려가 있을 뿐이다.

　시인들이 가지는 인간에 대한 이해는, 인간은 이 세상에 버림받은 존재로서 태어났다는 인식에서 출발한다. 시인들은 근본적인 상실감을 지니고 평생을 아픔 그 자체를 몸으로 자각하면서 살아가는 우리들의 삶을 대신 드러내준다. 한계적 인간의 아픔을 그 자신의 육체로 받아들여 언어로 다시 풀어내는 시인들은 아픔을 우리 삶에서 걸러내는 일을 부단히 지속한다.

　언어를 통한 시인들의 해원의식(解冤儀式)은 시 속에서 다음과 같이 펼쳐진다. 시인들은 소멸, 즉 죽음을 역설적으로 '살아 있음'의 절정을 체험하는 순간으로 그 의미를 전환시켜 죽음에 사로잡힌 우리를 자유롭게 만든다. 죽음은 우리 몸의 살을 이루던 것들, 혹은 욕망이 다 빠져 나간 뒤 우리는 또 다른 나를 새롭게 만나게 되는 계기가 된다. 살아 있는 우리 자신의 몸은 언제나 죽음이 함께 자라고 있는 나무와 같은 것이다. 이러한 깨달음은 우리로 하여금 생과 죽음을 겸허하게 받아들일 수 있게 한다. 시인의 언어는 끊임없이 생의 경계 안으로 들어갔다가 다시 그 경계 밖으로 미끄러진다는 깨달음을 우리에게 전해준다.

그러나 시인의 언어는 생과 죽음을 초탈한 세계에서 씌어지지 않는다. 시인들은 인간으로서 겪어야 하는 삶의 갈등과 충돌을 결코 간과하지 않기 때문이다. 인간의 세상을 알지 못한 채 세상 밖의 것을 노래하는 것은 허상의 관념을 드러내는 것과 다르지 않다는 것을 그들은 잘 알고 있다. 삶은 죽음을 전제로 이루어지며, 갖가지 갈등과 고통이 응축되어 형성된다. 이 같은 인식이 우리를 절망하게 만들지만, 그것이 바로 생이 본질이며, 우리 생을 이끌어가는 힘이라는 것을 시인들은 보여준다. 희미함과 아득함만으로 인지되는 것이 인간의 유한성이면서도 역설적으로 그것들이 우리 삶의 본질적인 측면을 가장 뚜렷하게 드러내주는 것이다. 상처 입은 한 인간의 생은 어떠한 세속적인 가치도 틈입할 수 없는 순결함을 지닌다. 그것은 어둠과 죽음마저도 다 가릴 수 없을 만큼 절실하게 인간을 보여준다. 상처와 울분과 서러움이 삶의 총체적인 모습을 보여준다는 것은 모순이나, 그것 자체로 인간은 역동적인 존재가 된다. 이처럼 인간에게 부여된 삶의 외적 조건을 바꾸는 힘을 시인의 언어가 찾아내며, 그것을 읽는 우리의 내면은 생에 대한 깊은 성찰로 가득 채워진다.

2000년대에 들어와 창작된 시작품들은 대체로 생의 비의와 환희가 담겨 있다. 그러나 시인들의 시선과 내면은 작은 일상들 속에서 발견하는 생의 문제에만 천착하고 있는 듯하다. 이미 세워지고 굳어진 의식과 가치를 부정하는 데 시정신의 본의가 놓인다면, 지나치게 미시적인 범주 속에 안주하는 태도는 경계의 대상이 되어야 할 것이다. 시의 미시성이 곧 시정신의 풍요로움으로 이어지는 것이 아님을 우리들은 잘 알고 있기 때문이다. 이 같은 지적은 시인에게만 해당되지 않는다. 비평도 창조적인 생산의 장을 마련하지 못하고 있다. 동시대의 문학 공간에서 살아가는 시인과 비평가가 서로에게서 힘을 얻을 수 있을 때, 시와 비평은 다시 힘차게 각자의 역할을 소생시킬 수 있을 것이다.

본 저서를 정리하면서 비평가로서 생과 죽음의 터를 들여다 볼 수 있게 해주신 시인들께 깊은 고마움을 느낀다. 마음의 중심을 잡아주시는 부모님과 가족들, 학문의 장에서 필자를 이끌어주셨던 최동호 선생님을 비롯하여 한남대 은사님들과 고려대 은사님들께도 고마움을 전해드리고 싶다. 책이 나올 수 있도록 애써주신 새미 편집부 여러분에게 감사드린다.

서문 / 3

1부

2부

3부

1부

버려진 자들을 위한 노래

- 강은교의 시

1. 버려진 자의 노래

강은교 시인이 관심을 기울여 시의 소재로 삼은 '바리데기'는 시인의 숙명적인 생을 비유적으로 드러낸다. 시집 『풀잎』(1974)의 많은 지면을 차지하고 있는 바리데기 시편에서부터 최근의 시집 『초록거미의 사랑』에 이르기까지 강은교 시인은 '버려진 자의 노래'를 부르고 있다. 그가 인식하는 삶의 본질은 "비리데기, 가장 일찍 버려진 자이며 가장 깊이 잊혀진 자의 노래" (『어느 별 위에서의 하루』)라는 부제가 붙은 일련의 작품들에서 잘 보여주고 있듯이, 근본적인 상실감에서 출발한다.

강은교 시인은 서사 무가인 '바리데기 이야기'를 차용하여 '버려진 자의 노래'를 써왔다. 바리데기 이야기는 바리공주가 자신을 버렸던 아비의 생명을 구하기 위해 험난한 여정을 감행하고 돌아와 만신의 왕이 되는 구조를 갖는다. 버려진 자가 갖가지 고난을 이겨내고 영웅이 되는 이야기를 구술함으로써 무당은 죽은 자와 산 자의 화해를 빌고 그러한 의식을 통하여 힘든 생활에서 벗어나기를 희망하는 사람들의 바람을 풀어준다. 무당은 버려진 자로 이 세상에 태어난 우리들의 회원을 대신 풀어주는 존재이다. 시인 역시 세상에서 버림받은 존재들의 아픔을 그 자신의 육체로 받아들여

다시 풀어내는 업을 지고 있다. 다른 이의 고통과 아픔을 자신의 몸으로 받아들여 해원의식을 치른다는 점에서 무당과 시인의 역할은 같다고 볼 수 있다.

강은교는 버려진 자의 노래에 기반하여 버려진 조건을 벗어나려는 시적 자아의 의지를 다채롭게 펼친다. 그는 세상에 던져진 우리를 대신하여 떠나온 곳으로 다시 회귀하려는 의지를 표출한다. 그는 우리들이 근원적인 아픔으로부터 벗어날 수 있도록 비는 무당과 같다.

> 그렇구나, 나는 어느새
> 몹쓸 곳에 누워 있다.
> 달빛도 멀리 지나가버리는
> 무덤 위에서
> 가끔 반딧불 하나가
> 드러누운 빈 길로 달려나간다.
>
> ―「비리데기의 여행 노래」 부분, 『풀잎』

시의 화자가 버려진 곳, 버림을 받은 장소는 위 시에 나타나 있듯이, "폐허"이다. 폐허 속을 헤매는 화자의 여정에는 오로지 캄캄한 밤의 시간이 이어진다. 앞으로 발을 내디딜 수조차 없고, 오로지 추락만이 있는 절망의 지점에 시의 화자가 서 있다. 그의 절망감은 극에 달해 있다. "여기, 받쳐 들 안개도 없는 / 여기, 한 개의 추락이 다른 한 개의 추락을 손꼽아 기다리는 / 여기!"(「너를 찾아 ― 비리데기, 가장 일찍 버려진 자이며 가장 깊이 잊혀진 자의 노래」, 『어느 별 위에서의 하루』) 그러나 역설적으로 강은교의 시적 자아가 그 절망의 지점을 인식하는 순간은 그가 그리움의 대상을 찾아갈 수 있는 필연적인 이유를 보여주며, 그러한 행위의 발판이 된다. 강은교 시인의 이 같은 전환의식은 지금은 부재하지만, 그리운 이를 찾는 날이 반드시 도래할 것임을 스스로 믿게 하는 힘이다.

2. 해원(解冤)의 탄성

바리데기 공주가 온갖 난제들을 해결하고 만신의 왕이 되는 이야기처럼 강은교의 시에서 시적 화자는 버려진 자이지만, 자신의 꿈은 버리지 않는다. 왜냐하면 '버려진 조건'은 그 자신에게서 비롯된 것이 아니라, 그를 버리고 소외시키는 바깥 세계에서 발생하기 때문이다. "아주 뒷날 부는 바람을 / 나는 알고 있어요. / 아주 뒷날 눈비가 / 어느 집 창틀을 넘나드는지도."(「풀잎」, 『풀잎』) 「풀잎」은 강은교 시인이 꿈꾸는 자임을 잘 보여주는 작품이다. 그가 삶에서 갖는 절망감은 "바람"에 함축되어 있듯이 꿈이 실현될 수 있다는 기대와 공존하는 것이다.

"아야아"는 해원의 정서를 담고 있다는 점에서 「어제 금강산 풀들에게 남겨놓고 온 내 징소리」(『초록 거미의 사랑』)에 나타나 있는 상징적인 '징소리'와 동일한 음향이라고 볼 수 있다. 자신을 버린 세상에서 토해내던 바리데기의 탄식은 이제 해원의 탄성으로 바뀌어 나타난다. "아야아"는 강은교의 시집 『시간은 주머니에 별 하나 넣고 다녔다』부터 그의 최근 시집인 『초록거미의 사랑』에 이르기까지 지속적으로 표출되는데, 여기에 강은교 시인의 단호한 목소리가 담겨 있다. 아픔을 자각할 때 내뱉는 소리인 '아야'는 강은교 시인의 시 속에서 '아야아'로 바뀌는데 여기에는 다만 육체의 아픔을 표현하는 '아야'와는 분명히 다른 의미가 담겨 있다.

한 어둠이 두 어둠의 혀일 줄이야,

작은 설움이 큰 설움의 깊은 눈일 줄이야,
얇은 한숨이 두꺼운 한숨의 피일 줄이야,
한 무덤이 두 무덤의 나부끼는 속눈썹일 줄이야,

고통구름 하나 산길, 무덤 옆으로 걸어간다

아야아—

짧은 눈물이 긴 눈물의
속가슴일 줄이야!

　　　　　－「짧은 눈물이 긴 눈물의 － 향가풍으로」 전문,『시간은 주머니에
　　　　　　　별 하나 넣고 다녔다』

　　우리가 일상에서 경험하는 설움과 한숨 등은 아주 사소한 일상적 정서
일 것이나, 그러한 감정들이야말로 생의 본질적인 체험이라는 시인의 깨달
음이 바로 그의 시에서 "아야아—"로 발화되는 것이다.

　　　　　나는 정거장, 팻말 하나 오두마니 서 있는 작은 정거장

　　　　　정다운 기차 오늘 밤도 경적을 울리며 떠나는구나

　　　　　서편 하늘엔, 때 묻은 별 하나, 아야아

　　　　　　　－「정거장」 전문,『초록거미의 사랑』

　　위의 시에서 떠난 자와 떠나보낸 자 사이에 일어나는 안타까움은 '정거
장'과 '별'이라는 일상 속의 사물들의 관계로 바꿔서 인식할 때 소멸한다.
여기에서 "서편 하늘"이 의미하는 것처럼, 정거장의 이별은 살아 있는 자
와 죽음의 지대로 떠나간 자의 이별로 그 의미가 확대된다. 그러나 죽음이

정거장을 떠나는 일과 다를 바 없다고 인식하는 자의 깨달음 속에서 죽음
은 서편 하늘의 별 하나를 보는 일과 마찬가지로 일상의 일이다.

보았는가.
그것이 하하 웃으며 지느러미를 신호등처럼 흔드는 것을 보았는가.
신호등이 바람에 흔들리듯이 그렇게 흔들리는 것을 보았는가.

보았는가, 제주산 은갈치가 허리를 흔들며 거리의 파도 속을 떠다니는 것을
하하, 웃으며 지느러미로 얼굴을 가리는 것을

모든 무의미의 의미를 위하여, 아야아.

－「제주산 은갈치」 부분, 『초록거미의 사랑』

　　시의 화자가 도심에서 발견한 은갈치는 일상의 단면에 지나지 않지만,
죽어서 오히려 도심을 자유롭게 헤엄쳐 다니는 은갈치의 환영에서 시인은
죽음이라는 무거운 의미를 뚫고 솟아나는 죽음의 경쾌하고도 생생한 웃음
소리를 듣는다.
　　"산 하나 또 아물었다 // 아야아— // 잎 셋이 손을 꼬옥 꼬옥 잡고 산
을 넘는다"(「잎 둘이 또는 셋이－향가풍으로」, 『시간은 주머니에 별 하나
넣고 다녔다』), "산 것들은 서로 울음으로 화답하나니 // 아야아— // 벚나
무 가지 하나 / 없는 제 그림자와 입맞추고 있다가 / 얼른 / 그림자 위에
올라앉는다."(「얼른 그림자 위에－향가풍으로」, 『시간은 주머니에 별 하나
넣고 다녔다』) 강은교 시인의 "아야아—"는 한숨과 설움에 갇힌 자가 내
뱉는 탄식이 아니라, 생의 본의를 발견한 자가 자연스럽게 발화하는 탄성
인 것이다. "아야아"는 감정이 언어로 잡히기 이전의 소리이며, 설움과 슬
픔과 달관의 웃음이 시인의 목소리를 빌어 표출되는 소리이다.

'아야아―'는 탄식을 벗어나 한을 풀어내는 데 쓰이는 무구(巫具)로서의 징소리와도 유사하다. "어제 금강산 풀들에게 / 남겨 놓고 온 내 징소리 / 지금 무얼 하고 있을까. / 낯선 길 뱅뱅 / 돌고 있을까. / 돌고 돌면서 메뚜기 뛰는 / 풀밭들을, 산들을 이리 뛰고 저리 뛰고 있을까."(「어제 금강산 풀들에게 남겨놓고 온 내 징소리」, 『초록거미의 사랑』) 무당이 굿을 하며 장구, 북, 꽹과리와 함께 해원(解冤)을 신에게 기원할 때 두드리는 징소리는 원을 푸는 무당의 목소리와 하나가 된다. 이처럼 "징소리"는 분단의 원한이 풀리기를 비는 시인의 목소리이다.

3. 생의 전환을 위하여

강은교 시인의 시에서 '빗방울'은 역동적인 생의 전환을 꿈꾸는 그의 열망이 잘 담겨져 있는 시어이다. 「빗방울 하나가・5」에서 "우리는 언제나 두드리고 싶은 것이 있다 / 그것이 창이든, 어둠이든 / 또는 별이든."에 잘 나타나 있듯이, 빗방울은 높낮이를 가리지 않고 모든 사물 위에 떨어지고, 가깝고 먼 거리를 구분하지 않고 흘러간다. 또한 "그 속으로 포옥 **빠진다** // 포옥 포옥 모두 **빠진다**"(「빗방울 하나가・2」, 『등불 하나가 걸어오네』)에서처럼 빗방울이 어떤 것에 닿게 되면, 먼저 자기를 깨뜨리고 닿은 대상에게로 스며든다. 이 같은 빗방울의 속성은 모든 경계와 차별을 넘어서고자 하는 시인의 의지를 투사시키기에 적합한 자연물이다.

어느 곳이든 자연스럽게 흘러가고, 어떤 사물에게든 굴러가서 닿으며, 마침내 빗방울의 본래 형태를 깨뜨리는 빗방울의 움직임은 그야말로 역동적인 전환의 한 극점을 보여준다. 강은교 시인은 빗방울 하나에 담긴 이러한 전환의 힘을 발견한다. 자신을 스스로 깨고 모든 사물을 껴안아서 융합

할 수 있는 위력은 빗방울 때문에 "나의 집이 / 휘청—한다"(「빗방울 하나가·1」, 『등불 하나가 걸어오네』)고 느낄 만큼 대단하다.

> 빗방울 셋이 만나더니, 지나온 하늘 지나온 구름덩이들을 생각하며
> 분개하더니,
>
> 분개하던 빗방울 셋 서로 몸에 힘을 주더니, 스르르 깨지더니,
>
> 참 크고 아름다운 빗방울 하나가 되었다.
>
> ─ 「빗방울 셋이」 전문, 『초록거미의 사랑』

위 시의 첫 연을 보면, 빗방울들이 각자 자기를 고집하던 시간이 있었지만, 지나온 과거 생에 대한 회한을 갖고 있음이 드러난다. 빗방울들이 각각 혼자서 자신의 표면장력에 둥글게 갇혀 있을 때는 스스로에게 분개한다. 그러나 한 방울의 빗방울이 다른 빗방울을 만나면 자기의 몸에 갇혀 있던 상태를 벗어나게 된다. 「빗방울 셋이」는 홀로 분개할 수밖에 없는 우리의 생이 타자의 생을 만나 어떻게 확장될 수 있는가에 대한 비유이다. 개인의 생이 오로지 개인의 표면장력 안에서 이루어지는 듯 여겨지지만, 개인에서 벗어날 때 그 삶은 훨씬 터 크고 아름다울 수 있다. 타자를 자기 안에 받아들일 때, 타자와의 융합을 통해 우리 삶은 확장된다.

> *이제 일어서라, 이제 가라, 바람 아직 차고 매서우나, 천리향 저기 피었다, 가라,*
> *천리 향 그늘 사이로 과나코를 찾아서 가라,*
> *그늘 두엇이 그늘에 앉아 일어설 줄 모르고 이야기하는구나, 그늘은 향기롭다, 갈 줄 모르고 바람도 그 향기 곁에 주저앉아 이야기 한다, 오, 과나코 네가 일어서지 않으면 누가 네 속에서 일어설 것인가,*

(중략)

가라, 과나코를 찾아서 가라,
아 네가 만지작거린 저 문고리들, 아 네가 오늘아침 만지작 거리고
온, 저 번호판 전자 열쇠, 구름에 젖어 흔들리는 저 프랑카드의 날개들,
가라, 과나코를 찾아서 가라, 너의 황금빛 모자를 쓰고 가라,

　　　　　－「굿시 － 이제 일어서라, 과나코를 찾아서」 부분

　위 시에서 화자는 이곳에 있으며, 청자에게 이곳을 떠나 저곳으로 "가라"고 강하게 말한다. 대립적인 두 공간인 이곳과 저곳을 이어주는 매개가 바로 과나코이다. 과나코는 고지(高地)나 반사막지대에 사는 낙타과에 속하는 동물이다. 이곳에서 저곳으로 가는 길은 모랫길이다. 여기에서 과나코와 화자와 청자는 분리되어 있으면서도 하나의 주체를 갖는다. 화자는 자신의 분신인 과나코를 일으켜 청자에게 가라고 말하지만, 실은 화자가 자신 스스로에게 말을 하고 있는 것이다. 따라서 과나코도 화자이며, 그 말을 듣고 있는 청자도 화자 자신이다.

　사막을 건너게 해 줄 과나코를 찾아서 화자는 다시 떠나고자 한다. 천리향이 있는 저곳을 찾아가는 길에 지름길은 없다. 오로지 과나코처럼 발굽을 일으켜 발걸음을 옮길 수 있을 뿐이다. "오, 과나코 네가 일어서지 않으면 누가 네 속에서 일어설 것인가,"에서 자신의 분신인 과나코에게 시인은 노래한다. 일상에 함몰된 자신을 일으켜 다시 버려진 자가 되기를 강렬하게 희구하는 시인은 다시 여행을 하자고 스스로 다짐하는 것이다.

　강은교의 「굿시－이제 일어서라, 과나코를 찾아서」는 강은교 시인이 영원히 열망하는 대상이 무엇인지를 잘 보여준다. 그것은 바로 그의 시정신의 본질이라고 할 수 있는 '버려진 자의 노래'이며, 스스로 버려진 자가 되기를 꿈꾸는 것이다. 안식 없이 영원히 버려진 자이기를 희원하는 버려진 자의 노래가 그치지 않을 때, 그 노래는 모든 버려진 자들을 위한 노래로 울려 퍼질 것이다.

새로 지어지는 허공

- 김완하의 시

1. 사랑의 시

김완하 시의 에너지는 사랑에 대한 시인의 믿음에 있다고 말할 수 있다. 시인이 신뢰하는 사랑의 힘은 시적 자아가 가지는 타자와의 연대감에서 생겨난다. 김완하 시인의 시적 상상력은 타자와의 사랑, 혹은 공동체의식에 기반하고 있다는 점에서 두드러진다. 시인의 시적 자아는 항상 다른 사람들과 '함께' 있다. 함께 더불어서 사랑을 실현시킬 사람들이 그의 시에서 소중하게 다루어진다.

가족은 김완하 시의 본질적인 측면이라고 볼 수 있는 '사랑'의 시초이다. "네 울음소리 터져 나와 / 처음 이 세상 풀잎 흔들 때 / 부끄러운 삶을 묶어 / 나도 다시 태어난다 // 아가야, / 저 큰 산 네가 넘어야 한다"(「아버지가 되어」, 『길은 마을에 닿는다』) 여기에서 세파는 외적인 것이며, "큰 산"으로 나타나지만, 이는 시적 화자가 가지는 자기 안에 있는 한계적인 것을 가리킨다. 화자가 큰 산을 넘어야 함을 아가에게 지시하는 것은 바로 자신에게 전하는 삶의 방향이라고 볼 수 있다. 그런 점에서 "큰 산"은 고난을 뜻하기도 하지만, 그것을 극복해 낸 상태에서 발견하게 되는 화자 자신의 모습이기도 하다.

첫돌 지난 아들 말문 트일 때
입만 떼면 엄마, 엄마
아빠 보고 엄마, 길 보고도 엄마
산 보고 엄마, 들 보고 엄마

길 옆에 선 소나무 보고 엄마
그 나무 사이 스치는 바람결에도
엄마, 엄마
바위에 올라앉아 엄마
길 옆으로 흐르는 도랑물 보고도 엄마

첫돌 겨우 지난 아들 녀석
지나가는 황소 보고 엄마
흘러가는 도랑물 보고도 엄마, 엄마
구름 보고 엄마, 마을 보고 엄마, 엄마

─「엄마」 부분,『그리움 없인 저 별 내 가슴에 닿지 못한다』

아기가 만나는 모든 사물과 현상은 아가에게 어떤 것 하나도 지루하지 않게 다가온다. 아기의 눈에 띄는 것들은 아기의 감각과 인식에 '그대로' 들어온다. 아기가 감각하는 대상은 그 의미가 미리 선제되지 않은 상태로 받아들여지기 때문이다. 이 말은 선제된 의미에 사물들이 갇히지 않은 채로 받아들여진다는 뜻이다. 아기의 눈은 고정된 관념들로 가려지지 않은 사물의 알맹이를 볼 수 있다. 그런 점에서 아기의 눈은 사물의 본질을 들여다보는 시인의 눈과 다르지 않다. 아기의 눈과 시인의 눈은 언제나 새로운 것을 발견해 내고, 익숙한 사물들을 새롭게 한다는 점에서 같다.

시인은 세상 속의 아기이다. 위 시에서 아기가 발화하는 "엄마" 소리는 새로운 발견에서 오는 경이감의 표출이다. "엄마"는 아기가 사물을 대할 때 저절로 터져 나오는 최초의 발화이며, 감각의 바탕이 되는 근원적 발화이다.

내장산 밤바람 속에서
눈발에 취해 동목(冬木)과 뒤엉켰다
뚝뚝 길을 끊으며
퍼붓는 눈발에
내가 묻히겠느냐
산이여, 네가 묻히겠느냐
수억의 눈발로도
가슴을 채우지 못하거니
빈 가슴에
봄을 껴안고 내가 간다

　　　　　(중략)

이 세상 가장 먼 데서
길은 마을에 닿는다
살아 있는 것들이 하나로 잇닿는 순간
숨쉬는 것들은
이 밤내 잠들지 못한다
맑은 물줄기 산을 가르고
모퉁이에서 달려온 빛살이
내 가슴에 뜨겁게 뜨겁게 박힌다
내장산 숨결 한 자락으로
눈발 속을 간다

　　　　　－「눈발」 부분, 『길은 마을에 닿는다』

　　김완하 시인은 거시적(巨視的)인 시적 자아를 가지고 있다. 위의 시에서
눈발과 시의 화자는 대립한다. 화자의 '빈가슴'은 비어 있는 만큼 채우고
싶은 갈망도 크다. 그것의 크기는 그가 어떤 대자연과도 맞설 수 있을 정
도이다. 폭설도 화자의 포부와 열정을 다 덮지 못한다. 이 같은 화자의 태
도는 대상에 대한 장악력의 과시는 아니다. 화자가 대상을 대하는 자세에
는 그가 자기 자신에게 가지는 웅대한 포부가 내재한다. 이는 김완하 시인

의 내면을 가득 채우고 있는 삶과 존재의 열정이라고 볼 수 있다. 위 시의 마지막 두 행에 나타나 있듯이 '숨결'의 순결함과 고결한 의지를 더욱 견고하게 만들어주는 역할을 하는 것이 바로 '눈발'이다. 눈발을 뚫고 나아가는 화자의 목소리가 크게 울린다. 눈발은 다만 시련의 의미가 아니라 아픔을 포근하게 덮어주는 큰 자연의 품으로서의 의미를 지닌다.

> 허공에 매달려 내려보는 요산은 평범한 구릉이라고나 할까
> 요산은 계림의 빼어난 산들과 달리
> 밋밋하고 둥글둥글했다
> 다만 정상에서 내려다보는 주변 산들이
> 그곳이 산속임을 알게 했다
> 산은 때로 자신의 모습을 숨기고
> 다른 산의 아름다움을 보여주기 위해서
> 필요할 때가 있기 마련이지
>
> (중략)
>
> 그들과 나 사이에 요산은 다시
> 수천 개의 형상으로 솟아나고 있었다
> 요산의 주변으로 멀리 우쭉우쭉 솟은 산들이 뭉개지며
> 노을 속에 몸을 비우고 있었다
> 그렇다면, 요산은 그들과 나 사이에 존재하는 것
> 요산은 계림에 없다
> 내가 본 것은 안개 속에 가려진 산의 그림자
>
> ―「계림(桂林)에 가서 ―요산(堯山)에 올라」 부분, 『네가 밟고
>   가는 바다』

　화자에게 요산은 평범해 보인다. 그러나 그 평범한 풍경에서 화자는 드러내지 않는 겸허함을 깨닫는다. 위 시는 바로 우리들의 관계, 나와 너의

관계성 속에서 발견하는 생의 지혜를 노래한다. 동양의 사양지심(辭讓之心)이 인간관계를 원만하게 해주는 지혜로움을 뜻하는 것처럼 "그들과 나 사이에 요산은 다시 / 수천 개의 형상으로 솟아나고 있었다"는 우리들이 가지는 관계에 대한 확인이다. 그것은 바로 겸허함이며, 이 겸허함이 우리들이 관계 속에서 이루어내는 사랑의 질박한 바탕이 된다. 따라서 평범한 구릉을 가지고 있는, 밋밋하고 둥글둥글한 산의 형상은 시적 화자의 곁에 있는 평범한 모습으로 나타나지만, 사랑의 대상들인 사람들과 화자 자신이 만들어낸 형상이다. 빼어난 절경이 먼 거리에 존재하는 이상적인 것이라면, 평범한 형상의 요산은 현실 속에서 서로 사랑하면서 살고 있는 사람들의 모습이다.

김완하의 신작시는 사랑을 시적 사유의 바탕으로 삼고 있다는 점에서 이전의 작품들과 유사하다. 그러나 대상을 대하는 그의 태도는 다르다. 이전의 시는 시적 자아가 외부에 맞서서 사랑을 노래한다는 점에서 거시적 태도를 보이지만, 신작시에서 시인은 바깥이 아니라 시인 자신의 내면으로 침잠하여 생의 의미를 새롭게 감지하고 있다.

2. 허공, 화해의 공간

김완하의 신작시에서 시인의 시적 자아는 외부에서 시선을 거두고 그 자신의 내면으로 깊이 들어가 있다. 시인이 새롭게 창작의 방향을 설정하고 있고, 또한 도달하고자 하는 내면의 깊이와 넓이는 '허공'이라는 시어에 응집된다.

> 곶감 먹다가 허공을 생각한다
> 우리 일생의 한 자락도

이렇게 달콤한 육질로 남을 수 있을까
얼었다 풀리는 시간만큼 몸은 달고
기다려온 만큼 빛깔 이리 고운 것인가

맨몸으로 빈 가지에 낭창거리더니,
단단하고 떫은 시간의 비탈 벗어나
누군가의 손길에 이끌려
또 다시 허공에 몸을 매다는 시간

너를 향한 나의 기다림도
이와 같이 익어갈 수 없는 것일까
내가 너에게 건네는 말들도
이처럼 고운 빛깔일 수 없는 것일까

곶감 먹다가 허공을 바라본다
공중에 나를 매달아본다
보이지 않는 힘으로 감싸는 빈 손
내 몸 말랑말랑 달콤해진다

　　　　　　　－「허공에 매달려 보다」 전문

　위 시에서 '허공'에는 감의 떫은 시간을 벗어나는 시간, 끝이 아니라 과정의 시간이 있다. 시에서 "얼었다 풀리는 시간"은 고난을 생의 에너지로 바꾸는 과정이 고스란히 담긴 시간을 의미한다. 김완하 시인은 노래한 바 있다. "가진 것 없이 한겨울 지낸다는 것 / 그 얼마나 당당한 일인가 / 스스로를 버린다는 것은 또 얼마나 아름다운가"(「생의 온기」, 『길은 마을에 닿는다』). 여기에서 고난을 아름다운 일로 전환시키는 시의 힘은 그것에 항상 시선을 두고 있는 시인의 마음에서 비롯된다.

　떫은 감이 얼었다가 풀리기를 반복하면서 달콤한 육질과 고운 빛깔로 바뀌는 것처럼, 시의 화자도 '너'와 나 사이의 '떫음'을 벗어나기를 꿈꾼다. '너'와 일치하지 못하는 시간을 지나서 너와의 화해를 기대하는 절실한 심정이 화자로 하여금 허공을 꿈꾸게 한다. 따라서 허공은 화자가 불일치에서 화해로 나아가는 과정이 펼쳐지는 시간이며, 공간이다.

> 뻐꾹새 소리 따라 걷는다
> 산 속 들어도
> 뻐꾹새 보이지 않고
> 소리만 환하게 산을 울린다
>
> 뻐꾹새는 나무 위에서 우는 것이 아니다
> 내 속에서 울고 있다
> 숲으로 한참 걸었는데도
> 소리만 울창하다
>
> 뻐꾹새 어디에 있는 걸까
> 산 속 깊이 들어갈수록
> 소리만 더욱 울울창창하다
>
> 소리는 다만
> 산으로 나를 끌어당길 뿐,
> 뻐꾹새 좀체 몸을 보이지 않는다
>
> ―「산길」 전문

김완하 시인은 시적 자아와 바깥 세계, 혹은 타자와의 관계성을 소중하게 다루어왔다. 그의 시적 자아는 타자와의 사랑에 도달할 수 없어서 안타까워한다. 신작시에서도 시인은 '사랑'을 찾아내고 그에 도달하고자 하는 열망을 나타낸다. 그 열망은 시인의 바깥이 아니라 시인의 내면을 향해 있다. "소리는 다만 / 산으로 나를 끌어당길 뿐, / 뻐꾹새 좀체 몸을 보이지 않는다"(「산길」)에서처럼 열망의 대상은 화자 앞에 자신의 몸을 보여주지 않는다. 갈망의 대상에 쉽게 도달할 수 없기 때문에 시적 화자는 더 큰 갈망을 갖는다. 시인에게 열망의 대상은 "뻐꾹새는 나무 위에서 우는 것이 아니다 / 내 속에서 울고 있다"(「산길」)에 나타나 있는 것처럼 바로 자기 자신이다.

3. 팽팽한 생의 한복판

김완하 시인은 진정한 '나'의 모습을 적극적으로 탐색한다. "들녘 지나는 바람 / 탱탱한 목화송이 에워싸고 / 연록 새잎에 날 들이대지 / 말랑말랑 목화솜 / 어머니 손끝서 무명실로 날 세우지"(「어머니의 손끝」) 시인이 자신을 찾으려는 자세는 참으로 날카롭다. 이는 시인이 가지는 감각의 예리함으로 볼 수 있을 것이다. 그것은 "어머니 손끝서 무명실로 날 세우지"에서 어머니가 감지하는 손끝의 날카로운 촉감과도 같다. 어머니의 손끝은 목화솜에서 실을 날처럼 예리하게 자아올리는 힘을 지니고 있다. 「어머니의 손끝」은 김완하 시인이 바라는 시인으로서의 감각이 어떤 것인지를 함축적으로 보여주는 작품이다. 날카로운 어머니의 손끝 같은 시인의 감각은 그의 신작시에서 '허공'의 의미를 포착하는 데 집중되어 있다.

'허공'은 시에서 통상적으로 '텅 비어 있는 공중'에서 오는 허무감을 연상시키는 소재로 쓰인다. 동시에 '허공'은 가시적(可視的)인 현상을 초월해 있는 어떤 상태를 이르기도 한다. '허공'이 지상의 번잡함에서 초탈한 공간을 지시할 때, 그것은 가시적인 것의 한계를 벗어나 있는 것들로 '꽉 차 있는 상태'를 뜻한다. 그때 허공은 앞에서 살펴본 뜻과는 정반대의 의미로 바뀌게 된다. 김완하 시인이 그의 시에서 보여주는 허공은 후자의 의미에서 출발하고 있는 시적 사유라고 말할 수 있다.

얼마나 숨 가쁜 고요가
저 숲을 움켜쥐고 있는가
나무는 잠시도 쉬지 않는다
바람의 장단 숲에 들어와
나무를 키우고 있다
서로의 어깨 감싸는 나뭇잎
허공 들고 일어서는 나뭇가지
숲이 또 하나의 나무를 끌어당긴다
계곡 등지고 나무가 서 있다
눈 쌓인 응달과 머릿속 환한
나목의 뿌리를 재우며 계곡이 흐른다
순간, 벼랑 뛰어내려 하늘로 솟구친
매 한 마리
능선을 타고 맴돌다 날개 짓 멈춘다
사이, 허공이 팽팽하게 긴장한다

　　　　　　　　-「一瞬」 전문

　　나무가 가지를 위로 뻗어 펼치는 것을 시인은 나무가 "허공을 들고 일
어서는" 것으로 표현한다. 나무의 형상에서 우리는 하강이 아니라 상승하
는 고결한 영혼을 본다. 상승하는 생을 보면서 우리는 생의 고결함을 잃지
않으려는 열정을 발견하는 것이다. 그렇기 때문에 나무는 의지적인 인간이
지향하는 생의 상징이 되기도 한다. 생의 열정으로 나무에게 생의 한복판
이라고 볼 수 있는 '허공'이 팽팽하게 긴장한다.
　　"바다에 너무 오래 머물렀는가 / 괭이갈매기 / 허공 한 바퀴 휘돌아 와
서 / 바다 가운데 첨벙 몸을 부리네 // 저항하듯 몸을 던지네 / 바다를 몇
번 찍다가 / 生을 부리듯, 한 순간 / 털썩 털썩 바다에 온몸을 놓네"(「괭이
갈매기」) 괭이갈매기에게 바다는 비껴갈 수 없는 생의 터전이다. 괭이갈매
기가 바다에 자신의 생을 첨벙 부려서 먹이를 구하는 것처럼 시의 화자에

게 허공은 자신의 온 몸을 던져서 살아가야 하는 삶의 한복판을 의미한다. 따라서 김완하 시인이 신작시에서 집중하여 시적 사유를 펼치는 시어인 '허공'은 이상적이고 관념적인 것을 가리키지 않는다. 그것은 생의 한복판을 뜻하는 말이다.

허공이 지닌 일차적인 의미를 벗어나 있는 김완하 시인의 '허공'은 지상의 한계적 상황들로부터 자유롭고자 하는 시인의 열망을 함축한다. 그러나 허공이 지상, 혹은 현실과 완전히 분리된 상태에서 꿈꾸는 시인의 자유를 뜻한다기보다는 생에서 한 치도 비껴서지 않은 채 도달하려는 자유라는 점이다. 초월 대신에 대결을 선택하는 시의식은 김완하의 시에서 두드러진 특징이다. 김완하 시인의 허공은 시인 자신이기도 한 사유의 대상과 첨예하게 맞서서 확보하려는 자유로움이다. 따뜻하게 떠 있는 달은 시인이 꿈꾸는 생의 자유가 이미 획득된 상태를 보여주는 "허공 속의 집"(「허공 속의 집」)이다. "나를 비껴간 시간 속에 허공이 살아 있다"(「흔적」)고 김완하 시인은 노래하는데, 여기에서 시인은 자신의 한계적 테두리에 갇히기를 거부한다. 시에서 화자 자신이 그의 인식의 대상이기 때문이다. 신작시에서 시인은 미시적이고 예리한 감각으로 내면을 추구하는데, 시인이 그 내면 탐색의 끝에서 얻어낸 것이 바로 「흔적」에 나타나 있듯이 '나' 자신에게서 사유의 거리를 가지는 여유이다. 자신을 사유의 대상으로 삼을 수 있는 것은 자신으로부터 자유로울 때 가능하다.

시인은 언제나 의식의 어린 아이가 되어 익숙한 것들에서 새로운 의미를 찾는다. 시인의 의식을 긴장시키는 이 같은 자세는 시인으로 하여금 말랑말랑한 사유의 집을 허공에 새로 짓게 한다.

사랑의 신, 조그만 어머니를 위한 노래

- 김혜순의 시

1. 세상을 읽는 근거로서의 여성

전통적으로 정신과 육체, 이성과 감정, 천상과 대지, 남성과 여성의 대립항을 가지는 이분법적 사유 속에서 후자에 속하는 개념들은 전자보다 열등한 존재로 취급되어 왔다. 전자들은 후자들보다 우위를 차지하면서 밝은 세계를 이끄는 합리적인 것들로 분류되었다. 반면에 후자에 속한 것들은 어둠의 세계를 구성하는 비합리적인 존재들로 치부되었다. 그러나 그것들이 경계지을 수 있는 것이며, 분리되는 것인가라는 질문을 던졌을 때, 본래 분리되지 않는 사물 혹은 현상들을 분리시키는 인간의 어리석음을 확인하게 한다.

김혜순의 시는 모든 것을 경계짓고 한정시키는 인간 자신의 어리석음을 신랄하게 파헤쳐낸다. 그것을 파헤치는 도구이자 매개가 '여성'이다. 왜 시인은 여성에 대해서 지속적으로 천착하고 있는가. '여성'과 '소외', 이 두 단어 사이에 밀접한 연관이 형성되어 온 사회에서 시인이 여성이라는 존재를 비판의 도구로 삼은 근거가 확연히 드러난다.

> 눈물 한 방울 들고 가는 여자 있어.
> 눈물 한 방울 들고 세상을 지우며.

지우며 가는 여자 하나 있어.
눈물 한 방울 들고 제 얼굴도 지우며 가는
여자가 하나 있어.

절름발이 여자가 간다.
부러진 다리에서
부러진 다리를 꺼내며, 꺼내며
여자가 하나 걸어간다.

　　　　　－「리듬」 부분, 『또 다른 별에서』

　위 시에서 "여자"의 일상을 채우고 있는 것은 눈물 한 방울이다. 눈물
은 그 여자의 신산한 삶을 상징적으로 드러낸다. 그녀가 세상을 살아가는
것은 세상을 지워가는 것이며, 자신의 존재를 지워가는 것이다. 인간은 자
신이 존재하는 공간 속에서 끊임없이 자신의 모습을 창조하고 새롭게 바
꾸어 나간다. 공간과 인간은 서로에게 영향을 끼치면서 재창조되는 것이지
만, 「리듬」의 여자에게 세상은 그녀로 하여금 눈물로만 존재하게 하는 공
간이다. 여자는 세상 속에서 자신의 존재를 확인하고 발견해 가는 곳이 아
니라, 존재를 지워가는 곳이기 때문에 그녀와 세상과의 관계는 온전할 수
가 없다. 그렇기 때문에 그녀는 "절름발이"로 세상과 맞설 수밖에 없다.
「리듬」의 여자가 세상을 걸어가는 모습은 "부러진 다리에서 / 부러진 다
리를 꺼내며, 꺼내며" 고통스럽게 끌고 가는 형국이다.
　"우리집에 정박한 한국식 압력 밥솥 '또 하나의 타이타닉 호'"(「또 하나
의 타이타닉 호」, 『달력 공장 공장장님 보세요』)에서 가사에 침몰한 여자
를 시인은 타이타닉 호에 비유하고 있다. 시의 화자는 자신의 삶이 "압력
밥솥"이라는 하나의 사물로 귀착되고 있음을 확인한다. 여기에서 화자는
자신을 비주체적인 존재의 구렁 속에 있는 존재로 인식하는데, 그에게 가

사는 관습적으로 주어진 역할이며, 그렇기 때문에 자율성이 배제된 역할이라는 것을 그는 깨닫기 때문이다. 자신의 의지와는 무관하게 여자의 일은 바깥에서 만들어져서 그녀에게 주어진다. 그것을 거부하려는 여자의 본능은 "문풍지가 한밤 내 바르르 떨고 / 하이얀 식탁보는 눈처럼 짜여지고"(「레이스 짜는 여자」, 『우리들의 陰畵』)처럼, 그녀의 내부와 외부 사이에서 억제될 수밖에 없다.

2. 위장된 도시와 대체된 인간

여성에 대한 인식과 더불어 김혜순의 시에서 뚜렷하게 드러나는 시정신은 '타자화 된 나'를 자각하는 시적 자아에 관한 것이다. 집단이 중심이되고 개인이 가려지던 이전의 시대에 비해 현대인의 삶은 보다 개인적인 삶이 전면화 된다. 그러나 그 표층을 걷어냈을 때, 개인이 강조되는 현대인의 자유는 좀 더 정밀한 권력의 관리체계 아래로 편입된 거짓 자유라는 사실이 드러난다. 개인으로서 가지는 욕망은 주체적인 자신의 소유가 될수 없다는 점에서 그것들은 타자화 된다고 볼 수 있다. 육체의 주인은 바로 '나'이고, 자기 육체의 모든 것이 자기의 것처럼 여기지만, 그러한 생각은 거짓에 불과한 것임을 김혜순의 시는 잘 보여주고 있다.

> 죽은 줄도 모르고 그는
> 황급히 일어난다
> 텅 빈 가슴 위에
> 점잖게 넥타이를 매고
> 메마른 머리칼에
> 반듯하게 기름을 바르고
> 구더기들이 기어나오는 내장 속에

우유를 쏟아붓고
죽은 발가죽 위에
소가죽 구두를 씌우고
묘비처럼 즐비한 거리를
바람처럼 내달린다

-「죽은 줄도 모르고」 부분, 『어느 별의 지옥』

이 시에서 "그"는 대도시의 생활자로 드러난다. 그는 출근 시간에 맞춰 "황급히 일어"나서 넥타이를 매고 머리에 기름을 바르고 우유를 마시고 도심을 향해 내달린다. 여기에서 화자는 "그"를 죽은 자로 묘사하고 있다. 살아 있는 시체의 일상이라는 극단적인 상황 속에서 시인은 시상을 전개하고 있다. 그것은 도시생활인으로서 그에게 요구되는 것들이 그의 존재를 대신하고 있으며, 그의 실재는 어디에도 없기 때문이다. 넥타이, 기름 바른 머리, 구두가 그의 몸을 대신한다. 그를 장식하는 것들이 그의 육체의 주인이다. 다른 것들로 대체된 몸을 가지고도 그것을 의식하지 못한 채, 그는 도시에서 요구하는 속도에 맞춰 공동묘지와 다름없는 도시 공간 속에서 살아간다. 자기 자신을 잃어버리고도 그것을 자각하지 못하는 그는 텅 빈 가슴과 구더기가 차 있는 내장을 가진 죽은 자와 다를 바 없다.

김혜순은 비주체적인 인간을 죽은 자로 혹은 현실 공간에서 삭제된 존재로 본다. "이렇게 마주 앉은 그와 내 앞에 / 텅 비어 있는 것처럼 / 내게서 곧 / 그는 없으리라 / 그래 아마 이제 곧(「앞에 앉은 사람」, 『어느 별의 지옥』)"에서 화자는 마주앉은 사람을 본다. 화자는 앞에 앉은 사람이 '있다'는 것을 입증해 줄 수 있는 것은 어디에서도 찾을 수 없다는 섬뜩한 사실을 발견한다. 이는 화자 자신에게도 해당되는데, '그' 앞에 마주 앉은 나도 아마 이제 곧 없어질 것이다.

날마다 창문 밖에서 벽돌은 올라가고, 내 입 안으로 콘크리트들이 밀려들어오네. 오아시스로 쏟아져 들어오는 사하라의 모래처럼 집들이 밀려들어오네. 내 콧구멍 속에, 내 머리카락 속에, 내 귓바퀴 속에다 집을 짓는 집들. 바람이라도 불면 우거진 지붕들, 넘실거리는 기둥들, 고동치는 창문들, 아우성을 송출하는 안테나들, 서울엔 아무도 없고, 차곡차곡 쌓인 집들만 있다네.

– 「나의 오아시스, 서울」 부분, 『달력 공장 공장장님 보세요』

우리는 도시의 거리나 광장, 그리고 대형 건물들에 개인적이고 주관적인 의미를 부여하지 않는다. 이곳에는 주관적으로 인지될 만한 장소들은 끼어들 여지가 없기 때문이다. 이는 안식처로서의 의미를 가지는 '집'과는 대조적인 공간이다. 「나의 오아시스, 서울」의 '집'은 인간에게 친밀하고 고유한 장소로 나타나지 않는다. 집은 사막의 모래처럼 모든 것에 침투하여, 그것들을 밀어내고 대신 주인의 자리를 차지하는 대상이다. 집은 더 이상 살아 있는 장소로서의 의미를 가지지 않는다. 집들로만 채워진 서울을 화자는 역설적으로 "나의 오아시스"라고 부른다. 본래적인 것들이 이질적인 것들에 의해 지배되고 대체되는 현상이 서울과 그곳에서 살아가는 인간들을 마비시킨다. 이 같은 현상은 "비 오는 밤의 풍경이 내 두 팔 안에서 / 나 없이도 울고, 나 없이도 헐떡거린다 / 비 오는 밤, 풍경의 한복판"(「풍경 중독자」, 『달력 공장 공장장님 보세요』)에서처럼 상징적으로 드러난다.

오늘 아침 청계천을 꽉 메운 차들
내려다보고 있을 때 문득 스치는 풍경
길고 긴 피난민 행렬, 우리들의 무의식
울지도 못하고 떠밀려가는 보따리 행렬
죽어서도 못 썩을 우리들의 陰畵

– 「우리들의 陰畵」 부분, 『우리들의 陰畵』

김혜순은 생존경쟁 속에 내던져진 도시인들에게서 전후(戰後) 인간의 군상을 발견한다. 청계천 상가 골목을 채우는 장사꾼들은 보따리를 짊어지고 전쟁기의 피난민 행렬처럼 떠밀려간다. 이곳에서 타자는 생존경쟁의 대상이다. 그러므로 타자와의 관계는 적대적일 수밖에 없다. 타자와 소통이 불가능할 때, 인간은 자아를 확인할 기회를 갖지 못한다. 외부와 차단된 인간은 결국 자기소외에 부딪히게 된다.

> 세수수건 쓴 여자가 제일 먼저 내린다
> (업힌 아긴 그 여자의 아기가 아니다)
> 두 다리에 고무타이어를 잘라 붙인 남자가 내린다
> (고무타이어 봉지 속엔 잘생긴 두 다리가 접혀져 들어있다)
> 얼굴에 검댕칠을 한 한쪽 팔 없는 아이와
> 그보다 작은 아이가 내린다
> 그 아이 둘이 더 먼 지하도에 부려진다
> (그들은 형제가 아니다)
>
> -「서울의 새벽」부분, 『나의 우파니샤드, 서울』

「서울의 새벽」은 거짓된 인간관계를 도구로 삼아 구걸하는 사람들의 모습을 보여준다. 사람들의 동정심을 사기 위해 위장한 걸인들은 서울이라는 공간에서 맺는 인간관계의 비정상적이고 위장된 모습을 함축적으로 드러낸다. 시인은 엄마와 아기, 형제, 불구를 가장한 사람들을 통해 가족이라는 가장 기본적인 인간관계에 대해서도 회의를 제기한다.

김혜순의 시적자아는 모든 것들이 뒤틀려버린 서울에서 벗어나기를 갈망하지만, 서울은 도저히 벗어날 수 없는 미궁의 도시이다. 그는 자신이 거대한 감옥에 갇혔다는 것을 자각하면서도 "어떻게 밖으로 나가지?" 라는 헛된 물음만을 반복할 뿐이다. "미로는 날마다 골목 끝에 유리문을 세운다. 이 몸을 깨뜨리고 어떻게 밖으로 나가지? 내 몸 밖에서 누가 나를 아직도 부르고 있는데……"(「서울」,『나의 우파니샤드, 서울』) 벗어날 수 없는 감옥이기 때문에, 그곳은 「죽은 줄도 모르고」에서처럼 "묘비처럼 즐비한 거리"이며, 「나의 우파니샤드, 서울」에서의 "일천이백만 개의 무덤"으로 뒤덮여 있다.

3. 세상을 이끄는 작은 존재

김혜순은 여자의 육체를 통해서 세상을 보는데, 세상은 속악함으로 가득차 있다. 그러나 그 속악한 세상과 충돌하는 시적 자아들은 끊임없이 세상과의 화해를 꿈꾸고 있다. 여자의 몸으로 세계를 읽고 여자의 몸으로 세상과 화해하려는 절박한 몸짓이 그의 시적 형상을 빚어낸다. 세상을 끌어안고 상처를 치유하는 여성의 몸은 한 개체로서의 여자를 벗어나서 보다 큰 존재로 드러난다. 세상에서 소외된 존재이며, 작은 존재가 역설적으로 세상을 이끄는 큰 존재임을 김혜순은 일찍이 간파하고 있었던 것이다. 시인은 소외시키는 자와 소외되는 자, 남자와 여자, 힘 있는 자와 미약한 자로 뚜렷한 경계가 지어진 곳에서 그 경계를 무너뜨리는 작업은 그의 20여년의 시력을 거치면서 계속된다.

> 순간 모든 거울들 내 앞으로 한꺼번에 쏟아지며
> 깨어지며 한 어머니를 토해내니
> 흰옷 입은 사람 여럿이 장갑 낀 손으로
> 거울 조각들을 치우며 피 묻고 눈감은
> 모든 내 어머니들의 어머니
> 조그만 어머니를 들어올리며
> 말하길 손가락이 열 개 달린 공주요!
>
> ─「딸을 낳던 날의 기억」 부분,『아버지가 세운 허수아비』

새로운 개체들을 생산해 내는 여자들의 역사는 어머니, 외할머니, 외중조할머니, 외고조할머니로, 또 그 윗대의 무수한 어머니들로 거슬러 올라간다. 인간의 역사가 아버지들만의 역사였지만, 김혜순은 어머니들의 역사도 뚜렷하게 존재하고 있음을 "조그만 어머니"인 딸을 해산하는 어머니의 심정을 통해서 잘 보여준다. 「딸을 낳던 날의 기억」은 어머니의 창조 작업에 의해서 이 세상이 지속되고 형성되어 온 사실을 명료하게 드러낸다. 인간의 역사를 지속시켜온 원동력이 어머니들에게서 비롯되었음에도 불구하고, 그 커다란 힘을 부정하는 아버지들의 역사는 편협함이라는 근본적인 결함을 감출 수 없다. 부권중심의 사회는 여성과 남성의 인습적 차별에서 발생하는 문제들에 한정되지 않는다. 인간의 신체에 근거한 편견과 차별은 결국 인간 자신에 대한 소외를 초래하기 때문이다. 김혜순은 이러한 인식의 부조리함에 대해 다음과 같이 조롱한다. 화자가 딸을 낳는 순간, "모든 내 어머니들의 어머니"가 말하길 손가락이 열 개 달린 공주요!" 라는 외치는 소리는 낡은 인식을 통쾌하게 깨뜨려 버린다.

김혜순은 어머니들에게서 부조리하고 속악한 세상을 순결하게 지켜온 위대한 힘을 찾아낸다. "문을 쾅쾅 두드리며 그들은 올까 / 모든 전쟁의 문이 열리고 / 모든 전쟁의 문을 막아서며 없어요 없어요 / 고개를 젓는 여자들이 쏟아져 나온다 // "없어요 없어요 난 안 감췄어요"(「여자들」, 『나의 우파니샤드, 서울』). 여자는 전쟁이라는 폭력으로부터 아들과 남편을 지키기 위해 자신들의 몸으로 감싸 안는 어머니이며 부인이다. 또한 여자는 "죽은 어머니는 늘 돌아오시대. / 부지런히 돌아오시대. / 풍로 하나 안고 어둠 하나 지펴서 / 늘 돌아오시대(「또 다른 별에서」, 『또 다른 별에서』)처럼 이승을 떠나서도 이승에 남은 자식들에게 삶의 험난함을 견딜 온기를 주는 존재이기도 하다.

처녀 엄마의 눈물만 받아먹고 살다가
유모차에 실려 먼 나라로 입양 가는
아가의 뺨보다 더 차가운 한 송이 구름이
하늘에서 내려와 내 손등을 덮어주고 가네요
그 작은 구름에게선 천 년 동안 아직도
아가인 그 사람의 냄새가 나네요
내 자전거 바퀴는 골목의 모퉁이를 만날 때마다
둥글게 둥글게 길을 깎아내고 있어요
그럴 때마다 나 돌아온 고향 마을만큼
큰 사과가 소리 없이 깎이고 있네요
구멍가게 노망든 할머니가 평상에 앉아
그렇게 큰 사과를 숟가락으로 파내서
잇몸으로 오물오물 잘도 잡수시네요

－「잘 익은 사과」 부분, 『달력 공장 공장장님 보세요』

　　엄마의 눈물과 아가의 차가운 **뺨**, 깎이는 길 위의 나, 노망든 할머니의
모습에는 삶의 아픔들이 응축되어 있다. 그러나 시인은 그런 아픔들 위에
"작은 구름"인 눈송이를 내려서 포근히 감싼다. 삶은 사과를 익히는 과정
이며, 껍질을 깎아서 만든 길 끝에서 비로소 잘 익은 사과를 맛보는 것이
아닌가라고 노래하는 「잘 익은 사과」는 부조리한 세상과 그로부터 상처받
은 것들을 치유하는 힘이 무엇인가를 잘 보여준다.

소멸을 비추는 순간

- 이사라의 시

1. 발꿈치를 물고 도는 시간

"태초에는 시간이 진흙 덩어리였다". 그러나 "시간이 / 토막 나는 / 나날이 이어졌다"(「시간」). 우리가 경험하는 시간은 연속적이어서 분절되지 않는다. 이처럼 분할되지 않는 시간은 근대에 이르러 분할이 가능한 것으로 인식되었다. 시간의 흐름은 단선상의 균질한 양으로 분할된 무수한 지점들을 거치는 것에 불과하다. 그 축적되지 않고 사라져버리는 시간의 경험은 인간으로 하여금 불안감에 휩싸이게 한다. '시간이 흐른다'는 것은 단선상에 분할되어 놓인 시간의 파편들을 거쳐서 죽음이라는 종점에 접근해가는 '소멸하는 시간'을 의미한다. 여기에서 소멸은 죽음의 일회성으로 말미암아 폐쇄된 소멸인 것이다.

이사라 시인은 그의 시집인 『시간이 지나간 시간』에서 대체로 황혼기의 시간, 소멸하는 시간을 시적 제재로 삼고 시인의 상상력을 펼치고 있다. 그러나 그는 시간의 소멸에 대한 불안감을 표출하지 않는다. 고대인들은 시간의 흐름을 순환하는 자연 현상에서 찾고, 순환하는 자연처럼 인간의 시간도 순환한다고 여김으로써 죽음의 불안에서 벗어날 수 있었다. 이사라 시인은 이 같은 소멸의 시간을 역설적으로 '살아 있음'의 절정을 체험하는 순간으로 그 의미를 전환시켜 존재의 자유로움을 표출한다. 그는 죽음으로 점점 다가가는 시간 앞에서 겸허한 인간의 자세를 잘 보여주고 있다.

> 그 여자 단풍 드는 여자
> 어머니
> 내 속에 서 있는 나무
>
> 그 시간 단풍 드는 시간
> 죽음
> 내 속에 서 있는 나무
>
> 그 입술 단풍 드는 입술
> 침묵
> 내 속에 서 있는 나무
>
> 그 몸 단풍 드는 몸
> 詩
> 내 속에 서 있는 나무
>
> 죽을 줄 모르는 죽음으로
> 살 속의 물과 꿈, 긴 속삭임 다 쏟아내고
> 내 속에 뼛가루 꽃나무를 꼿꼿하게 세운다

-「단풍」 전문

죽음은 끊임없이 누군가로부터 이어받고 나를 거쳐서 또 누군가의 몸으로 이어질 것이다. 이 죽음은 생의 견고한 결정체로 나타난다. 나의 생을 어지럽히던 살을 이루던 것들이 다 빠져 나간 뒤 나는 또 다른 나를 새롭게 만나게 된다. 나의 내면 속에서 충돌하던, 나의 육체를 들끓게 하던 욕망들이 지배하던 시기가 단풍 들기 전의 나무라면, 그것들을 다 쏟아낸 나의 빈 육체는 단풍이 드는 나무일 것이다. 나를 새롭게 세우는 것들이 어머니이고 죽음이고 침묵이고 시이다. 그러므로 내가 '단풍 드는 것', 즉 황혼과 소멸의 시간 위에 내가 서 있는 것은 육체와 정신의 종말적인 소멸이라고 할 수 없다.

위의 작품에서 황혼의 시간에 순응하는 화자의 자세가 아름답게 느껴지는 이유는 어디에 있을까? 시의 화자는 단풍나무를 보면서 단풍나무의 생의 절정을 보여주는 시간이 언제인가를 알아챈다. 그러한 인지를 바탕으로 삼아서 그는 새로운 자기를 발견하는 계기로 삼는다. 화자는 자신의 몸을 소멸로 향하는 시간에게 순순이 내준다. 단풍 드는 시간, 단풍 드는 몸은 삶보다 죽음이 더 친밀하다. 그렇기 때문에 「단풍」에서 죽음의 시간은 어둡게 그려지지 않는다. 화려하게 물든 이파리들을 꽃으로 매단 "꽃나무"가 되는 황혼의 시기야말로 단풍나무가 누릴 수 있는 생의 절정이기 때문이다.

어머니와 나는 똑같이 "단풍 드는 몸"을 가졌다. 나는 어머니로부터 내게로 이어지는 죽음의 시간을, 다시 나에게서 누군가로 이어질 "죽을 줄 모르는 죽음"을 느낀다. 나의 입술이 비로소 침묵의 의미를 알게 되는 시간, 죽음이 내 몸 속에서 나고 자라고 서 있는 나무라는 것을 알게 되는 때야말로 '살아 있음'을 체험하는 순간일 것이다.

> 겨울이 다 지나갔을까?
> 빙판에 다리 부러져 누운 시계
> 그 시계
> 이제는 말할 수 있답니다
> 죽을 만큼 힘은 들었어도 마침내
> 빙하기를 건너왔다고
> 흥얼흥얼 노래처럼 말하지요
>   (중략)

이제 막 봉우리 맺는 꽃잎의 속살이 훤히 보이고
꼬마 시간들 마구 뛰쳐나오려는 것도 보여요
어머니의 발꿈치를 물고서

－「어머니」부분

「단풍」에서 어머니가 화자의 몸 속에 서 있는 나무로 그려진 것처럼 위
시에서도 생성과 소멸을 겪는 모든 유기체는 서로의 발꿈치를 물고 동그
란 원을 그린다. 내 속의 어머니, 어머니 뒤의 나, 어머니 앞에 서 있는
봉우리 꽃잎과 꼬마 시간들은 환(環)으로 이어져 있다. 어머니는 나보다 먼
저 죽음에 가까이 다가간 사람이지만, 생성의 시간에 가장 근접한 사람이
기도 하다. 어머니는 지나온 생의 고통들에 대해서도 "홍얼홍얼 노래처럼"
이야기할 수 있는 시간 위에 누워 계신다.

"인연의 끝도 모른 채 / 나는 선반 같은 세상의 밑을 무심히 지나다녔
을 뿐이다" "어떤 밤은 / 시간이 지나간 시간을 씻으면서 / 맑아지고 싶
다"(「시간이 지나간 시간」) 시간이 이미 많이 흘러버린 육체를 가진 화자
는 그것에 대한 안타까움을 표현하기보다는 시간이 지나간 자리를 사랑하
겠다고 다짐한다. 시간에 대해 새롭게 인식하는 순간은 시간이 지나가고
있을 때는 알 수 없다. 그것이 지나갔을 때라야 인식의 순간이 비로소 찾
아오는 것이다.

나뭇잎 하나 툭 떨어지더니
바닥에서 숨죽이고 있네

바람이 이곳 저곳 세상을 훑다가
우연한 죽음 하나 만드는 시간
저도 모르게

한 세상이 끝나야 하는 나뭇잎 같은
죽음은

　　　　(중략)

그들이 달려오기 전에
점점 뒤틀리고 말라가는 나뭇잎들 가만히 몸을 뒤집네

뒷길에서
그래도 질긴 환상을 만나고 있는지
웃으면서
이곳을 잠깐 동안 흔들고 나서

온통 나뭇잎들
점멸 신호등처럼 깜박깜박 거리면서
죽음을 향해 질주하네

　　　　－「나뭇잎 뒤」

　떨어진 나뭇잎은 이미 죽음의 시간 속으로 들어온 존재들이다. 마지막으
로 자신의 존재를 잠깐 흔들어 보여주고 죽음을 향해 불려가는 "나뭇잎
뒤"에 화자는 서 있다. "죽음 / 나는 너를 모른다 / 너로 불리는 죽음들을
알 뿐이다", "삶과 죽음이 서로 끌어당기는 / 신비의 펑 뚫린 중심－ / 먼
거리를 알 뿐이다 / 그 길 끝까지"(「먼 거리의 죽음」) 아무도 죽음이 어디
에 있는지, 그것의 정체가 무엇인지 알 수 없다. 다만 내 앞에서 먼저 죽
음을 체험하는 다른 대상들을 통해서 죽음에 이르는 길을 짐작할 수 있는
것이다. 전혀 알 수 없는 순간, 미지의 순간에 지상으로 툭 떨어져 날려가
지만, 여유롭게 생을 마감하는 나뭇잎들은 화자로 하여금 죽음을 맞는 자
세를 보여준다.

2. 세상의 흠집들이 찾아드는 곳, 둥근 무덤들

순환하는 자연을 보면서 그들 자신도 자연의 일부라고 사람들은 죽음을 새로운 생이 내재된 것으로 인식했다. 그들은 재생을 꿈꾸며 죽은 자의 몸을 방치하지 않고 땅에 묻었다. 육신의 죽음으로 끝나지 않는다고 인식할 때, 죽음은 생물학적인 종말이 아닌 또 다른 삶을 마련하는 계기가 된다. 죽음은 삶과의 완전한 차단이 아니라 또 다른 삶으로 가는 길이라고 볼 수 있다.

이사라 시인의 여러 편에 쓰인 무덤 이미지들은 일회성으로 끝나는 종말로 죽음의 의미를 풀어내고 있지 않다. 그의 시에서 죽은 자의 세상인 무덤은 생명체를 기르는 젖무덤에 비유되거나 산 자의 세계와 소통하는 장소이거나 또 다른 생을 준비하는 '재생'의 장소로 나타난다. 「성묘」의 화자는 공원묘지에서 이승과 저승이 동시에 공존하고 있음을 감각한다. 「관계」의 화자는 방금 이승을 마감한 자의 "붉은 무덤"에서 "생의 입자들"을 발견한다. 「책」의 화자는 "볼 수 없는 세상은 무덤"일지라도 "무덤을 가슴에 달아 젖무덤으로 커가는 / 나날들의 삶 속에서" 생기를 잃지 않으려는 의식을 드러내기도 한다. 「조금 높은 곳은 푸르다」에서 화자는 "젖이 퉁퉁 붉은 무덤이 뒷산에 있다"고 노래한다.

무덤과 젖무덤은 둥글다. 둥근 형상을 가진 이들은 이사라 시인의 의식 속에서 새로운 생명체를 키우고 생산하는 둥근 자궁의 의미와 결합한다. "산 속에서 새떼가 튀어 나온다 / 산은 몸이 뚫린다 / (중략) / 산-길 / 행복하다면 행복하다 / 불행하다면 불행하다 / 누군가를 키우고 있는 몸은 / 길을 제 속으로 놓고 있는 몸은 // 언젠가는 살아온 길을 되돌아가리니 / 산속에서 / 빠져나가는 길을 알아챈 새들처럼"(「산속에서 생기는 일」) 여기에서 산은 다른 개체를 키워서 그것을 세상 밖으로 내보내는 몸이라는 점에서 여성의 자궁과 흡사하다. 길러진 새들이 산의 품속을 빠져나가듯,

새로운 생명체는 자궁으로부터 떨어져 나와 세상 속으로 들어간다. 그러나 산의 몸을 열고 뛰쳐나온 새들, 세상 속에서 살게 된 자들은 "언젠가는 살아온 길을 되돌아" 갈 것이다. 여성의 자궁은 생명의 비롯된 곳이며 동시에 그 생명이 다 소진된 자들이 되돌아가는 '무덤'이기도 하다. 그것은 또한 세상 속에서 상처 입은 존재들을 감싸안는 치유의 "씨방"이기도 하다. "씨방 속에 모진 기억 숨기고 / 열꽃처럼 터지는 이름, 그녀로 살면서 / 한 세상 / 그녀는 그림자만 쌓다가 / 헐겁게 빠져버린다 / 한 무더기의 녹슨 나사못이 / 텅 빈 씨방 속으로 다시 찾아든다"(「그녀, 그녀들」) 「산속에서 생기는 일」에서 산은 새들이 산을 빠져나갔다가 언젠가는 다시 되돌아올 장소인 것처럼 "그녀, 그녀들"의 자궁을 떠나 세상 속에서 녹이 슨 못들이 다시 찾아드는 곳이다.

공원묘지 가는 길에 구절초 한 세상
살아서 만나본 적 없는 사람들이
둥근 세상을 먼저 만들고
우리에게는 봉분을 건네주는데
손으로 받아서는 안 될 것 같은
따듯한 햇살 한 줄기 흘러들어
나를 키우네
누군지 모르는 그를 사랑하라거나
이름뿐인 그대를 섬기라는 눈빛도 아닌데
가다 말고 돌아보는 저 세상에서의 속삭임을
나는 듣네
공원묘지 가는 길에 구절초 같은
생각 한 세상
살아서도 만날 것만 같은 둥근 세상
가을볕을 함께 걷네"

−「성묘」 전문

이사라 시인은 심연의 거리가 있는 죽은 자와 산 자의 공간 사이에 따뜻한 가을 햇살로 다리를 놓는다. 화자는 봉분 속에 둥근 세상을 먼저 만든 사람들과 가을 햇살을 함께 쬐면서 그들과 일체감을 느낀다. 저승 사람들은 화자보다 "둥근 세상을 먼저 만"든 사람들일 뿐이다. 둥근 세상과 서 있는 세상은 나뉘어진 공간이 아니다. 「단풍」에서 "단풍 드는 몸", 즉 죽음이 내재된 육체를 가졌다는 점에서 사람들이 동일한 존재이듯이 먼저 둥근 세상으로 떠난 사람들은 곧 둥근 세상으로 들어갈 "우리에게 봉분을 건네"준다. 죽음과 생이 동시에 햇살을 쬐고 가을볕을 함께 걷는다는 화자의 깨달음이 화자의 몸 속으로 스며들어 그의 삶을 키우는 양분이 된다.

> 붉은 무덤 앞에서 나는 목을 떨군다
> 작은 나무들이 서 있고 비문이 서 있고
> 생이 서 있는 나는 상큼하게 발꿈치를 들 수도 있는 나는
> 누워 있는 시간을
> 누르고 있는 시간을 보고 있다
> 다 도망간 시간을
> 아무도 세울 수 없는 시간을
> 황혼에 싸여 말랑말랑한 시간을
> 눈물에 비춰가며
> 보고 있다
>
> 만화경 속에서 저렇게 반짝이는 생의 입자들!
>
> ─「관계」 전문

붉은 무덤은 생의 영역에 서 있던 시간이 방금 누워버린 시간이 된 죽음의 장소이다. 여기에서 생과 죽음의 영역은 마치 경계가 지어진 것처럼 보이지만, 생과 죽음 사이에 그어진 금이란 선후(先後)라는 시간적 차이에

지나지 않는다. 지금은 "생이 서 있는 나"도 곧 누워 있는 자가 될 것이기 때문에 서 있는 화자와 누워 있는 시간 속의 사람과의 관계는 친밀하다. 그러므로 이별의 눈물 속에서 바라보는 붉은 무덤이 화자에게는 "반짝이는 생의 입자들"로 비치는 것이다. 반짝이며 흩어져버린 생의 입자들은 생기 있게 반짝이며 또 다른 생으로 빚어지리라. "다 도망간 시간", "세울 수 없는 시간"은 서 있는 자들의 판단에 불과하다. 붉은 무덤 속의 시간은 봉분 속에서 둥글게 움직일 것이다. 「어머니」에서 어린 시간과 황혼의 시간이 서로의 발꿈치를 물고 동그란 원을 그리고 있듯이 무덤 속의 시간은 둥글게 순환한다. 서 있는 사람들의 시간이 일직선으로 흐르는 단선 구조 속에 갇혀 있다면, 둥근 봉분 속의 시간은 어떠한 모양으로 고정되지 않은 아직 태어나지 않은 "말랑말랑한 시간"인 것이다.

이사라 시인은 그의 시에서 시간에 대한 깊은 인식을 보여주고 있다. 죽음을 일회적인 소멸로 보지 않고, 그로부터 새로운 생을 발견하는 것은 쉽게 도달할 수 있는 깨달음이 아니다. 또한 그러한 깨달음을 드러내는 시가 우리에게 감동으로 쉽게 전환되기도 어렵다. 자칫하면 추상적인 사색으로 떨어지기 쉬운 '시간'이라는 시적 소재가 이사라의 시에서 구체적으로 감각되는 것은 바로 시인 자신의 시간 체험이 상상력의 바탕을 이루고 있기 때문이다. 시인의 몸과 의식은 생의 시간보다는 소멸의 시간과 가까이 있는 듯하다. 그러나 소멸의 시간에 근접한 시인은 불안감이나 자괴감을 드러내지 않는다. 오히려 자신의 몸을 그 시간에 편안히 싣고서 즐긴다. 소멸하는 시간에서 생의 절정감을 체험하는 시인은 죽음으로 점점 가까이 가는 인간이 가질 수 있는 겸허함과 순응을 투명하게 그리고 있다. 죽은 자의 세상인 무덤이 산 자의 세상에 내재된 것이며, 또 그들이 살아갈 미래의 세상이라는 자각은 우리의 몸 속으로 스며들어 우리가 살고 있는 현재의 삶을 키우는 따뜻한 빛이 될 것이다.

몸에 대한 시적 성찰

- 신달자의 시

1. 시정신의 치열성, 말하는 몸

인간의 육체는 이푸 투안의 진술대로 "우주의 像이며 우주적 틀의 중심이다. 신체는 구체적인 세계의 부분이므로 신체는 세계 경험의 조건이며, 세계에 접근할 수 있는 대상"(이푸 투안, 『공간과 장소』, 구동회·심승희 역, 도서출판 대윤, 1995, 147면)이다. "몸이 없다면 사회성도 없고, 현실도 없다. 사회적이라는 것은 무엇보다 먼저 '상호육체적'인 관계에 있다는 것을 의미한다. 오직 (살로서의) 몸 때문에 우리는 지각될 수 있으며, 우리 자신을 먼저 타자의 몸에, 그 다음에는 타자의 마음에 관계시킬 수 있다. 몸은 세계에 있어서의 우리의 '사회적 자리잡기'이다. 오직 이런 의미에서만 세계는 몸과 같은 것으로 이루어져 있다고 말할 수 있다."(정화열, 「생태철학과 보살핌의 윤리」, ≪녹색평론≫, 1996, 7·8월호, 7－32면) 육체는 사유의 기초이며, 실존의 토대가 된다. 따라서 육체에 대한 인식은 삶의 본질을 해석할 수 있는 중요한 접근 방법이다. 몸은 나를 창조하는 바탕이 되고 그러한 나의 창조는 또한 타자와의 관계 속에서 이루어지는데, 이때 매개가 되는 것도 바로 몸이다. 신달자 시인의 시적 사유의 출발점은 '몸'에서 시작된다고 볼 수 있다.

사람은 자고 몸만 깨어서
몸의 한 모서리를 헐어내고 있습니다
올올이 풀려서 더 큰 몸이 됩니다
몸은 다시 그 몸의 노비(奴婢)가 되어
한밤을 지새울 회초리가 됩니다
제 몸 풀어 제 몸 칠 회초리가 됩니다

−「말하는 몸」부분, 『이제야 너희를 만났다』

　사람이 잠이 들었을 때조차 몸은 깨어서 자신의 몸을 헐고 풀어낸다. 또
한 스스로 회초리가 되어 제 몸을 치고 몸 위에 흐르는 시간까지 친다. 자
신을 헐어내고 회초리가 되어 자신을 치는 것은 고통스럽다. 그러나 몸은
자신에게 가하는 긴장을 늦추지 않는다. "더 큰 몸"과 "몸의 노비(奴婢)"라
는 극을 오가는 것을 마다하지 않고 화자는 몸을 가지고 극한까지 가서 자
신과 대응하려는 의식의 치열함을 늦추지 않는다. 그는 세상과 대응할 수
있는 원동력이 자신에 대한 염결성에서 나오고 있음을 잘 알고 있기 때문
이다.

　성찰의 장소가 바로 몸이며, 그 매개가 되는 것 역시 몸이다. 그러한 몸
은 스스로 자율성을 지니는 "말하는 몸"인 것이다. 말하는 몸은 신달자의
시 「광야」와 「뒷산」에서 새롭게 태어나는 모체로 나타나기도 하고, 「중년」
에서 자각의 시간이 축적된 몸으로 표현되기도 한다.

나무인줄 알고
어느 바람이 슬며시 떨구고 갔을까
씨방인줄 알고 아예 은밀히 박혀있었을까
내 몸에 내 살이 되어버린
우박 한 알
몇 번의 봄도 다녀갔지만 녹지 못하고

매운 고집처럼 버티고 있는
서늘한 냉소
얼음 박힌 눈으로 보는 세상은 늘 겨울
나는 콜록거리며 겨울거리를 헤매고
얼음판이 되어 가는 내 몸을
저 들판의 얼음 위에 누워
차라리 더 꽁꽁 얼어 입다물게 하고 싶었다

그러나
따뜻한 눈물 한 방울
얼음 속에 오래 살아 있었는가
아주 느리게 세상 밖으로 걸어 나오는
눈 비비며 온 몸으로 걸어 나오려는 전언 들린다
겨울 저녁 답 두 눈에 피어나는 불꽃
충혈

– 「얼음 덩어리」 전문

　「얼음덩어리」는 하나의 몸에서 일어나는 삶에 대한 대립되는 자세를 표현한 작품이다. 그것은 '얼음 박힌 눈'과 '불꽃을 담은 눈'이라는 두 개의 눈으로 나타난다. 나는 '얼음 박힌 눈'으로 나의 내부를 들여다보고, 바깥을 본다. 그때 내가 보게 되는 것은 "서늘한 냉소"를 띤 나 자신이며, "늘 겨울"로 인식되는 나의 바깥이다. 그러한 인식은 내게 고통을 안겨주지만, 화자인 나는 내 몸에 박힌 얼음덩어리를 거부하지 않는다. 얼음덩어리는 화자인 나의 존재의 토대가 되고 있음을, 진정한 생의 온기란 어디에서 오는 것인지를 나는 잘 알고 있기 때문이다.

　얼음덩어리는 나의 몸 속에서 몸이 만들어 낸 아픔의 결정체로 아픈 삶이 흘리는 눈물로 키워낸 것이다. "저 들판의 얼음 위에 누워 / 차라리 더 꽁꽁 얼어 입다물게 하고 싶었다"는 나의 고백은 세상을 향한 나의 맹렬하고도 차가운 열정과 투신을 드러내는 것이다. 몸이 견딜 수 있는 최대치의 추위, 그 극한에 도달했을 때, 비로소 생은 온기를 띨 수 있게 된다. 여기에서 볼 수 있는 것은 극한까지 도달하고자 하는 신달자 시인의 치열한 시정신이다. 이 극한의 지점에서 생을 바라보는 두 번째의 눈인 따뜻한 눈물과 불꽃이 담긴 눈이 떠지게 되는 것이다. "온 몸으로 몸 속에 박힌 얼음을 끝까지 밀고 나갔을 때, 나의 몸 속에 살아 숨쉬던 온기의 씨앗은 "눈 비비며 온 몸으로 걸어 나오려는 전언"을 들을 수 있게 되고 세상을 바라보는 대립적인 두 개의 시선은 이제 그 경계를 허물게 된다.

"대부도 일몰을 바라보던 날 / 열 개의 손 / 열 개의 발톱 / 헤아릴 수 없는 머리카락 한 올 한 올에서 / 어깨 허리 관절 하나 하나에서 / 쩌러렁 쩌러렁 종이 울리기 시작했다 / 종은 상처를 알리는 신호음인가 / 아픈 곳에서 더 큰 종소리가 울렸다"(「종소리」) 몸은 슬픔과 눈물이 이룬 형상이며, 응집체이다. 그러나 「종소리」에서 시적 자아는 슬픔에 머무르지 않고 몸 속에 품은 상처와 눈물을 언제든지 "종소리"로 기화시켜 날려버릴 수 있는 여유를 갖는다. 이 같은 인식의 전환은 몸이라는 장소에 슬픔이 들어오는 것을 거부하지 않고 오히려 그것을 기꺼이 받아들이는 데서 가능한 것이다.

2. 새살로 지어지는 몸

오늘 나는 너의 벗으로 돌아왔다
태풍에 휩쓸려 무너질 것 다 무너지고 서슬 푸르게 벋어가던 욕망의
가지 다 꺾이고 부끄러울 곳도 가릴 것 없이 다 벗겨져 돌아왔다
광야여 손잡아 다오

오늘 나는 더 어두울 수 없는 어둠으로 더듬거리지 않고 돌아와 빈
들판으로 누운 너의 살이 되려 한다
무너질 것 다 무너진 속살의 흐느낌 풀어 너의 발끝을 씻으며
너의 안에서 끝내 허물어지지 않는 집을 짓고 허문
나의 꿈을 바라보고자 한다
내가 사모하던 꿈을 꿈의 먼 나라에서 바람에게 전해 들으며 광야의
큰 가슴으로 큰 귀로 땅에 엎디어 수세기를 지나도록 전해 듣고자 한다
나보다 먼저 돌아와
광야가 된 나의 영혼이여

—「광야에게」 전문, 『이제야 너희를 만났다』

"돌아와 빈 들판으로 누운 너의 살이 되려"하는 화자의 행위는 화자의
의지적 측면을 드러낸다. 눕는 것은 몸을 땅에 최대한 밀착하는 것이고,
이 같은 행동은 인간이 취할 수 있는 한 가장 낮은 자세로 지극한 겸손의
의미를 내포한다. 또한 눕는 행위는 인간의 죽은 몸이 땅 속에 '눕혀져'
흙으로 돌아간다는 점에서 죽음의 이미지를 형성하기도 한다. 살아있을 때
지녔던 모든 것을 다 벗고 땅에 눕혀지는 죽은 자의 세계에서 산 자가 가
지는 욕망과 그가 갈망하던 어떠한 가치도 적용되지 않는다. 그러나 이러
한 죽음의 세계에는 새로운 삶에 대한 사람들의 희원이 내재되어 있다. 사
람들은 죽음을 대하면서 새로 지어질 몸을 꿈꾼다. 사람들은 순환하는 자
연의 이치를 보면서 새로운 생의 내재를 죽음에서 발견하거나 육신의 부
활과 영원한 삶을 동경한다. 「광야에서」의 화자가 "빈 들판으로 누운 / 너
의 살"이 되기를 희망하는 것은 죽음의식을 거침으로써 지금까지와는 전
혀 다른 '살'로 새로 지어질 생명을 꿈꾸는 것이다.

화자가 광야로 '돌아오기 전'에 떠돌아다니던 곳에서 화자의 몸과 의식
을 지배하던 욕망의 논리란 이곳 광야에서는 쓸데없는 것에 지나지 않는

것이다. 따라서 위에서 이야기한 화자의 의지적 측면이란 욕망이 지배하던 이전의 삶에서 벗어나서 죽음이라는 통과의례를 거쳐 새로운 몸으로 태어나고자 하는 열망이다. 화자가 자신을 둘러싸고 있던 모든 것을 잃어버렸을 때, 역설적이게도 그는 너-화자의 본질적인 자신을 상징하는 광야-를 얻을 수 있게 된다. 더 이상 잃어버릴 것이 없는 빈 몸의 화자는 이렇게 노래한다. '나는 너-광야-의 벗이 되었다'.

욕망과 부끄러움과 경계를 짓는 의식 등이 빚어낸 몸이라는 형상은 화자가 꿈꾸는 것이 아님을 「광야에서」는 잘 보여주고 있다. 화자가 보기에 자신의 지금까지의 삶의 여정은 몸을 버리는 과정이었다. 광야를 떠나 있는 동안은 화자 안의 영혼과 육체로 표현되는 '나'가 엇갈려 온 시간이었지만, 육체의 욕망을 버리려는 화자의 강한 의지는 화자인 '나'와 내가 그동안 찾아 헤매던 '진정한 나'를 "벗"으로 만들어준다.

외로울 적에
마음 답답할 적에
뒷산에 올라가 마음을 벗는다
나무마다 하나씩 마음을 걸어 두고
노을을 받으며 드러눕는 그림자
돌아갈 것이 없는 빈 몸이다
뒷산은 뒷산은 내 몸이다
무겁게 끌어온 신발의 진흙덩이
서리 감겨 살을 에는 하루의 바람
모두모두 부려 놓는
뒷산은 뒷산은
울먹이는 내 몸이다

−「뒷산」 전문, 『이제야 너희를 만났다』

위 시에서 화자는 몸을 땅에 밀착하고 땅에 "드러눕는" 행동을 함으로써 뒷산과 하나가 된다. 화자는 일상의 몸을 버리고 빈 몸의 상태, 즉 뒷산이 된다. 이전의 자기를 완전히 버리려는 화자의 잠재적인 죽음의식은 진흙덩이가 신발을 무겁게 하고 살을 에는 듯한 바람이 부는 일상 속에서 화자를 깨운다. 화자는 끊임없이 죽음으로써 새롭게 태어날 수 있는 것이다. 그런 점에서 뒷산은 일상의 무덤이면서 새로운 몸이 지어지는 모체가 된다.

가지런히
수저를 놓는다

가지런히
신발을 벗는다

그렇듯 정성스레
그대를 본다

꽃도 새도
구름도 바람도
지금은
진심으로 만나지 않으면

공손히
깊숙이
조심스레
껴안지 않으면 안된다

– 「중년」 전문, 『이제야 너희를 만났다』

'가지런히', '정성스레', '공손히', '조심스레' 움직이는 화자의 행동에는 고요와 평온이 감돈다. 그는 자신의 행동과 마음가짐을 스스로 바라보고 의식하고 있다. 화자가 그처럼 행동하는 것은 몸짓 하나에도 의미 없는 것은 없다는 깨달음에서 비롯된다. 그 깨달음의 시간은 "중년"에 온다. 화자가 만나는 어떠한 대상이든, 또 자신의 행동이든 '함부로' 대하거나 표출할 수 없다는 인식은 '중년'의 시간이 축적된 자의 체험이 있기에 가능한 것이다. 신달자 시인은 삶의 소중함을 '중년'에 압축시켜 표현하고 있다. 인간의 겸허함과 진심을 아는 시간이 바로 중년에 이르러서야 가능한 것이다.

나를 비우고 다른 나로 바꾸고자 하는 것은 주체적인 나로 거듭 태어나려는 나의 바람이다. 내가 내 바깥의 모든 것들과 관계를 맺는 것은 나의 진심과 겸허함과 비움이 있을 때, 다시 새롭게 이루어질 수 있다. 나는 이전의 나를 벗고 외부의 것들을 받아들인다. 그때 내 바깥의 것들도 이전의 형상들을 벗어버리고 내가 그것들을 진심으로 받아들이는 것처럼, 내 안의 진심으로 들어올 수 있는 것이다. 비주체적인 나로부터 진정으로 나 자신의 주인이 되는 것이다.

3. 지상에 각인되는 몸

신달자 시인이 그의 작품 속에서 그리고 있는 대상들은 연약하고 미소한 존재들이다. 그러나 그는 그 대상들과 시적 자아를 일치시키면서 그들이 얼마나 뜨거운 생을 지녔는가를 역설적으로 보여준다.

> 장롱 구석에 쳐 박혀있는 반짇고리 속에
> 골동품처럼 누워있는 대바늘 하나
> 실 꿰어 본 지 참 오래

애틋하다
나는 바늘을 뽑아
바람도 들지 않는 바늘구멍 안으로
윙크를 하며 내 한쪽 삶을 바라본다
어차피 바늘 따라 오는 실없고
실 따라 오는 바늘 없는
툭툭 끊겨있는 지나온 길들 위에
잎 다 떨구고 소름끼치게 서 있는
가을나무들이 보인다
사실 나는 대낮 청명한 날
이빨로는 끊어지지 않는 튼튼한 실을 꿰고
저 시청 앞 광장을 남보란 듯 박음질하고 싶은데
나와 너 나와 바다 나와 비행기
나와 저 빛나는 별 세계와
풀지 못하는 관계를 다지고 싶은데
하나가 아니라 둘을 잇는 기능을 살리고 싶은데
야밤에 구멍하나로 눈 떠 있는 알바늘 하나
뱀처럼 기어가면 능구렁이처럼 실이 따라오는
그런 악연도 없는
밤 두 시

반짇고리 어둠 속
발가벗은 바늘하나 낙엽처럼 떨어져 있다

　　　　　　-「바늘」 전문

　　화자가 느끼는 자기 존재의 크기는 구석에 처박혀 있는, 골동품 같은,
낙엽처럼 떨어진 바늘의 크기만 하다. 대바늘은 화자에게 기억이며 흔적이
다. 한때 중요한 역할을 했던, 지금은 골동품 같은 바늘은 그와 동일시하
고 있는 화자의 과거와 현재의 대조적인 삶을 보여준다. 화자는 현재의 시
간에 서서 지나온 자신의 삶을 다시금 반추해 본다. 그 삶이란 "툭툭 끊겨

있는 지나온 길들 위에 / 잎 다 떨구고 소름끼치게 서 있는 / 가을나무들이 보"이는 여정이었다. 화자는 자신이 꿈꾸던 삶과는 전혀 일치하지 않는 과거의 시간을 들여다보면서 전율한다. 지나간 세월은 화자의 가슴을 찌른다. 세월의 흔적은 어떠한 것도 남아 있지 않다. 그러나 이 같은 상실감은 현재의 시간에 서 있는 화자가 살아 있는 존재라는 사실을 그 어떤 것보다도 날카롭게 확인시켜준다. 화자의 생을 이끌어왔고, 남은 생을 이루어가는 것은 '지금' 감각하는 삶에 대한 그의 명징한 인식이다. 한때 유용했으나 과거의 유물처럼 구석에 놓여 있는 대바늘의 구멍을 통해 화자는 자신의 과거에 가졌던 존재의 크기와 현재의 모습을 들여다본다. 인간이 꿈꾸는 삶과 현실의 간극이란 얼마나 아득한 것인가.

그녀의 눈물로도 전신마취가
쉽게 되었다
가슴을 열어 보니
그녀의 폐는 이미 반 토막이
사라져 보이지 않았다
40년 울분의 먹이가 되었나
수술실은 고요했지만
한 남자의 셋째 여자로
햇살아래 한번 걸어보지 못한
그녀의 피가 툭툭 솟아
산 물고기처럼 튀어 올랐다
아버지가 만든 개량종 주황색 장미
첩첩 산중을 첩으로 살다
상한 반 토막의 폐를 가지고
개량종 인생을 몸 비틀다
으윽 눈감았다
주황색 장미 한 송이
서쪽 하늘에 누가 던졌나

어둠도 쉽게 덮어 버리지 못한
내 서러운 작은어머니 폐 한쪽이
피 냄새 진동하는 노을 무늬로
장미 꽃잎들 정처 없이 흩어져 있다

－「주황색 장미」 전문

아버지 첩이었던 작은 어머니의 서러운 생애는 화자에게 의미심장하게
다가온다. 신달자 시인의 「바늘」과 「얼음 덩어리」와 「종소리」의 화자들의
삶은 「주황색 장미」의 작은 어머니의 삶과 전혀 다르지 않다. 우리는 우
리의 의지대로 살 수 없다. 운명의 힘에 의해 이끌려간다는 점에서 타율
적이다. 인간이 드러낼 수 있는 자율성이란 무엇인가? 그것은 아마도 다
른 힘에 의해 이끌려 가는 운명의 여정에서 드러내 보이는 한계적 인간의
상처일 것이다. 그 무엇보다도 상처와 울분과 서러움이 연약한 인간의 총
체적인 모습을 보여준다는 것은 모순이다. 「주황색 장미」에서 시인은 상
처 입은 한 인간의 흔적은 어떠한 세속적인 가치도 틈입할 수 없는 순결
함을 지니며, 어둠과 죽음마저도 다 가릴 수 없을 만큼 크다고 간절하게
노래한다.

　「주황색 장미」에서 작은 어머니가 꽃피운 삶의 색채는 핏빛 노을로 그
려지고 있다. 주황색 장미는 존재의 색채이다. 작은 어머니는 서러운 눈물
로 키워진 꽃이며, 아버지에 의해 만들어진 개량종 꽃이지만, "개량종 인
생을 몸 비틀다 / 으윽 눈감았다"에서처럼 생명을 지녔던 뜨거운 존재였음
을 지상에 뚜렷하게 각인시킨다. "피 냄새 진동하는 노을 무늬로 / 장미
꽃잎들 정처 없이 흩어"지는 모습은 작은 어머니가 이승에 남긴 마지막
형상이다. 하늘에 흩어진 꽃잎은 강렬한 생명의 울림이 시각화된 것이다.
주황색 장미의 붉은 빛깔은 작은 어머니의 육체적이고 정신적인 고통을

드러내는 색채이면서 동시에 이 세상에 한 인간이 있었음을 알리는 간절한 울음인 것이다. 한평생 첩이라는 삶의 질곡에서 벗어날 수 없었던 작은 어머니의 한스러움이 노을이 지는 서편 하늘에 붉은 울음으로 토해진다. 신달자 시인은 삶의 조건에서 한 치도 벗어날 수 없는 유한한 인간의 숙명을 장미꽃으로 승화시켜 표현하고 있다.

경계 밖으로 난 둥근 길

- 안정옥의 시

1. 시간 속의 인간

인간은 탄생과 종말을 맞이한다는 점에서 시간적 존재이다. 시간의 단선적 흐름 속에서 인간은 일정량 주어진 수명의 시간이 끝나면 생물학적인 죽음을 맞는다. 시간에 대한 인식은 시대에 따라 변화해 왔다. 시간의식은 또한 죽음의식의 변화와 긴밀하게 결합되어 있다. 고대인들은 시간의 흐름을 순환하는 자연 현상에서 찾았다. 이는 순환구조를 보이는 동양적 시간관과도 동일하다. 아침은 밤을 거쳐 다시 아침으로 되고, 봄은 여름과 가을, 겨울을 거쳐 다시 봄이 된다. 이처럼 반복하고 순환하는 자연을 보면서 고대인들은 자신들이 맞는 죽음 역시 순환하는 자연의 일부로 여겼다.

그러나 현대를 사는 우리들의 시간은 파편들로 산산이 부서져버린다. 이같은 근대적 시간의 파괴적인 시간 속에서 시간의 흐름을 인지할 때, 바로 그 순간에 단선적인 시간의 흐름조차도 파국을 맞는다. 인간은 흘러가 버리는 물리적 시간 속에 놓이지만, 물리적 시간의 흐름으로부터 끊임없이 벗어나고자 한다. 흐르는 시간은 축적되지 않고 다만 소멸할 뿐이다. 이처럼 시간 속에 갇힌 존재라는 생각이 우리를 억압할수록 일상적 시간에서 탈피하려는 우리의 욕망과 갈등은 더욱 증폭된다.

안정옥 시인은 과거 속으로 사라져버리는 시간에 대한 안타까움을 잘 보여주고 있다. 시간의 소멸은 필연적으로 현재 속에서의 상실감을 불러일으킨다. 안정옥은 시간 속에서 순환성을 찾아냄으로써 물리적 시간의 한계를 벗어나는 인간의 모습을 보여준다.

2. 소멸하는 시간의 아름다움

「섬서구 메뚜기」는 화자가 현재 속의 과거를 보고 그것으로 미루어 현재 자신의 의미를 발견하는 과정을 보여준다. 화자는 과거의 유물들을 일별하면서 패망과 죽음과 시름으로 점철되어 있는 시간의 흐름을 경험한다. 이러한 시간은 현재를 사는 우리의 모습이기도 하고 우리의 미래를 예시하는 것이기도 하다.

> 박물관의
> 잔디밭에는 섬서구메뚜기가 한 마리 더 등에 얹고
> 몇 겁을 뛰어 풀섶으로 사라진다
> 그 사이에 나는 있다
> 우리들은 어떤 관계인가
> 밝혀보면
> 어느 것은 같게 또는 막연하게 서너 줄 설명을 붙여
> 태연하게
> 시간이 삭아내리는 유리 안에서 앉거나 기우뚱하며
> 오늘에 잠겨 있다 오늘도 과거!
> 과거는 일어나 깨진 토기 술잔에 곡주를 따르고
> 구리거울 속으로 들어간다
> 깊이 들어갈수록 길은 탁하여
> 섬서구메뚜기,
> 패망의 한때를 죽은 때를 시름을

나도 건너뛰어 다니다가
내 것인 내 것 같은
왕비의 어금니 하나로 멈춰 있다 나는
더 비껴서며 더 구석으로 몰려 숨도 못 쉬고

−「섬서구메뚜기」 전문, 『붉은 구두를 신고 어디를 갈까요』

  섬서구 메뚜기는 머리끝이 뾰족한 풀잎처럼 생긴 메뚜기이다. 화자인 나
는 박물관 잔디밭에서 갑작스럽게 맞닥뜨린 섬서구 메뚜기와 어떤 관계인
지 의문을 갖는다. 처음 만나게 된 인연이지만, 유한하다는 점에서 메뚜기
와 동일한 존재임을 나는 곧 알아차린다. 교미 중인 메뚜기의 모습은 나
자신의 모습을 반추하게 한다. 박물관이라는 공간 속에서 살아 있는 생물
을 보는 것은 그것의 필연적인 소멸을 미리 보도록 만든다. 생명력이 충일
한 메뚜기는 유물들처럼 과거 속으로 사라질 것이다. 나는 그것을 보면서
나의 몸이 속해 있는 현재의 시간과 공간이 조만간에 과거로 변하리라는
사실을 경험한다.
  오늘은 곧 과거의 시간이 된다. 오늘을 사는 나는 과거의 시간이 고여
서 삭아내리는 유리 안에 잠겨 있다. 나의 생은 서너 줄의 기호로 기록되
는 것에 지나지 않는다. 과거는 오늘에 속한 것처럼 보이지만, 오늘도 과
거로 들어간다. 섬서구 메뚜기는 과거와 현재라는 물리적 시간을 넘어 몇
겹을 건너뛴다. 화자는 "시간이 삭아내리는 유리 안에서 앉거나 기우뚱"하
는 박물관의 유물들을 본다. 과거의 시간 속에서 삭아내리는 유물들은 우
리들 자신이기도 하다. 일상 속의 우리들은 소멸하는 시간에, 곧 과거로
변해버리는 시간에 갇혀 있는 유물들과 다르지 않다. 앉거나 기우뚱거리다
가 사라져 버리는 시간의 굴레에서 자유롭지 못하다는 점에서 우리들은
박물관의 유물들과 같은 삶을 사는 것이다.

어쩐지 우리는 자꾸 아버지의 몸을 허물어버리고 그 몸 속으로 가고 있는 것 같았다 각자의 집으로 가기 위해 뿔뿔이 흩어져가고 나는 그 자리에 서서 아직 남은 취기로 아버지를 바라보았다 휘청거리며 내가 전에 살던 집으로, 그곳엔 아직도 내 이불과 밥그릇과 낡은 옷이 있는 한때는 나의 모두였던 이제는 쓰러져가는 집으로 아버지는 쓰러지듯 가고 있었다 아버지는 내 집도 들어 있는 한 채 쓰러져가는 집이라는 생각이 들었다

– 「내 집도 들어 있는」 부분, 『붉은 구두를 신고 어디를 갈까요』

나는 아버지의 허물어지는 몸과 쓰러져가는 집에서 나의 존재를 느낀다. 나의 몸도 아버지처럼 나의 후손에게 내어주고 허물어질 것이다. 내 몸이 있던 시간과 공간 속에 다른 이가 들어서서 나를 대신할 시간이 올 것이다. 아버지의 몸과 집이 나로 인하여 허물어지고 쓰러지게 된 것처럼, 나의 몸과 집은 그 자리를 나의 후손에게 내어줄 것이다. 아버지의 생을 흐르는 시간은 나의 생과 단절되지 않고 나의 후손에게도 이어지리라는 나의 생각은 순환하는 시간인식을 잘 드러낸다. 아버지의 낡아가는 육신과 집은 소멸하는 시간의 아름다움을 드러낸다. 다른 이에게 내어주는 시간은 단절되지 않고 영속될 것이기 때문이다. 우리가 사는 시간과 공간은 소멸하게 되고, 다시 다른 이에 의해 재생한다.

시간의 순환성과 연속성을 드러내는 데 안정옥 시인은 '물'을 중요한 표현 요소로 삼고 있다. 그의 두 번째 시집(『나는 독을 가졌네』)에서 물 속을 배경하여 시적 자아를 물고기로 의인화시킨 것은 인식과 표현의 절묘한 결합이라고 할 수 있다. 물고기는 시적 자아의 분신이며 그 물고기가 사는 물 속은 우리가 살고 있는 공간이다.

두미강에 몸이 데워지고 살올라

누군가에게 술안줏감으로 아드득 아드득 씹히는
달고 향기가 있어 더한 물고기는 없다는데 음미도 못하고
가시만 남겨졌다 문득 정신을 차리니
짧은 봄꿈 같은데 아직도 꿈인지 사실인지 분분한
오래 전 옛 강이 되어버린 두미강도 아주 사라지고 내 놀던 두미강도
아주 간
짧은 봄꿈도 돌아올 수 없는 옛 강이 되어 있었다

        ─「살구꽃 물고기」 부분, 『나는 독을 가졌네』

　　살구꽃 물고기의 봄꿈처럼 짧은 생은 화자의 전생과 현생이, 유년과 현
재가 교차하는 생의 시간이다. 화자는 살구꽃 물고기를 맛있게 먹는 순간
에 지금 물고기를 먹고 있는 내가 실제의 나인지, 살구꽃 물고기가 나인지
분간할 수 없는 혼란에 빠진다. 장주(莊周)의 나비꿈처럼 이 시에서 화자는
물고기로서의 나와 인간으로서의 나를 동시에 체험한다. 그러나 내가 형상
을 가진 어떤 특정한 존재로 '살고 있다'는 것은 "짧은 봄꿈"처럼 찰나에
불과하다. 살구꽃 물고기로서의 나의 생이 "아주 간" "돌아올 수 없는 옛
강" 속으로 오래전에 사라져 버렸다면, 지금 살아 있는 인간의 몸으로서
가지는 생 역시도 '진정한 나'의 실체가 아닐 것이다.

　　이처럼 물고기와 인간, 전생과 현생과 내생, 유년의 나와 현재의 나는 순
식간에 뒤바뀌고, 사라져버릴 것이라는 안정옥 시인의 사유는 삶의 무상감
을 드러낸다. 그러나 그것은 허무에 도달하지 않는다. 이러한 사유는 현재
의 일상을 반성하게 하는 토대이며, 무욕의 삶에 대한 갈망으로 이어진다.

        드러난 바닥에 아직도 마을은 떠나지 않고 있다
        그곳은 언제나 춥다 부러진 나뭇가지들을 모아 가득 모아
        불을 핀다 삽시간에 불길은 솟고 마을은 타기 시작한다
        연기에 눈물 자꾸 찍어대며 불길 죽이지 않으려고 뒤적이는데

밀치며 아버지 내 옆으로 온다
불 속에 떠오르는 어릴 적 불 피우는 아궁이 앞에서
아버지 밀치며 자꾸 불을 죽이던
나가 놀아라 나가 놀아라 참으로 멀리 와서 불을 피우는데
자꾸 운다 아버지 울지 않는데 나는 자꾸 운다
고함소리에 아버지도 가고 마을도 사라지고
물가로 와서 머리 맞대며 메기구나 낮에는 숨고 밤마다 어슬렁대는
입이 크고 이마가 훤한 메기가 웃어서 자꾸 웃었다
어느 집에서 버리고 간 항아리 속을 집터삼아
들락거리던 메기를 밤이슬 지도록 본다
불씨도 아주 꺼지고 그 많던 별들도 아주 갔다

－「메기」 부분, 『나는 독을 가졌네』

　나는 수몰된 고향을 찾아간다. 고향 사람들은 모두 떠났고, 나의 아버지
－나의 추억 속에나 살아계시는－도 부재하는 옛 고향 터에 돌아와서 나
는 불을 피운다. 타오르는 불길을 보면서 꾸는, 옛 시절로 돌아가는 꿈은
유년의 추억과 아버지와 그리운 것들의 환영을 눈 앞에서 피워올린다. 그
러나 꿈 같은 환영은 불길이 잦아지면서 사라져버린다. 그동안 나의 일상
이 고향으로부터, 유년으로부터 "참으로 멀리 와" 있음을 수몰된 고향터에
서 나는 새삼스럽게 발견하는 것이다. 아버지와 불을 피우던 시절을 회상
하면서 다시 불을 피우고 추억의 시간 속으로 되돌아가 보지만, 물 속에
잠긴 고향 마을이 다시 되살아날 리 없으며, 잃어버린 옛 시간을 되감을
수는 없다. 나는 뉘 집의 항아리를 집 삼아서 들락거리는 메기와 같은 나
의 처지를 깨닫는다. 그저 우스꽝스러운 형상을 한 메기와 함께 웃으며 내
생의 소중한 시간을 잃은 설움을 잠시 잊을 뿐이다.

3. 둥근 길, 둥근 시간

안정옥 시인의 시에는 대립적인 두 개의 공간이 나타난다. 강둑과 더러운 도심(「시간의 강물에 그물을 담그었네」), 혹은 수도하는 공간과 아귀 같은 세상(「진흙 굴」)이 나타난다. 뚜렷하게 구별되는 공간들은 서로 충돌하면서 '혼탁한 세상'에서 살아가는 자의 염결한 정신을 드러낸다.

강둑에 앉아 반나절
시간의 강물에 그물을 담그었네
발끝에 묻어온 아집 풀밭에 비비고
도심에 가득한 질투 그것을 마시고
공기로 마셔
내일쯤은 난쟁이과의 꽃이 되어
씨 날리며 뻗어오를 것을
감지하네

　　　(중략)

바라보는 모든 것은 부시게
아름다워
아름다운 그 눈으로
일어서서 도심으로
더러운 도심으로 돌아가
한번 더 아름답게 바라볼 것이네

　　　－「시간의 강물에 그물을 담그었네」 부분, 『붉은 구두를 신고
　　　　어디를 갈까요』

자신이 살고 있는 공간을 벗어날 수 없다는 사실을 잘 알고 있는 도시인이 그곳을 사랑하는 방법은 그 자신이 도시와 자연의 매개체가 되는 것이다. 시적 자아는 대립적인 공간들을 연결하여 원환의 공간으로 재창조하

는 기회를 마련하는 것이다. 안정옥 시인은 속악한 세상을 싫어하지만, 그러한 세상 속에서 살아가는 우리들 역시 속악한 세상을 형성하는 한 구성원이라는 사실을 정확히 간파하고 있다. 위 시의 화자는 도심을 더럽히는 데서 한 치도 비켜 서 있지 않는 자신에 대해 성찰한다. 이러한 성찰 속에서 그는 세상을 사랑할 수 있는 힘을 얻게 된다. 도심을 더럽게도 하고, 아름답게 만들기도 하는 것은 순결하고 아름다운 '강둑'이 아니라, 강둑의 아름다움을 담을 수 있는 가슴이다. 안정옥 시인은 이처럼 사랑의 대상이 문제가 아니라, 사랑의 마음이 단절되고 대립적인 세계를 하나의 것으로 만들 수 있다는 인식을 다음의 시에서도 잘 보여준다. "내가 적보다 세상을 더 뻔뻔하게 살아가므로 / 적의 어깨를 잡았지요 / 우리는 서로 안았지요 / 그와 세상을 버려선 안 될 것 같아 힘주어 / 안아버렸지요"(「하느님 고맙습니다」, 『붉은 구두를 신고 어디를 갈까요』)

> 진흥왕은 왕위를 버리고 이곳에서 수도중
> 굴 앞에서 나는 두려웁다
> 뻣뻣해져 뒤를 돌아보면
> 아, 저기 사람 사는 마을
> 거칠은 나의 욕망
> 어거지 사랑
> 남아 있는 돈
> 먹다 남은 밥
> 아귀 같은 저 세상 나는 버리지 못한다
> 그립다
>
> ─「진흥 굴」 전문, 『붉은 구두를 신고 어디를 갈까요』

세상과 진흥굴은 세속과 수도의 공간이라는 점에서 단절된 공간이다. 그러나 이 두 공간을 이어주는 것은 화자의 세속에 대한 미련이다. 진흥왕이 모든 것을 과감하게 버리고 수도했던 진흥굴 앞에서 가지는 화자의 심중은 이중적이다. 화자의 마음은 대립적인 두 개의 공간 사이에서 갈등을 일으킨다. 그러나 세상에 대한 그리움이 훨씬 강렬하다. 화자의 세속을 향한 그리움이 단절된 두 세계를 이어주는 끈이다. 세상에 대한 그리움과 사랑이 안정옥 시인의 인식적 기반임을 위의 작품들은 잘 보여주고 있다.

> 나는 길에 속해 있다 이 길을 햇빛이 먼저 뜨겁게
> 달군다 과자 껍질 같은 길, 꽃과 잡풀들이 떼로
> 붙어 달과 태양의 발소리, 더 멀리 별들에게까지
> 손짓하며 꽃을 피운다 잡풀에 앉아 그렇게 생각한다
> 오래 생각함은 꽃잎이 단단하여져 더 머물러달라는
> 우리는 속해 있다 여러 물질과도 함께 조응하며
> 이 안타까움, 그들도 기운다 달은 어김없이 기울어
> 나, 태어났고 그 달, 다시 기울어 나는 경계 밖으로
> 미끄러진다
>
> ―「잡풀」 전문, 『웃는 산』

생은 끊임없이 생의 경계 안으로 들어갔다가 다시 그 경계 밖으로 미끄러진다. 달이 기울었다가 차고, 찼다가 다시 기울어짐을 영원히 반복하듯이, 길 위에서 존재하던 나의 생도 언젠가는 경계 밖으로 미끄러질 것이다.

> 팻말을 멈춘다 수령 이천 년의 나무, 그 앞에서 하루살이 벌레 같다 나는
> 혼자 본 어떤 물체, 여럿이 본 어떤 사람, 그것들이 나와 관계를 갖는다
> 불쑥, 그렇게 맺어 수백 벌, 수천 가지의 아름다움을 가지고 나는 유리
> 이쪽에 있다 유리 안에, 나는 들어가지 못한 채 그들을 흠모한다 그
> 러고도
> 더 많은 잡다한 것들, 내 것이라고 믿었던 푸른 물방울무늬 옷 같은

나는 또 속다 세상이여, 내가 가진 것들은 가져 가지 못할 쓰레기에
불과하다 그 쓰레기 더미에서 일어서질 못한다 어느 밤, 풀벌레들 소리
들으며 사람들은 앞서가고 나는 그 길에 그대로 서 있다 그럼 내일
해가 뜰 때 살아 있을 것인가

－「내 것」 부분, 『웃는 산』

나는 '내 것'에 집착하지만, 만약에 나라는 존재가 없다면, '내 것'도 있
을 수 없다. 내가 없다면 아무런 의미도 가지지 못 할 쓰레기에 불과한
물건에 가지는 나의 욕망은 무한하다. 그 욕망이 자신을 파괴할지라도 그
욕망하는 바를 채우기 위해 한평생을 소모시킨다. 나는 욕망이 만든 집착
에 매순간 속아 넘어가고 그러한 매순간이 나의 일생을 구속한다.

욕망과 이해로써 주변의 물체와 사람들과 나는 끊임없이 관계를 맺어
간다. 그러나 모든 관계가 나의 헛된 욕망에서 비롯되므로 나와 그들과의
관계 역시 허상에 불과한 것이다. 대자연의 웅대함과 비교할 때, 하루살이
같이 작은 존재인 나의 소유욕이란 얼마나 우스운 것인가.

바위에 앉아 지나가는 강물을, 무엇 하나 그른 것 없는
낮음이 아름답다 제대로 보려고 기우는 바위를 들추니 칭칭
홀로 감긴 물뱀, 아름다움이 깨진다 투덜거리는데
물뱀 아래 들쥐들이 들쥐 아래 지렁이들이 지렁이 아래 개미들이 개미 아래
죽은 동물에서 막 기기 시작하는 구더기들이 불안하다
쫓아내려고 돌을 던지니 물뱀 꼼짝 않는다 구더기도, 문득,
균형 잡히고 싶어 바위에 다시 앉는다 강물이 다시 지나가고
멧새는 노래부르며 오므렸던 꽃은 다시 핀다 아름답다

－「물뱀」 전문, 『웃는 산』

내가 아름답다고 여기는 것도 나의 편견에 지나지 않는다. 파괴의 신인

인간이 침입하지 않은 자연은 구도가 잘 잡힌 한 폭의 그림 같다. 아름다운 장면을 흉물스러운 물뱀이 깨뜨린다고 여겼던 것은 나의 왜곡된 관념일 뿐이다. 물뱀의 형상이 아름답지 못하다는 나의 생각을 버리니 비로소 자연의 아름다움을 이해할 수 있게 된다. 바위 위에 앉은 내 아래 물뱀, 물뱀 아래 들쥐로 이어지는 먹이사슬 구조는 둥글다. 제일 아래에 있는 구더기는 죽은 동물─나의 육신이 될 수도 있는─의 몸 위에서 살기 때문이다. 나의 편견이 틈입할 여지가 없이 대자연의 법칙은 완벽하게 아름다운 하나의 원이다.

"숲이란 걸 본다 내 대신 누가 의자를 들고 그 사람 옆에 가 / 앉아라 살아서의 내가 아니어도 새벽, 안개 속을 더듬대며 / 대신 해가 뜨고 누가 내 대신 밤새워 쓴다 / 그 위로 둥근 달이 점점 쪼그라져 구겨진다 나도 구겨진다 / 남은 것은 내 대신, 내 대신 누군가가 다시"(「내 대신」, 『웃는 산』) 나를 고집하지 않아도 나를 대신해 누군가가 나의 여백을 채워줄 것이다. 나를 벗어나니 비로소 나는 '나'라는 한계적 존재에서 자유로워진다.

안정옥 시인은 이제 순환하는 시간과 순환적 공간에서 편안하다. 우리의 삶과 죽음은 하나로 펼쳐져 있는 둥근 길이다. 순환하는 대자연의 궤도를 따라 뻗어 있는 길 위에서 자연만물은 태어나서 살다가 소멸한다. 그것들이 떠난 길 위의 빈자리는 태어나는 또 다른 생명들로 채워질 것이다.

인고와 파괴의 시

- 이병석의 시

1. 종교와 시

홍기삼 교수는 불교문학이 나아갈 방향에 대해 다음과 같이 말한 바 있다. "보다 중요한 것은 불교문학이 그 궁극에 있어 종교적 신앙원리에 국한되는 것이 아니라 예술의 심미적 형성 원리에서 생명을 얻어야 한다는 점이다. 이러한 인식의 결핍이 불교문학을 일반의 관심으로부터 멀어지게 만든 것 같다."[1] 또 문학평론가인 장영우도 불교시의 문제점에 대해 지적한 바 있다. "이른바 불교시로 분류되는 작품들에서 발견되는 문제점 가운데 하나로 시(문학)가 불교(종교)의 외피 역할밖에 못한다는 점을 지적할 수 있다. 좀 더 구체적으로 말하면 적지 않은 숫자의 불교시 작품이 선사들의 오도송이나 임종게를 모방하여 자신의 얄팍한 깨달음을 과대포장하거나 또는 언어를 극단적으로 해체하고 굴절시켜 의미 전달과 해독을 의도적으로 방해하는 것들이 좋은 불교문학작품으로 오해하는 경우가 비일비재한 형편이다."[2]

위에서 비평가들의 종교시에 대한 논평은 시적 형상화의 결여에 따르는

---

1) 홍기삼, 『불교문학의 이해』, 민족사, 1997, 5면.
2) 장영우, 「求道와 布施의 詩」, ≪불교문예≫, 1997, 가을호, 24면.

우려의 표명이지만, 승려이면서 시인인 경우라면, 그와 같은 문제에서 더 자유롭지 못할 것이다. 자칫 종교적인 내용이 시의 형상화를 떨어뜨리게 하는 요소로 작용하기 때문이다. 그러나 종교와 시적 형상화의 결합에 균형 감각을 견지한다면, 오히려 종교가 지니는 심오한 생에 대한 성찰이 시의식을 깊게 하고 확대시키는 데 좋은 여건이 될 수도 있다. "종교와 시가 결코 서로 배치되는 것만이 아니라는 것을 보여 주고 싶다. 兩端으로만 꼭히 떼어 붙여서 왈가왈부할 것이 없다고 본다. 종교 자체에도 문제가 많겠지만, 문학에도 새로운 숨통이 열리는 것도 꼭 있어야 할 일인 것 같다. 문학의 새로운 숨통을 열 수 있는 것이 역시 종교라고 본다."3) 승려시인인 이병석은 그의 첫시집인 『저승돌』의 후기에서 이 같이 진술한다. 그의 진술 속에는 자신의 시작품이 종교시라는 울타리에 갇히지 않고 일반 독자와의 교감 속에서 이루어지기를 바라는 희망이 내재되어 있는 것으로 보인다. 실제로 그의 작품들은 불교적 내용을 담고 있는 시라기보다는 생과 죽음에 대한 성찰과 시적 자아의 깨달음을 보여준다.

우리는 종교와 시에 의지하여 알 수 없는 우리의 생과 존재에 대해 깊이 파고 들어갈 수 있다. 우리 존재를 본질적으로 불안하게 만드는 것은 '죽음'에 대한 불안이다. 종교의 발생과 종교의 역할도 역시 이 같은 한계적 인간이 피할 수 없는 죽음으로부터 벗어나는 것과 깊은 관련이 있는 것이다. 이병석 시인의 두 시집을 관통하고 있는 시의식은 '죽음'의 문제와 밀접한 관련 속에서 전개된다. 이병석 시인은 삶의 영역인 이승과 죽음 너머의 세계인 저승이 나뉘지 않는 것으로 인식한다. 그는 이승을 초탈한 세계에 서 있지 않다. 그는 이승에서 인간으로 겪어야 하는 삶의 갈등과 충돌과 고통을 결코 간과하지 않는다. 우리가 살고 있는 이승의 세계는 저

---

3) 이병석, 『저승돌』, 고려출판사, 1981, 156면.

승을 볼 수 있도록 하는 길이며 문이기 때문이다. 인간의 세상을 알지 못한 채 세상밖에 대해 노래하는 것은 허상의 관념을 드러내는 것과 다르지 않은 것이다.

2. 저승의 돌을 움켜쥔 생

인간의 자연스러운 본능은 사회적 관습 속에서 가려져 있고 은폐되어 있다. 그것이 우리의 삶을 생기 있게 하는 바탕이 되는 것임에도 불구하고 어두운 영역에 가두어 놓은 채, 윤리적인 덕목만을 밝은 낮의 세계에서 활동하도록 허용한다.

이병석 시인은 '벗어남의 세계', 혹은 '해탈의 세계'만을 노래하지 않는다. 그는 인간의 욕망들로 들끓고 있는 삶을 생략한 노래는 모래 위에 지어진 누각이며, 육체 없는 영혼이라는 사실을 잘 알고 있다. 그의 시에서 시적 자아의 자의식은 인간적인 본능을 솔직하게 토로하는 데서 발생하는 것으로 보인다. 그는 한 개인이 가지는 내면적인 본능을 깨뜨려 나가는 자의 고통과 갈등을 노래한다. 그는 본능들의 충돌과 그로부터 발생하는 내면적 갈등을 외면하지 않고 시에서 고스란히 드러내 보인다. 그렇기 때문에 이병석 시인의 시에는 개인의 주관적인 내면과 감정을 분출하고 정화시키는 시의 본래적 기능이 살아 있다고 말할 수 있다. 그가 개인적인 구도의 길에서 만난 첫 번째 것은 '죽음'에 관한 것이다.

머물 데 없는 너른 집의
號哭도 피 洪水도 숨이 지고
밤은 끝없이 깊이가 무너져 내리어서
쩌릿한 별들의 磨滅이

가도 가도 소리없이 스며들어
魂덩이는 떨리어 쉴새없이
어찔거리는 絶壁에서 바위를 붙안다가……
울렁거리는 바위를 붙안다가……

서릿기를 마지막
뚫어 낼 때 처음 만나
새벽으로 같이 나온 소나무야
잎푸른 소나무야
발등 우에 수북히 얼음이 솟을 동안
뿌리 뻗어 움킨 것을
내 비로소 아느니

어쩌다가 죽음이 깜짝
그 거대한 날개를 내게 들켰을 때
부은 손이 얼핏 움킨 것을
너는 보느니,
저승의 구석에 박혔던
검은 돌이어라.
九泉의 밑바닥에 깔렸던
검은 돌이어라.

– 「검은 돌」 부분

　위의 시에서 소나무로 형상화 된 화자 자신의 삶과 죽음에 대한 성찰이
이루어진다. 소나무가 뿌리를 뻗어 단단하게 움켜쥐고 있는 검은 돌은 "九
泉의 밑바닥에 깔렸던" 저승의 돌이다. 소나무가 서 있는 지상과 그 뿌리
가 내려져 있는 지하는 소나무로 하여금 하나로 연결된다. 지상의 소나무
가 뿌리를 박고 있는 곳은 지하의 세계, 곧 저승인 것이다. 지상의 소나무
는 생의 욕망과 갈등에 휩싸여 있다. 그 소나무가 뿌리로 움켜쥔 검은 돌
은 지상의 생의 들끓음이 응축된 형상이며 색채로 볼 수 있다.

"뿌리 뻗어 옮긴 것을 / 내 비로소 아느니" 소나무가 위기의 "절벽"에서 생존을 위해 붙들고 있었던 바위는 죽음의 검은 돌이었음을 화자는 깨닫는 것이다. 삶을 영위하는 공간은 죽음을 바탕으로 이루어지며, 죽음의 세계를 상징하는 검은 돌 역시 생의 영역에서 발생하는 갖가지 갈등과 고통이 응축되어 형성된 것이다. 이병석 시인이 위의 작품에서 제시하고 있는 죽음이란 생물체를 한계짓는 불가항력의 힘을 가지는 불안한 대상이 아니다. 그것은 들끓는 생이 응축된 것이며, 생명 있는 것이 자신의 생명을 의지하는 지지대인 것이다.

> 세상밖에 籍을 둔
> 검은 친구가
> 절친한 내 늑골의 층계를 모두 내려
> 노랫속에 잠이 든다.
>
> ─「달밤」 부분

이병석 시인이 죽음과 생이 하나의 나무에서 피어난 두 개의 가지로 인식하는 것처럼, 죽음은 생명을 가진 몸 속에서 공존하는 것이기도 하다. 「달밤」에서 화자가 사는 '세상'이 이승이라면 화자의 "검은 친구"인 죽음이 있는 세상 밖은 저승을 의미한다. 이 시에서 저승은 이승과 뚜렷한 경계로 분리된 공간이 아닌 화자의 "친구"가 사는 곳이다. 그 친구가 살고 있는 곳은 다름 아닌 화자 자신의 육체인 것이다.

이병석 시인은 죽음과 생, 그 둘은 서로에게 존재의 바탕이 되는 것임을 시로써 잘 보여주고 있다. 여러 가지 현상으로 달리 나타날 뿐 근간을 이루는 것은 동일하다는 그의 깨달음은 혼돈의 덩어리인 인간의 육체와 내면을 부정함으로써 획득된 것이 아니다. 이병석은 종교시의 특징이라고도 볼 수 있는 깨달음을 형상화하는 데 창작의 초점을 두고 있지 않다. 그는 한 개인이 가질 법한 인간적인 고통과 갈등을 숨기지 않고 시인하고 표출한다. 그래서 그의 많은 작품들은 육체를 가진 자, 형상에 갇힌 자의 괴로움을 보여준다.

다음 작품들은 인간의 한계이기도 하면서 동시에 해탈로 나아가게 만드는 토양이 무엇인지 잘 보여준다.

> 모든 문들은 잠겨지고
> 눈과 귀 하나 열려오지 않는다.
> 이 고장의 刑吏들도 비틀어져 잠에 빠지고,
> 문들어져 나간 어둠 속, 남은 불빛 몇이 버려져 있다.
> 내 발자국 이끌어 가는 어둠
> 번들번들 뼈로 나뒹거러진 내를 밟고 건너면
> 가슴이 수없이 불질렀던 산,
> 훌렁 뒷골 빠져 나간 산의, 黑暗의
> 깊이가
> 날 끌어 들인다.
>
> 귀를 앗아가는 몇백리,
> 실한 바윗절벽에 부서지는 바람이
> 수없는 인간의 울음을 흐트린다.
> 몸살난 숲, 꺼멓게 타죽은 밤의
> 어지럽게 몸살난 숲,
> 무서운 무서운 내 영혼을 쫓아가며
> 희멀겋게 떠나는 그림자를 본다.
>
> ─「迷地」전문
>
> 있는 것 다 거절하고
> 무더기로 몰린

험살궂은 벌레 같은 꽃으로 숲을 깔고
봄을 묻어 버릴거나.
虛空을 찌른다.
커가는 밤송이,
이세상 季節 탓으로
내 辛熱을 앓던 때의
온 몸의 神經에 찔리었던 바늘이다.
시방, 땀을 뻘뻘 흘리며 제풀에 못이겨
三伏炎天은 말 못하고 앓고 있다.
털끝 같은 바람도 얄랑하지 말아야 할
지독한 아픔이다.
宇宙를 거역해낸 逆理의
속살이 자라나는 고통이다.

– 「밤나무 밭」 부분

　욕망과 그로부터 발생하는 충돌이 있는 공간은 다름 아닌 "迷地"로 상
징된 화자 자신의 내부이다. 시의 화자는 모든 것들로부터 차단된 채 어두
운 내와 숲을 홀로 건너가고 있다. 깜깜한 어둠과 귀를 앗는 듯한 바람을
헤치면서 걸어가는 화자의 모습은 "어지럽게 몸살난 숲"으로 짐작할 수
있듯이 욕망으로 들끓는 화자 자신의 혼미한 내면을 드러낸다.

　「밤나무 밭」의 밤나무 밭 역시 욕망의 미망(迷妄)에 갇힌 자의 괴로움을
표출하는 자의식의 공간이라고 볼 수 있다. 밤꽃을 화자가 "벌레" 같다고
여기는 것은 자신이 가진 욕망의 추함을 드러낸 것이다. 육체와 감정을 가
진 한 인간으로서 지닐 수밖에 없는 한계를 감지하는 화자는 고통스럽다.
이병석 시인은 「밤나무 밭」에서 밤송이의 뾰족한 바늘들을 통하여 인간적
인 한계를 견뎌내는 고통의 첨예함을 형상화 하고 있다. 그것을 견뎌낼 수
있을 때, 비로소 밤나무 밭이라는 인간세계 속에서 "宇宙를 거역해낸 逆理

의 / 속살이 자라나"게 되는 것이다. 육체를 가진 모든 인간들이 지닐 법한 감정과 욕망을 인내하는 과정을 진술한 표현으로 담아냈다는 점에서 「밤나무 밭」의 진실성은 확보된다. 바로 이러한 점이 이병석의 시가 협소한 의미의 종교시를 벗어날 수 있는 지점이다.

3. 초탈의식의 파괴

이병석 시인이 첫시집 『저승돌』에서 보여주었던 '벗어남의 시정신'은 「고드름 고을」에 잘 나타나 있다. "하늘에 살던 / 살빛만 거느렸다. / 뼈마디 마디 / 무너지는 아픔으로 / 肉身을 넘어서는 / 마지막 맑음으로 / 너는, 내 안을 밀치고 밀치며 / 가장 깊은 骨髓속을 파고들어 / 사방을 붙들어 매어간다."(「고드름 고을」) 여기에서 고드름이 보여주는 "하늘에 살던 / 살빛"은 육신과 대비되어 나타난다. 육신이 욕망으로 빚어진 하나의 고정된 형상이라고 한다면 육신을 지닌 인간은 오로지 자기 자신의 욕망에 가려져 있는 존재라고 볼 수 있다. 반면에 하늘의 살빛이란 하늘을 몸으로 비추는 고드름의 투명함을 드러내는 표현이다. 자신의 육신으로 다른 사물의 모습을 가로막지 않는 투명함이 고드름의 존재인 것이다. 그렇기 때문에 이병석 시인은 고드름이 인간의 육신을 넘어서는 맑음을 지니고 있다고 노래한다. 고드름의 얼은 물, 즉 액체와 고체의 이미지가 결합된 이미지는 육신을 넘어서고자 하는 이병석 시인이 정신과 의지의 단단함을 반영하고 있다.

이병석의 두 번째 시집인 『달의 꿈길』에서도 그의 화두였던 '벗어남의 정신'마저 깨뜨리고자 한다.

"끝없도다 끝없도다"
허공이 외쳤던가.
천둥이 크게 울어
끝없음이 부서지니
산 문득 고요를 깨고
구름은 사라졌네.
눈물이 흐른 자리
바다가 더워지고
가지마다 꽃이 피네.
다시 찾은 이 뜨락이
기쁨으로 가득 차네.

마음빗장 부서지니
새 하늘 비롯되고
....
그 빛이 주인되니
바람따라 넓어지네.

– 「산의 순례」 연작시 중 「하늘 짓기」 부분

이병석의 「하늘 짓기」에 이르러 '무량함−끝없음'의 인식과 '벗어남'의
인식은 그 인식의 울타리를 부수고 밖으로 나온다. 시인의 마음 속에서
"끝없음"이라는 의식과 관념과 경계가 이미 소멸한 것이다. 그동안 이병석
시인이 추구했던 '벗어남'의 의식까지도 마음 속에 가두어 놓은 대상에 지
나지 않음을 위의 작품은 잘 보여준다.

본래 경계가 존재하지 않던 무량한 것, 즉자적으로 존재하는 것은 "새
로운 하늘"로 상징된다. 이동하는 흔적조차 알아차릴 수 없을 만큼 가벼운
바람이 부는 대로 "새로운 하늘"의 넓이는 확대된다. 시의 화자가 "다시
찾은 이 뜨락이 / 기쁨으로 가득 차"는 이유는 어디에 있을까? 화자가 똑

같은 공간을 새롭게 볼 수 있도록 하는 것, 자유로이 공간을 생성하게 만드는 것은 마음을 속박하는 울타리를 벗어남으로써 가능해진 것이다. 화자가 자신의 "마음빗장"을 부수니 이 세상의 모든 것들의 경계란 존재하지 않는다.

> 오르고 내려 갈 사람 하나 없어
> 고요만 잔뜩 어리이는
> 가을의 한복판에
> 뚝!
> 떨어지는 도토리
> 소리에 바윗귀가 뚫어지고
> 꽃바람 불어와도 설운 짐승 울음에도
> 꽝꽝 천리에 갇혔던 바윗귀가 뚫어지고,
> 하늘은 한없이 열리어서
>
> ― 「가을」 부분

가을은 도토리가 내는 소리와 설운 짐승이 내는 소리가 단단한 바위의 마음까지 열게 만들고 받아들이게 만드는 계절이다. 여기에서 도토리와 설운 짐승은 아주 미미한 존재들이라고 할 수 있다. 가을은 앞섰던 계절들을 뒤돌아보게 하는 반성의 시간을 우리에게 마련한다. 창조의 능력을 보여주는 계절이면서 미래의 시간에 들떠 있었던 봄, 열정에 도취해 있던 여름은 이제 과거의 시간 속으로 흘러가 버린다. 가을을 맞이하면서 우리는 비로소 그 동안의 부산함에서 벗어날 수 있는 것이다. 작은 자연물들에게 마음의 눈을 돌릴 수 있게 우리 자신을 낮추는 시간이 바로 가을이다. 미소한 자연물들을 소중하게 받아들이는 위의 시에서 시의 화자가 바위의 귀가 작은 도토리와 설운 짐승을 향해 열릴 수 있다고 여기는 까닭도 가을이 자연과 인간을 겸허하게 하는 시간이기 때문이다. 이병석 시인은 가을이라는 계절을 빌어 한없이 외부를 향하여 열릴 수 있는 존재의 확대를 꿈꾼다.

> 이슬은 이승에다 한참
> 잊어버린 저승을 포개면서
> 수없이 몸을 떨군다.

　　－「가락의 봄비」 부분

　자연물은 화자가 자신의 인간으로서의 삶의 원리를 바라볼 수 있도록 한다. 또한 그 원리를 직접 체험해 볼 수 있는 기회를 제공한다. 이병석 시인은 보이지 않는 삶의 길을 자연 속에서 찾아낸다. 화자는 빗방울이 만들어낸 이슬을 보면서 사라지기 쉬운 것, 떨어져 없어져 버리는 몸들을 연상한다. 이슬 방울이 하염없이 굴러 떨어지고, 다시 생성되는 모습은 인간의 생을 되돌아보게 한다. 죽음이 미혹한 인간에게 베푼 선이란 무엇이던가? 그것은 죽어야 하는 존재라는 사실을 알게 하는 것이다. 또한 그러한 자연 현상을 보면서 인간은 '겸허함'이라는 덕목을 배우게 된다. 우리가 살고 있는 이승과 이승 밖의 저승은 하나의 몸으로 합쳐지는 움직임을 끊임없이 반복한다. 이슬의 생성과 소멸은 화자로 하여금 이승으로 불리는 공간과 시간이 저승의 공간과 시간이 다르지 않음을 체험케 한다.

　이병석의 두 번째 시집에서도 여전히 진행되고 있는 '깨달음의 여정(旅程)'은 인고(忍苦)의 정신이 없다면 획득하기 어렵다.

> 나무야 소나무야
> 천왕다리 비틀어 섰는 등걸아
> 이곳 어이 떠나지 않느냐?
> 터져버린 가슴만 흔드느냐?

　　－「비바람치는 숲」 부분

혼란스러운 내면의 공간과 그를 견디는 시적 자아의 의지를 잘 보여주는 시들로 이병석의 「迷地」와 「밤나무 밭」을 들 수 있다. 위의 「비바람치는 숲」 역시 이병석 시인의 시정신의 근간이라고 할 수 있는 인고의 정신이 표출된 작품이다. 이 시의 화자는 소나무와 함께 비바람 치는 숲에 서 있다. 비틀려 자란 소나무의 외향을 보면서 화자는 그것이 시련의 시간을 견뎌낸 흔적으로 여긴다. 비바람이 몰아치는 숲 속에서 홀로 뿌리박고 서 있는 소나무의 모습은 화자로 하여금 자신이 처한 현실을 연상케 하고 동시에 그러한 상황 속에서 취하고자 하는 자신의 태도를 배우고자 한다. 몸이 비틀리고 가슴이 터져 버리더라도 숲의 공간을 견디는 소나무는 바로 화자 자신의 의지가 투사된 자연물인 것이다.

「비바람치는 숲」에서 소나무가 시적 자아의 의지를 표상한다면 「겨울 나무」에서 몸에 걸쳤던 잎들을 모두 떨궈내고 맨 몸으로 북풍을 견디는 겨울나무 역시 이병석의 시정신의 근간이 되는 인고의 정신을 명징하게 드러낸다. "북풍은 몸살로 / 나무를 흔들고 / 나무는 / 하늘마저 떨쳐 낼 / 다짐 하나로 참으며 / 북풍의 몸살을 빗겨내는 / 하늘의 허이연 수염을 본다. / 눈멀어 추위와 시간에 쫓기는 사람들은 / 아침 되어 다만 흰 서리를 본다."(「겨울 나무」)

> 천만 줄기 꿈길을 열고
> 높아간다.
> 달이 혼자.
>
> 서쪽으로
> 마지막 그곳으로
> 온 것들 품에 안고
> 홀로 간다.
>
> ―「가·꿈길을 열고」 부분

이 시에서 '달'은 만물 속으로 들어가는 데 막힘이 없고 모든 것을 품을 수 있는 자유자재한 존재를 상징한다. "우물께로 온 / 사슴을 / 돌 아래 달이 만나 / 목마름 씻어주고 / 두눈 깊이 들어간다. / 더듬이로 빛을 밀며 / 벌레들 노래한다. / 넘친다 두눈에 / 빛과 노래." "서쪽으로 / 마지막 그곳으로 / 홀로 간다. / 즈믄줄기 강물에 / 즈믄 개의 달이 나고 / 만개의 그 모습이 / 하나로 높이 떴다."(「다・만개의 그 모습이」) 온전한 의미를 갖는 '달'을 동경하는 시의 화자는 '물소'로 그려진다. "나는 / 하늘 따에 떠도는 / 물소 / 뿔아 솟아라. / 달아 솟아라. // 어둑산 / 머리 높이 / 뿔을 뻗어 / 걸어라 / 달. / 걸리어라. / 곱게도 / 달아 / 달아."(「자・길목」)

시의 전반부에서 화자의 분신인 물소가 서방 세계로 홀로 떠나는 달을 평화롭게 좇는 여정이 나타난다. 그러나 「달의 꿈길－ 파・검은 바람」에 이르러 그 여정이 순조롭게 진행되지 않음을 알 수 있다.

산의 귀가
떨어져 나간다.
겁살맞은 바위들이
굴러 떨어진다.
깨어진다.
세상을 삼킨다
아우성

–「달의 꿈길－ 파・검은 바람」 부분

동경의 대상을 좇던 화자의 길은 시련에 부딪히게 된다. 마침내 시의 후반부에 오면 화자의 분신인 물소가 쓰러지고 적막한 기운이 감돈다. "쓰러진 / 물소의 두 뿔끝에서 / 달이 비춘다 / 적막의 가슴팍을. // 사라져간 / 그이름 / 호수."(「달의 꿈길－ 하・적막」)로 이 작품은 끝나게 된다.

연작시인 「달의 꿈길」에는 이병석 시인이 지금까지 그의 작품들을 통해 드러내고자 했던 '깨달음의 도정'이 일관성 있게 응축되어 있다. 그는 「달의 꿈길」에서 독특하게 시상을 펼쳐 보인다. 시의 전반부에서 그는 동경과 자족의 세계를 그려나가지만 시의 후반부에 이르러서는 시적 자아가 오랫동안 꿈꾸며 추구하던 자유로움을 향한 동경마저 완전히 파괴시키는 것으로 연작시의 결말을 짓고 있기 때문이다. 동경과 시련과 깨달음의 과정을 순차적으로 보여주는 시상의 전개는 이병석 시인의 첫시집과 두 번째 시집을 관통하면서 흐르고 있는 '인고와 파괴의 시정신'을 고스란히 담고 있는 것으로 볼 수 있다.

이병석 시인의 작품들을 보면 종교와 시의 경계를 허물기 위해 고투한 흔적이 역력하다. 그는 종교적인 내용을 평면적으로 표현하는 대신 인간이 지닌 보편적인 내면의 문제로 파고 들어갔다. 인간적인 욕망과 그로부터 벗어나고자 하는 꿈의 불일치에서 오는 내면적인 갈등과 충돌을 진술하게 그림으로써 종교적인 '벗어남'으로 독자들을 이끌고 있다는 점에서 그의 시는 보편성을 획득하고 있다.

유한한 존재인 인간이 끊임없이 시달리는 죽음에 대한 불안에 대해서도 이병석 시인은 우리가 누리고 있는 생의 뿌리에 해당되는 것이 다름 아닌 죽음이라는 사실을 노래한다. 그의 시는 죽음이 생과 한 뿌리에서 나와 각기 다른 형상으로 지어지는 것임을 잘 보여준다. 그는 죽음과 생이 하나인 것처럼 인간적인 욕망이 바로 '해탈'의 토양이라고 여긴다. 해탈만을 노래하는 시는 이미 종교시의 울타리에 스스로를 가두는 것이다. 해탈에 이르게 하는 바탕과 힘은 '인간적인 고뇌와 시련'에서 비롯된다는 깨달음이 이병석의 시 전면에 흐르고 있는 것이다. 이러한 깨달음에 이르는 도정에서 부딪히는 장애물들은 바로 형상에 갇힌 우리들의 눈과 경계를 지어내는 우리들의 마음에서 생겨나게 된다. 그래서 이병석은 끊임없이 경계를 파괴하는 시정신을 역설하고 있는 것이다.

생명의 무게, 가벼움의 시학

- 윤정구의 시

1. 돌아가고 싶은 푸른 풀밭

윤정구의 첫 시집인 『눈 속의 푸른 풀밭』에 빈번하게 나타나는 훼손된 자연은 인간의 원천적인 고향상실에 대한 은유이다. 인간의 본원적인 생의 터전인 자연이 파괴되면서 인간에게 자연은 돌아갈 수 없는 나라가 되었다. "이미 돌아갈 수 없는 푸른 풀밭 / 철없이 뛰놀던 멜버른 교외의 풀밭이 / 검고 큰 눈에 밟힌다 / 말의 눈은 깊고 푸르다"(「눈 속의 푸른 풀밭」)에서 고향으로 돌아가지 못하는 것은 말뿐만 아니라, 문명인이 되기 위해 고향을 스스로 저버렸던 인간 그 자신이기도 하다. 고향의 풀밭을 떠나 속도전만이 허용된 생존의 싸움터에 서 있는 경기마들, 여섯 살만 돼도 폐기처분될 운명에 놓여 있는 슬픈 눈의 말들은 인간의 현실에 대한 암유이다. 자연은 「흰뺨검둥오리」의 복제가 불가능한 흰뺨검둥오리의 흰 뺨처럼 인간의 과학만능적 사고가 침범할 수 없는 외경의 영역이다. 그러나 그 외경스런 영역에서 극히 일부분을 차지하는 인간은 감히 자연을 자신의 힘 아래 두고자 한다. 인간은 초파리의 아이레스 유전자를 초파리의 유충 여기저기에 삽입하여 눈이 여러 개 달린 다눈파리를 만든다. 이 같은 과학의 발달로 인간이 창조주의 자리를 차지했을 때, 그들이 맞닥뜨리게 되는 것은 "손끝이나 뒤통수나 발목에도 눈이 하나씩 있는 편리한 괴물"(「코르위붕겐」)처럼 추악한 괴물이 된 자신의 모습이다. 윤정구는 그의 첫 시집을 통하여 자연을 훼손시키는 일이야말로 인간 자신의 자멸을 초래할 것이라고 경고한다. 윤정구의 두 번째 시집 『햇빛의 길을 보았니』는 문명에 의해 파괴되고 가려지는 대상이 '자연'에서 '인간의 본연적 생명'으로 구체화 시키고 있다. 원초적 생명성이란 실제로 어떠한 것인지, 무엇을 가리키는 것인지 정의를 내리기 어렵다. 그것으로부터 너무나 멀어진 우리는 그것을 감각하거나 경험하지 못하고 다만 관념으로, 추상으로 그것에 대해 '생각'할 뿐이다. 막연하게 원시적 생기를 갖는 것으로 추측할 뿐인 '생명성'을 윤정구는 탈각하는 곤충을 통해서 체험하고자 한다. 곤충의 탈각 과정은 변신의 이미지를 가짐으로써, 많은 시인들에 의해 시적 소재로 쓰인다. 벌레가 고치를 뚫고, 혹은 낡은 몸뚱이를 벗고 공중을 날 수 있는 날개를 가진 존재로 변신하는 과정은 역동적인 삶이라는 철학적 의미를 확보한다. 그것은 고통과 어둠의 시기를 벗고 눈부신 삶으로 거듭나는 생의 과정을 고스란히 보여주기 때문이다. 많은 시인들이 이 같은 이미지 때문에 곤충의 탈각이라는 생물학적 성장 과정을 시적 소재로 삼는 것이다.

윤정구는 곤충의 탈각 이미지에서 생명이 어떻게 발현되는가를 포착해 낸다. 탈각을 막 거치고, 채 날개도 마르지 않아서 떨고 있는 어린 생명은 시인이 발견하고 경험하는 생명의 구체성이다. 두 번째 시집의 많은 작품들에는 이처럼 곤충과 햇빛, 꽃, 물고기 같은 자연물을 소재로 삼아서 원시적 생명이 무엇인가를 끊임없이 탐색하는 시인의 의식이 나타나 있다.

무구한 생명을 찬미하는 윤정구 시인이 꿈꾸는 세계는 부드럽고 가벼운 성질을 갖는다. 우리 삶을 이끌어가는 힘의 원천은 역설적이게도 강함, 혹은 견고함으로 표현되는 것이 아니라, 희미함과 가벼움이라는 깨달음을 그는 노래한다.

2. 무구(無垢)한 생으로의 회귀

윤정구 시인은 무게를 설명하는 단어인 '가벼움'에 어떠한 정신적인 의미를 부여하고 있는가. 무한한 욕망이 실체로서 실현된 상태에서 우리의 삶은 표면으로 드러난다. 명료하게 드러나지 않는 삶에서 우리는 단단한 실체를 잡아내기 위해 평생을 소모한다. 그러나 윤정구 시인은 대부분의 사람들이 추구하는 욕망을 실현하는 삶과는 전혀 반대의 방향으로 시의식을 개진시킨다. 그는 표면화 되지 않는 삶의 희미한 부분을 의식적으로 좇는데, 이 같은 인식의 기저에는 세속적 욕망의 매너리즘에 함몰되는 시인 자신과 사회에 대한 비판정신이 자리잡고 있다.

윤정구의 첫 시집인 『눈 속의 푸른 풀밭』에 실린 「성묘」는 윤정구가 시 속에 구현하기를 갈망하는 '가벼움'이 무엇인지를 잘 보여주는 작품이다. '가벼움'은 윤정구의 두 번째 시집에 실린 작품들을 관통하는 시정신인 만큼 「성묘」의 의미는 중요하다.

> 마른 쑥 대궁에 기어올라 마악 껍데기를 벗은 보리잠자리 한 마리가 쪼글한 날개죽지 마를 때를 기다리며 떨고 있다 손에 닿기만 하여도 터질 것 같은 어린 생명이다 가볍다 살아 있는 것은 다 가볍지만 그 중에서도 착한 것이 더욱 그렇다 한 달 만에 퇴원하신 어머니가 지팡이 짚고 오른 뒷산에는 그런 낯익은 착한 것들이 피어나고 있었다 더없이 가벼워진 어머니는 그런 가벼운 것들이 반가우시다 몇 번이고 쉬면서 그렇게 둘러보면서 어머니는 아버지 산소에 가까이 다가가고 계셨다

> ─「성묘」 부분

이 시에서 화자는 살아 있는 것은 다 가볍다고 했지만, 그 가벼움은 죽음에도 적용되는 성질로 나타난다. 아버지의 산소가 있는 산에 피어난 가

벼운 식물들은 아버지의 죽음을 딛고 지상에 다시 피어난 것들이기 때문이다. 이 작품을 독특하게 이끌어가는 것은 이처럼 죽음을 살아 있음과 절묘하게 결합시키고 있다는 점이다. 질환으로 죽음에 가까이 다가갔던 화자의 어머니는 퇴원하면서 화자의 아버지 무덤으로 가까이 다가간다. 허물을 벗은 잠자리와 퇴원한 어머니와 아버지의 산소는 죽음에서 생으로, 다시 생에서 죽음으로 넘나드는 우주의 순환을 상징적으로 보여준다.

잠정적인 죽음의 상태를 벗어나 새롭게 태어난 보리잠자리는 병원에서 방금 퇴원하여 환한 생의 세계에 다시 돌아온 어머니와 병치되어 있다. 방금 탈각의 과정을 거쳐 미처 날개가 펴지지 않은 잠자리 날개의 떨림은 이 세상의 어떠한 부정한 힘도 근접할 수 없는 원초적인 생명성을 가리킨다. "더없이 가벼워진 어머니" 역시 갓 태어난 어린 생명과도 같다. 잠자리와 어머니는 잠정적인 죽음의 상태를 벗어난 존재이며, 아직 세상의 부정함이 침범하지 않은 더없이 연약하고 가벼운 존재들이다. 세속적 욕망이 본연의 생명성을 덮어버리고 인간의 삶을 각질화 시킨다면, 윤정구가 추구하는 가벼움이란 이처럼 딱딱한 껍질에 가려진 삶으로부터의 해탈이다. 윤정구의 시에서 가벼움은 삶이 인간에게 숙명적으로 부여한 죽음의 고통을 벗어난 것이며, 죽음이라는 무거움을 감싸안는 가벼움은 시인의 이상적 동경의 대상이 된다.

> 누더기 옷을 벗고 햇살 쪼이다
> 깜박 잠이 든 사이
> 조심스럽게
> 말랑한 연질의 몸을 빼냈다
>
> 알몸이 빠져 나오자
> 껍데기는 곧바로

딱딱한 前生이 되었다
땅 속 깊은 곳 어둠 속을 헤매던
나의 전생이 박제가 되어 참죽나무 가지에 매달렸다

발끝으로 서면
겨우 손끝이 닿을 듯한 높이

말랑한 연질의 시 한 편이
조금씩 하늘로 기어오르고 있다
양수에 젖은 날개가
파르르 떨렸다

         -「座脫」 전문

　「座脫」에서 일상에 지친 생활은 '누더기 옷'이라 표현된다. 의식의 죽음을 가리키는 '잠'이 든 사이 화자는 "말랑한 연질"의 몸으로 다시 태어난다. 세상 속에서 굳어진 딱딱한 껍데기를 벗어나자 딱딱했던 내 몸과 의식은 전생의 영역으로 들어가 버린다. 여기에서 윤정구 시인은 땅 속의 어둠에 갇혀 꿈틀거리는 애벌레와 캄캄한 고치 속의 삶을 거쳐야만 비로소 날개를 달 수 있는 곤충의 탈각 과정에 자신의 생의 역동적인 변화의 추이를 비유한다.

　땅 속과 어둠과 박제와 껍데기에 속한 나의 삶을 잠이라는 의식의 죽음을 거치고 벗어나 하늘과 햇살 아래 채 굳지 않은 연질의 몸과 채 마르지 않은 젖은 날개로 새로운 생을 시작한다. 탈각의 과정은 「성묘」와 유사하다. 탈각을 거치고 말랑해진 몸은 무구한 상태의 영혼과 육체이다. 무구한 생에 대한 시인의 동경은 「성묘」의 지극히 가벼운 존재들을 통해 표출되며, 앞으로 살펴볼 시인 「풀고기」에서 풀이 된 물고기로 이어지는 시정신이다.

햇빛의 길을 보았니

일 초에 백만 리를 달리는,
억만 리 허공의 곧고 투명한 길을 달려와

흙을 만나면 흙 속으로 들어가 싹 틔우고
나무나 풀을 만나면 그 속으로 들어가 꽃 피우는

눈부신 흰 말들

그 중에 한 마리 말이 환생하여
잠시 피어난 꽃다지인 내가 무엇을 말할 수 있겠니

돌밭둑이라도
기쁘게 피었다 갈 뿐이야

바람 속에 끄덕이는
한 뼘 꽃다지

　　　　　－「꽃다지에게」 전문

　햇빛만큼 눈부시게 가벼운 것이 있을까. "곧고 투명한 길"인 햇빛의 길을 달려와 잠시 이승에 꽃다지로 발현한 하나의 생명체는 한 뼘으로 자신의 생을 전부 드러낸다. 꽃다지는 인간의 언어와 사고가 미치지 못 하는 곳에서 피어나 자신의 존재를 완성시킨다. 그러나 햇빛은 흙 속으로 들어가 싹을 틔우거나 나무나 풀의 꽃을 피우는 생명의 원천이지, 한 가지 삶으로 고정되지 않는다. 햇빛은 돌밭둑과 한 뼘의 땅에서 꽃다지로 피어나 이승에서의 생을 잠시 동안 이룰 뿐이다. 햇빛이 모든 생명체의 원천이 될 수 있는 것은 어떠한 형상에도 갇히지 않은 자유로운 존재이기 때문에 가능한 일이다. 자유로운 햇빛에 의해 지상에 생을 마련한 꽃다지를 비롯한 자연물들 역시 유한한 삶과 죽음의 경계를 벗어나 있다.

> 아득한 세월 거꾸로 몸을 세워서
> 마침내 풀이 된 물고기들을 본다
> 힘도 없고 날래지도 못한 물고기가
> 사나운 물고기들 사이 살아 남는 방법은
> 이렇게 풀이 되는 것 뿐이었다고
> 하늘하늘 가볍게 흔들리는 풀고기들…
> 나도 그만 풀이 되었으면
> 먹히고 쫓기는 일에서 벗어났으면
> 나 도망치듯 그들 곁에 숨는다
> 가벼운 풀이 되어
> 물살이 흔드는 대로 하늘거린다
> 부드러운 풀의 꿈을 꾼다
> 달리기 뒤집기 뛰어 오르기 부딪치기
> 도망치기 숨기 밟히기 먹히기
> 까맣게 잊은 풀의 품 속에서
> 멈추어 있는 시간처럼 우두커니!

　　　　　　－「풀고기」 전문

　풀고기는 약육강식이 지배하는 동물의 생존 법칙을 버리고 풀의 식물성을 삶의 방식으로 선택한 물고기이다. 수초처럼 하늘하늘 가볍게 흔들리는 풀고기의 몸짓은 생존의 고된 틀에서 자유로워진 존재의 춤이다. 물고기가 생존의 단단한 감옥에서 벗어날 수 있게 된 것은 오랜 시간에 걸쳐 체득한 생에 대한 깨달음이다. 생존의 아수라에서 살고 있는 이 시의 화자는 아득한 세월을 거쳐 거꾸로 몸을 세워서 스스로 삶의 방식을 바꾼 풀고기처럼 되기를 갈망한다. 그의 절실한 갈망은 그가 속한 세상의 속악함을 그대로 드러내 준다. 화자는 물살이 흔드는 대로 가볍게 흔들리는 풀고기를 보면서 잠시 꿈을 꾼다. "먹히고 쫓기는 일에서 벗어났으면 / 나 도망치듯 그들 곁에 숨는다"

"달리기"는 오로지 욕망을 이루고자 하는 일방향으로만 질주하는 인간의 모습이다. 속도전의 전쟁터와 다름없는 세상에서 삶에 대한 반성의 시간을 갖지 못하는 인간의 삶은 맹목에 가깝다. "뒤집기"는 이해관계에 의해 권모술수가 만연하는 사회 속에서 자기 자신까지 속이는 인간의 이중성을 가리킨다. "뛰어 오르기"는 욕망과 야망에 속박된 인간의 몸짓이다. 끝없이 솟구치는 세속적 욕망이 인간을 뛰어오르게 만든다. 화자는 풀이 바람과 함께 춤을 추듯, 물결에도 거스르지 않는 유연한 삶을 체득한 풀고기를 본다. 그리고 그도 세상 속에서 자유로워질 수 있는 초탈의 꿈을 꾼다.

세속을 초탈한 곳, 그 곳을 향한 동경은 지상의 존재일 수밖에 없는 시인이 세속을 견뎌내는 힘이다. "소나무의 잠 속에서는 / 끝나는 세상과 다시 시작되는 세상이 / 모두 아득하다 / 포르르 한 마리 작은 멧새가 / 소나무 숲에서 날아 올랐다 / 새가 된 아버지는 / 불러도 알아 듣지 못 한다 / 어둠이 깊어지면 / 솔 숲에 사뿐히 내려 앉을 수 있을 뿐 / 아버지는 대답할 수가 없다"(「땅끝 아버지」)에서 이승에서 이승의 목소리가 닿지 않는 곳으로 가볍게 날아올라 새가 된 아버지는 윤정구 시인이 꿈꾸는 세계를 잘 드러내고 있다. 죽음은 세속에 속박되어 있는 우리의 생을 자유롭게 풀어 주는 계기인 것이다. 죽음으로 이승을 초탈하게 된 아버지는 이승에 속하는 어떠한 것에서도 자유롭다. 아버지가 속한 세계는 자기를 애타게 부르는 자식의 목소리조차 침범할 수 없는 절대자유의 공간인 것이다.

"殘雪 푸른 산 아래 / 작은 연못에는 / 물딱총새 / 비단잉어 / 청개구리가 놀고 있다 / 소풍 나온 어린 아이들과 / 여든이 넘어 / 다시 아기가 된 雲甫영감이 / 함께 잘 놀더니 / 저녁놀 붉은 사이 / 잠깐 대청마루에 앉아

/ 竹杖을 손에 든 채 졸고 있다 / 빈 亭子 곁 아해가 / 차마 영감을 깨우지 못하고 / 이쪽을 바라보고 있다 / 맑은 물소리가 집안 가득하다"(「바보山水」) 운보 김기창의 그림 속의 세계는 그림 바깥의 세계와 대조된다. 그림 속의 인물은 행위함으로써 존재의 발현을 완성한다. '논다', '본다', '존다' 등의 행위는 곧 존재의 발현으로 이어지는 세상이다. 이상과 실제의 괴리가 전혀 존재하지 않는 그곳은 무엇을 이루려는 욕망에 의해 형성된 곳이 아니다. 욕망하는 인간들이 아니라 욕망에 있어서는 '바보'와도 같은 이들이 사는 그곳은 자족의 상태를 이루며, 그림처럼 펼쳐진 공간이다.

의제 허백련의 병풍화를 패러디한 「八曲夢遊」도 역시 세속적 현실과는 절대적 거리가 있는 공간을 보여준다. "봄 여름 가을 겨울로 나눈 여덟 쪽 병풍 속에는 / 신선이 된 네 사람의 의제가 / 물끄러미 바깥 세상을 내다보고 있다". 세상과 절연된 세계를 꿈꾸는 화자가 바라보는 의제의 병풍화는 "「月鳳」"이라는 새와 푸른 호랑이 "「碧虎」" 같은 상상 속의 동물들이 머무는 곳이며, 천지가 끝없이 새롭게 전개되는 장소이다. 혼란스러운 바깥 세상을 관조할 수 있는 병풍 속의 세계는 세속적 욕망으로부터 초탈하여 화자가 들어가고자 하는 갈망의 장소이다. 윤정구가 꿈꾸는 이상향이란 「땅끝 아버지」와 「바보山水」와 「八曲夢遊」에 잘 나타나 있듯이 생과 죽음으로 더 이상 나눠지지 않기 때문에 자유로운 곳이며, 욕망이 없으므로 자족할 수 있는 곳이다.

3. 삶을 이끌어가는 힘, 희미함의 역설

동네 공터에 빈 의자 두 개가
나란히 앉아 눈을 맞고 있었습니다

작은 집까지 팔아 망나니 아들에게 넘기고
공터에 나와 울던 할머니가
먼 동네로 떠난 후에도
빈 의자는 공터에 남아서 눈을 맞습니다
(공터에 열무 좀 심어도 될까 몰라,
의자 하나 놓아도 될까 몰라)
지저분한 쓰레기를 치우고
붉은 흙의 가슴에 열무씨를 뿌릴 때에도
누가 내다 버린 벤자민을 갖다 심거나
낡은 의자 두 개를 갖다 놓을 때에도
공터 앞 우리 집에다가 물어보던 할머니는
지금 어디에서 눈을 보고 계실까요

　　　　　－「겨울 의자」 부분

　윤정구는 생명의 원시성과 무구함을 사회적으로 미소한 위치를 차지하는 사람에게서 발견하기도 한다. 명료하고 견고한 존재에 가려진 희미한 존재인 할머니는 사회적으로 미소한 위치를 차지하는 사람이다. 그러나 희미한 존재였던 할머니는 멀리 떠나고 나서 누구보다도 화자에게 그 존재가 뚜렷하게 각인되어 남는 사람이다.

　사람들이 버려둔 공터는 할머니의 손을 거치면서 채소가 자라고 휴식을 위한 의자가 놓이고 버려진 생명을 다시 살리는 곳으로 바뀌게 된다. 공터의 지저분한 쓰레기를 치우고 채소를 심고, 버린 화분을 갖다 놓고, 앉을 수 있는 의자로 공터를 채운 할머니의 모습은 쓸모없던 것들을 유용한 것으로 바꾸는 마술 같은 힘을 가진 사람이다. 또한 할머니의 마술 같은 생성력은 화자가 자신의 어머니를 기억하게 만드는 계기가 된다. 그러나 할머니가 멀리 떠난 뒤 공터는 예전처럼 버려진 곳으로 되돌아가 버린다. 빈 의자에 내리는 눈이 할머니의 빈 자리를 확인시켜 주었다면 떠나가신 할머니는 나의 어머니의 빈 자리를 환기시켜 준다.

화자는 망나니 아들 때문에 정성을 기울여 가꾼 집과 공터를 떠나갈 수밖에 없었던 할머니가 앉던 빈 의자에 할머니의 부재를 확인시켜 주며 내리는 눈을 바라본다. 그 눈을 보면서 화자는 갑작스럽게 돌아가신 어머니를 추억하며 회한에 젖는다. 아들 때문에 울던 할머니는 곧 화자 자신 때문에 남몰래 울었을 어머니를 떠오르게 만든다. "내 가슴에는 좀처럼 눈이 그치지 않습니다" 할머니의 빈 의자에 내리는 눈은 내 가슴에 내리는 눈과 일치한다. 빈 의자와 눈은 이사한 할머니와 돌아가신 어머니를 화자에게 연민과 회한으로 해후케 한다. 화자의 마음에는 어머니에 대한 회한의 눈이 그치지 않는다. 표면적으로 할머니는 희미한 존재에 불과하다. 그러나 할머니는 부재 이후에야 비로소 존재가 뚜렷하게 각인되는 할머니처럼 희미한 존재야말로 우리의 삶을 새롭게 만드는 원천이다.

> 사랑채 툇마루에 혼자 앉아 햇빛과 노시던 어머니는 아버지 돌아가신 뒤 갑자기 말씀이 없어져서 모처럼 고향에 들려도 우두커니 바라보실 때가 많았다 가는귀도 먹고 눈도 흐릿해 물끄러미 한참을 바라본 후에야 그렇게 확인하는 시간이 지난 뒤에야 반가움도 떠오르고 따스함도 떠오르고 그것도 낮달처럼 아주 가볍게 떠오르다 이내 사라졌었다 그렇게 한 삼 년 말없이 계시더니 아버지 곁으로 가시고 이제 텅 빈 툇마루에 겨울 햇빛 몇 점만 남아 꼼지락거린다 툇마루에 앉아 햇빛 만지다가 어머니가 구석에 두고 가신 공깃돌을 만지다가 문득 餘生이란 낱말 하나 주워 든다 허우적거리며 달려오다 보니 어느덧 쉰에 이르러 어찌 보면 하늘의 뜻 알 것도 같고 다시 생각하면 아무 것도 떠오르지 않는 아득함으로 하늘이 남긴 뜻 여생이란 말을 생각한다

> ― 「餘生」 전문

이 시의 화자는 말이 없어지고 가는귀도 먹고 눈도 흐릿한 상태로 툇마

루에서 혼자 지내다 가신 어머니의 여생을 보며 자신의 여생이 어떠한 의미를 갖는지 사색한다. 어머니가 여생을 보낸 툇마루는 육친의 애정도 침범할 수 없는 지대이며, 누구도 좁힐 수 없는 절대의 간격을 지닌 공간이다. 어머니의 툇마루는 하늘이 지상의 인간인 그에게 남겨둔 침묵의 시간이 흐르는 공간이다. 그곳으로 들어가서 삼 년 남짓 남은 생애를 보내신 어머니를 통해 세상 속에서 허우적거리며 살다가 쉰 살에 이른 화자는 과연 자신의 삶이 무엇이었던가 반추해본다. 지천명의 나이는 하늘의 뜻을 아는 나이로, 하늘이 부여한 나의 삶을 안다는 것을 의미한다. 그러나 죽음을 맞이하기 전까지도 자신의 삶이 무엇이었던가를 짐작조차 할 수 없는 인간의 모습은 어머니의 '존재의 희미함'으로 상징된다. 화자는 어머니의 여생과 자신의 생을 돌아보며 아무것도 떠오르지 않는 아득함만을 느낀다. 이처럼 아득함만으로 인지되는 것이 인간의 유한성이라고 부를 수 있다면, 그것은 우리 삶의 본질적인 측면을 가장 뚜렷하게 드러내주는 것이 아닐까.

4. 생명의 감각적 발현

윤정구는 강함에 억눌리고 가려져 있는 존재를 발견해 내려는 시정신을 보여준다. 그것은 앞에서 살펴보았듯이 '무구한 생명의 가벼움'으로 함축된다. 문자화된 세계를 이성의 세계라고 한다면, 윤정구는 여기에서 정체되고 상투성에 함몰된 삶을 본다. 윤정구는 틀에 맞춰지고 갇힌 세계로부터 끊임없이 탈신하고자 한다. 그는 무구한 상태를 상실하지 않은, 본원적 생명성이 보존되어 있는 문자 이전의 세계로 돌아가고자 한다. 모순에 찬 문명세계를 벗어나 원시적 생명이 보존되어 있는 곳으로 회귀하려는 윤정구의 시정신은 1960년대 시를 대표하는 신동엽의 시와 그 맥락이 닿아 있다. 신동엽은 그의 문학적 지향을 문명 탈피와 원시적 생명성의 회복에 두었다. 그는 현실 모순의 원인이 문명세계의 폐해에 있다는 것으로 인식하면서, 문명이전의 세계를 갈망한다. 마찬가지로 윤정구는 시를 통해 세속화된 문명 세계에 함몰된 지상의 삶을 탈피하고 생명성을 회복시키고자 한다. 윤정구의 시에서 나타나는 생명성의 발현은 시인의 상상력이 청각(「귀신고래」)과 시각(「붉은 뜰」)과 촉감(「望月」) 등 감각의 세계로 들어감으로써 가능해진다.

> 반구대에 가서 귀신고래를 보았다
> 업고 있는 어린 새끼를 어르는 어미고래의
> 귀에 익은 이두문자 울음소리를 들었다
> ㄱㄱㄱㄱㄷㄷㄷㄷ…
> 그 때 눈이 내리는 감포초등학교 운동장에는
> 무구를 든 아버지가 부르르
> 대추빛 얼굴의 텁석부리 수염을 떨고 있었다
> (나타나기만 해라 이눔
> 당장 다리 몽둥이를 뿐질러 놓블끼다)
> 유랑극단이 쳐놓은 누런 광목 울타리 안에서는
> 전옥인지 이애리수인지
> 가닥가닥 끊어진 유성기 소리가
> 눈발에 섞여 날리고 있었다
> 그 날 셋째 누나는 내 고사리 손을 잡고
> 학교 뒤 당산 엄나무 그늘에 숨어 있었다
> 등이 구부정한 소나무들 사이로
> 먼 바다빛 중절모와
> 눈익은 겨자빛 저고리 까망 통치마가 사라진 뒤
> 나는 무리에서 떨어진 어린 짐승처럼 막막하였다
> 귀신고래 우는 소리가 서낭당까지 들렸다
> ㄱㄱㄱㄱㄷㄷㄷㄷ…

엄했던 아버지
우리에게 한번도 눈물을 보이지 않던 아버지가
바위 아래 와서는 울었다던가
암각화 속의 귀신고래가 목이 메었다

　　　　　　　-「귀신고래」 부분

　어미와 아직 분리되지 않은 생을 유년기라 한다면, 「귀신고래」는 유년
기를 벗어나 독립적 개체로서 세상에 들어서는 시적 자아의 통과의례를
보여준다. 화자에게 그것은 아버지(어미)에게서 떨어져 나와 유랑극단을 따
라 집을 떠나는 셋째 누나를 통해 간접적으로 경험된다. 동시에 화자에게
있어 어미와도 같은 누이와 분리되는 직접적인 경험이기도 하다. 아버지의
허락없이 유랑극단을 따라 집을 떠나는 셋째 누나는 어미고래를 벗어나
독자적인 생을 시작하는 새끼고래 같다. 또한 무서운 아버지를 피해 "먼
바다빛 중절모"의 사내와 함께 화자를 남겨 두고 누나가 가버렸을 때, 어
린 화자는 "무리에서 떨어진 어린 짐승" 같은 존재가 된다.
　어미에게서 분리되는 새끼의 심리적 박탈감과 자신을 떠나가는 새끼에
대한 어미의 안타까운 사랑은 귀신고래의 울음으로 융합하면서 표출된다.
누나 때문에 바위 아래에서 울었다는 아버지의 사랑은 화자가 반구대에서
고래의 그림을 보면서 환청으로 들은 어미 고래의 울음소리와 결합한다.
암각화 바위에 단단히 새겨져 있을 귀신고래의 새끼 어르는 울음소리는
자식에 대한 아버지의 사랑이 얼마나 견고한가를 암시한다.
　육친의 사랑과 어미에게서 벗어나는 자식의 성장의 아픔은 완성된 문자,
혹은 음성으로 표현되지 않는다. 그것은 "ㄱㄱㄱㄱㄷㄷㄷㄷ…" 라는 울
음소리로 나타난다. 아버지가 몰래 드러낸 자식에 대한 사랑은 울음으로
표출되며, 다시는 돌아갈 수 없는 어미의 품에 대한 화자의 회한도 울음으

로 표현될 수밖에 없다. 어미의 사랑은 문자의 일정한 형태로 잡아낼 수 없는 것이며, 어미로부터의 박탈감이 주는 아이의 아픔도 음향의 세계에 속한 것이기 때문이다. 여기에서 어미의 사랑과 자식의 회한이라는 감정은 관념으로 '이해'되는 것이 아니라 다만 청각을 통해 '감각'되는 것이라고 볼 수 있다.

전쟁이 나던 해 유월에도
바람은 배꼽딱지 같은 감꽃을
뜨락 안 가득 풀었다

연주창이 도진 누이는
말없이 붉은 꽃을 꿰어
황토색 목걸이를 만들고 있었다

뒤뜰 감나무 곁 작은 골방에
어머니는 수척한 씨암탉처럼
베틀에 앉아 무심히 삼베를 짰다

한 날 한 날 골라
새색시 머리처럼 잘 빗겨서
풀멕여 말린 삼베올의 탱탱한 촉감

달칵달카닥 황톳물이 배인
베짱이 날개가 만들어지는 동안
어머니는 때때로 사랑가를 불렀다

가락도 두견처럼 슬픈 사랑가
감나무 가지에 휘도록 실어
유월 뜨락에 가득 감꽃이 떨어졌다

– 「붉은 뜰」 전문

유월은 만물의 생명이 만개하는 시기이다. 번식을 위해 피어난 식물의 꽃은 왕성한 생명력을 상징한다. 반면에 전쟁은 무고한 생명을 희생시키는 죽음의 이미지를 갖는다. 죽음이 만연하는 전쟁과 뜨락 안 가득 떨어진 감꽃은 생명의 만개함으로 극적인 대조를 보인다. 이는 전쟁과는 무관한 자연의 생명력을 두드러지게 한다. 전쟁과는 대조적으로 뜰에 가득 떨어진 붉은 감꽃은 생명을 창조하는 자연의 외경스러운 법칙을 보여준다. 포유류의 배꼽딱지는 하나의 생명이 또 다른 새로운 개체를 생산해 낸 흔적이다. 윤정구 시인은 이 시에서 모양의 유사성을 들어 감꽃을 배꼽딱지와 결합하여 생명의 이미지로 형상화시킨다.

연주창은 목 부위의 임파선에 결핵균이 침범하여 일으킨 병으로 육안으로 관찰할 수 있을 정도로 외양에 두드러지게 드러나는 병이다. 심해진 연주창은 누이에게 육체적인 고통뿐만 아니라, 심리적인 통증까지 유발시킨다. 연주창이 부끄러운 누이는 감꽃으로 목걸이를 만든다. 감꽃 목걸이는 부끄러운 몸을 가리고 싶은 누이의 간절한 심정이 투사된 사물이다. 누이에게 감꽃은 질병의 고통과 정신적 고통을 가려 덮어주는 매개물이 된다. 감꽃의 붉은 색깔은 누이의 육체적 고통을 드러내는 색채이며, 동시에 건강한 생명에 대한 누이의 절실한 희망을 동시에 함축하고 있는 색깔이다.

감꽃은 어머니의 심정에 민감하게 조응하는 자연물이기도 하다. 한평생베를 짜는 노동에서 벗어날 수 없었던 한스러움은 감꽃에 실려 뜰에 가득 떨어진다. 감꽃은 죽음의 어둠을 덮는 것이며, 연주창에 걸린 누이의 부끄러움을 가리는 꽃이며, 어머니의 한이 담긴 꽃이다. 윤정구는 죽음과 질병과 고된 생활 등 생로병사에서 벗어날 수 없는 유한한 인간의 숙명을 감꽃의 붉은 색깔로 표현하고 있다.

어스름 달빛이라니
그늘에서도
철철 흰 피 흘리는 제 마음 숨기기 쉽지 않아
소리 죽여 울고 있는 탱자꽃
아무것 이루지 못 해도 좋으니
이것 한 가지는 꼭 이루게 해달라던
뜨거운 맹세도
이제 모두 흙에 묻혀 아득해졌네
달빛 아래 말없이 누워
밤마다 감았던 눈을 뜨고 바라보는 사람이여
가깝고도 먼 나라
혈죽 대신
가시 세운 탱자꽃으로 다시 피어
떠오르는 둥근 달을 보고 있네

－「望月」 전문

　　탱자꽃의 가시의 뾰족함과 둥근 달은 대조적인 이미지이다. 가시의 뾰족
함은 고통스러운 삶을 거쳐 그것을 뚫고 나온 날카로운 삶의 통찰을 상징
한다. 또한 둥근 달빛은 고통과 견인이 점철하는 역동적인 삶을 겪고 난
후에야 얻을 수 있는 관조의 빛이다. 달빛의 차가움은 화자의 열망의 뜨거
움이 땅에 묻혀 삭혀져 다시 가시 세운 탱자꽃의 형상으로 지상에 피어나
는 감정의 변화 과정을 압축시켜 보여준다. 나의 열정은 가시 세운 탱자꽃
으로 피어 둥근 달과 혼융한다.
　　'생명'이라는 단어는 관념적인 것이다. 윤정구는 관념의 영역에 속한
'생명'을 감각적으로 살려내고 있다. 포괄적이고 보편적인 뜻을 내포하는
생명성은 윤정구의 시에서 독특하게 형상화 되어 나타난다. 그것은 「귀신
고래」에서 육친에게 가지는 회한과 사랑을 표현하는 울음소리로 표출되며,
「붉은 뜰」에서는 전쟁으로 인한 죽음과 육체적 고통과 부끄러움, 그리고

삶의 애환을 보듬어주는 붉은 색채로, 「望月」에서는 열정의 뜨거움을 식혀 주는 달빛의 차가움으로 발현된다.

윤정구는 자연물을 소재로 삼아서 문명에 의해 파괴되고 가려진 원시적 생명성을 끊임없이 추구한다. 시인이 꿈꾸는 세계는 강함, 혹은 견고함으로 표현되는 것이 아니라, 부드러움과 가벼움으로 나타난다. 이러한 시정신은 세속적 욕망의 매너리즘에 함몰되는 사회에 대한 비판정신이라고 볼 수 있다. 「꽃다지에게」와 「풀고기」에 나타나 있듯이 윤정구는 가벼움의 시학을 통해 세속적인 현실로부터 초탈하고자 한다. 세속을 벗어나 있는 이상적 공간은 「땅끝 아버지」와 「바보山水」, 「八曲夢遊」에 잘 나타나 있다. 모순에 찬 문명세계와 대결적 구도를 보이는 윤정구 시인의 상상력은 「귀신고래」, 「붉은 뜰」, 「望月」에서 나타나듯, 생명성의 감각적인 발현을 시로 형상화시키기도 한다.

그러나 시인이 처한 현실에 부단히 저항할 수 있는 원동력은 시인 자신의 마음의 중심이 확고하지 않고서는 불가능한 일이다. 이것과 저것이 구별되지 못 하는 혼란 속에서 시인을 지켜주는 것은 내면의 균형을 이루려는 자신의 의지이다. 윤정구의 두 번째 시집에 흐르는 일관된 창작 정신은 '나를 찾아 떠도는 삶'으로 압축할 수 있다. 이는 곧 혼미한 세상에 맞서려는 시인의 삶의 자세이기도 하다. 그것은 "한 소절 꽃따오기를 듣기 위해 흰 자작나무 숲을 헤매고 있는 / 발자국 하나 남기지 않고 떨며 지나가는 내 푸른 그림자"(「꽃따오기」)로 나타나며, "참된 이"(「探梅」)를 찾아 나서는 시적 자아로, "청련을 그리며 눈 쌓인 산을 헤매는"(「靑蓮을 찾아서」) 시적 자아로 표현된다. 끊임없이 자기를 단련시키려는 시인은 노래한다. "아암, 나 이제 내 이 어수룩함 그대로 / 슬쩍 데치고 양념도 줄여서 / 씁쓰레한 내 삶의 맛을 그대로 보게 하리"(「졸시」). 매끄럽고 화려한 시를

쓰기보다는 좋한 시를 쓰기를 희망하는 시인의 삶의 자세는 견고함이 아
니라 부드러움에서, 강함이 아니라 연약함에서 삶의 아름다움을 발견하는
그의 시정신과 맞닿아 있다.

길 끝에서 만나는 감각

- 박종국의 시

1. 생의 시인

인간은 살아 있는 존재임에도 불구하고 항상 죽음의 불안과 두려움에 직면해 있다. 죽음 뒤에 맞게 될 존재의 완벽한 상실은 인간에게 삶에 대한 허무와 불안을 불러일으킨다. 허무와 불안이 지배하는 삶은 그에게서 생의 감각을 박탈해 버린다. 그로부터 벗어날 수 있는 '살아 있음'의 느낌은 어떻게 경험할 수 있는가? 그 경험은 오로지 저마다의 개별적이고 독특한 생의 발견일 것이다.

박종국은 살아 있음의 감각을 역설적으로 그 살아 있음이 끝나는 막다른 지점, 죽음과 같은 절망의 문턱에서 발견해 낸다. 박종국 시인은 ≪현대시학≫(1997년 12월호)에 「비루먹은 노을」을 발표하면서 등단하였다. 그의 시는 '살아 있음'의 환희를 노래한다. "다 잃고 나서야 / 환해지는 서편 하늘 / 흘리는 눈물만이 / 산다는 것이 얼마나 좋은 건지 / 살 수 있다는 것만으로도 / 한 세상이 아름답다는 것을 안다 / 세상에서 / 가장 맑은 거울은 눈물이다" 삶이 인간에게 숙명적으로 부과하는 "상처"와 "슬픔"을 아름답고 환한 것으로 받아들이기까지 삶은 얼마나 냉혹하게 인간을 담금질하는가.

박종국 시인은 등단작인 「비루먹은 노을」을 비롯하여, 「버린 신발」, 「늦가을, 다랭이 논」, 「한 개피 장작이고 싶다」 등에서 철저한 자기성찰을 토대로 하여 생의 탐색에 혼신의 힘을 기울여 왔다. 여기에서 살펴볼 그의 신작시, 「그날 이후」, 「안개 속에서」, 「아직 멀다」, 「김씨의 새벽길」, 「선창」도 역시 외경스러운 생의 비의에 조심스럽게 다가가는 시인의 모습을 보여준다. 시인이 생의 비밀, 그것도 얼핏 드러나는 끝자락을 알아차릴 수 있기까지 그가 대가로 내어주는 것은 철저한 절망의 체험인 것이다.

2. 냉혹한 길 위의 인간

삶의 길은 앞에 놓여 있음에도 불구하고 가는 방법을 드러내지 않을 뿐더러 결코 보여주지도 않는다. 법칙성이 정해지지 않은 상태에서 삶의 길을 찾아가는 과정은 온전히 인간 자신의 과제이다. 그 숨겨진 길을 찾는 유일한 방법은 부단한 탐색과 체험에 의지하는 것뿐이다. 그 길 위에서 박종국 시인이 만나게 되는 현상들은 삶의 어둠과 밝음, 가치를 지닌 것과 부정적인 대상 등 다양한 모습으로 나타난다. 그의 눈에 들어오는 현실의 삶은 어두운 색조를 띠고 있다. 그러나 상실과 무너짐이라는 현상에서 시인은 그 이면에 대한 인식을 통해 진정한 현상의 실체를 발견하고자 한다.

박종국은 「눈밭」에서 길의 냉혹함에 대해, 동시에 그 길이 감추고 있는 반짝이는 생에 대해 노래한 적이 있다. "길이란 길은 모두 덮어버리고 있다 / 길을 만들며 오라는 몸짓이다 // 차갑고 냉정한 표정이다 / 그 어떤 것에 걸려 넘어지든 / 그건 네 일이라고 말한다 // 그런데도 반짝이는 것은 / 맨살로 감싼 파란보리 일으켜 세울 / 뜨거운 햇살 부르는 것이다"

생의 길은 냉혹한 길이며 동시에 파란 생명을 품고 있는 반짝이는 길이다. 이러한 인식에 이르기까지 우리는 길 위에서 걷다가 멈추고 다시 나아 가기를 끊임없이 반복한다. 길은 우리들로 하여금 두려움을 갖게 만들고 자주 멈추게 한다. 멈추고 나아가는 것은 우리들의 의지에 따르는 행동이 아니다. 오직 우리는 운명적인 바람이 부는 길을 떨면서 가야함을 깨달을 뿐이다. 운명적인 길은 "산 채로 쓸려가 쌓인 / 리어카 바퀴가 삐걱인다 / 당신을 향해 나를 향해 / 굴러온다, 굴러오는 것들이 / 사선으로 떨어진다 / 새벽 비를 내린다 / 입은 옷 흠뻑 적신다 / 걸어가는 것조차 힘겨운 / 나의 생이 쓸린다"(「김씨의 새벽길」)에서 잘 형상화되어 있다.

> 살다 남은 고달픔
> 못다 이룬 꿈
> 제 몸을 모진 매로 다스리다가
> 신음을 삭이는 눈물
> 그 속에 살아있는
> 흙더미들의 숨소리
> 똘똘 뭉친 돌이 굴러다닌다
>
> 안으로 안으로만 구르다가
> 지친 몸 그만 잠들어 버린 돌
> 저 산에 박혀
> 푸른 하늘 가물가물 날아가는
> 새 한 마리 바라보는
> 늦었다 싶은 눈
> 돌문을 열고 간다, 먼길
>
> 「아직 멀다」 부분

　「아직 멀다」에서 화자의 고달픔과 못 이룬 꿈, 삭이는 눈물과 그 속에 살아 있는 숨소리가 함께 뭉쳐진 것이 화자의 몸 속에서 만들어져 굴러다닌다. "똘똘 뭉친 돌"의 이미지는 「안개 속에서」에 나오는 "바싹 마른" 나와 같은 의미를 함축하고 있다. 이는 명징한 자의식이라고 지칭할 수 있겠는데, 이처럼 응결된 내면이야말로 삶의 먼 길을 걸어갈 수 있도록 이끄는 힘이다. 부정적인 힘을 지닌 외부세계와 맞설 수 있는 단단한 내면을 화자가 견지할 수 있는 것은 철저히 자신을 채찍질하는 견인의 정신에서 나온다.

> 안개 짙을수록
> 촘촘히 살아나는 귀
> 물방울 속 물방울 움직이는 소리
> 나무가 나무끼리 하는 이야기
> 다른 사람들의 다른 이야기
> 지워진 이야기를 듣는다
>
> 안개 깊을수록
> 길은 젖어서 맑아
> 턱밑에 버린 것들이 보이고
> 아무렇게나 지워진 약속이 살아나
> 점점 열리는 눈 속엔
> 바싹 마른 내가 있다
>
> － 「안개 속에서」 전문

안개는 육안을 가린다. 눈이 가려지면 청각까지도 둔해진다. 그런데 이 시에서 안개는 심안, 기억의 눈을 뜨게 하는 매개이다. 안개는 단순한 자연 현상이 아니다. 또한 안개는 의식을 몽롱하게 만드는 실제의 모습을 은폐하는 상징으로 쓰이지 않는다. 「안개 속에서」의 안개는 나의 실체를 피하지 않고 똑바로 보고자 하는 화자의 의지가 표출된 의식행위의 매개로 나타난다.

나의 참모습을 발견하게 하는 눈인 안개가 짙을수록 내 기억의 귀와 마음의 눈이 열린다. 안개는 번잡한 외부로부터 화자를 벗어나도록 하기 때문이다. 육안과 귀로는 볼 수 없고, 들을 수 없는 것들이 안개 속에서 명료하게 모습을 나타낸다. "바싹 마른 나"는 한껏 위축된 화자의 현존에 대한 화자 자신의 진솔한 응시이다. 극도로 위축된 나를 직시하는 일은 나의 현재에 대한 나의 정직한 고백일 것이다. 윤동주의 시정신을 연상케 하는 이 구절을 통해 알 수 있는 것은 길의 모습이야 어떠하든 진실하게 낯선 삶을 맞이하는 자에게는 그리 큰 문제가 아니라는 사실이다. 박종국 의 시는 낯선 삶을 맞는 인간의 모습이란 과연 무엇인가에 대한 사유를 보여준다.

> 갈매기 날개 위에 실린 햇살 타오르는 이곳
> 망둥어가 펄쩍펄쩍 뛰는 이곳
> 파도가 일으키는 바람 머문 이곳
> 밀려난 물거품 장터를 이룬 이곳
> 팔뚝을 걷어 부친 포장마차
> 익숙한 칼날에 토막난 세발낙지
> 꿈틀거리는 낯선 하루
> 목구멍에 쩌―억 쩍 달라붙는다
> 말문이 막힌 검푸른 파도
> 저 혼자 부서지며 출렁거린다
> 아무 데나 털썩 주저앉아
> 밀려오는 썰물과 밀물 이야기
> 파아란 화음에 낚시를 던져 놓고
> 입질하는 너를 낚아챈 나는
> 뱃멀미를 견디지 못하는 뱃놈이다
>
> ―「선창」 전문

박종국은 낯설고 예측이 불가능한 삶의 길을 아이로 형상화시키기도 하지만, 선창에 비유하기도 한다. 삶을 길로 나타낼 경우, 그것은 끝이 보이지 않는 아득히 먼 거리를 지닌 생의 시간을 공간적으로 표현한다. 반면에 선창에 삶을 비유할 때, 막막함보다는 틀이 지워지지 않은 생의 활기를 함축한다. 밀려오는 파도의 격랑은 일정한 형상이 만들어지지 않은 것이므로 언제든지 새롭게 지을 수 있는 삶의 의미를 나타낸다.

앞에서 길의 이미지가 나타나는 작품들을 살펴보았는데, 그 길은 생의 활력보다는 지친 일상이 연속되는 길, 혹은 도달하기에 너무 먼 아득한 거리의 의미를 지녔다. 그렇기 때문에 그 길은 고통과 고난으로 점철되는 운명적인 삶의 행로를 가리킨다. 그러나 변형된 길인 선창은 고단한 행로라기보다는 미래지향적인 희망을 그 이면에 감추고 있다. 선창이 삶의 생생한 터전이라면 화자는 선창을 배경으로 살아가는 뱃놈일 것이다. 뱃사람이 되는 육체적 조건 가운데 제일 필요한 것은 뱃멀미를 하지 말아야 할 것이나, 화자는 뱃멀미를 견디지 못하는 자이다. 이 같은 표현은 운명적으로 삶의 길을 가야 하지만, 방향을 알지 못한 채 불안해하는 인간의 아이러니한 상황을 적절하게 드러낸다. 그러나 격랑이 이는 삶의 바다를 벗어날 수 없는 존재가 인간일진대 그는 멀미를 일으키게 하는 격랑을 헤쳐나갈 수밖에 없다. 낯선 미래를 상징하는 장소인 선창을 배경으로 낡여진 날들의 연속이 곧 사람의 일생을 형성할 것이다.

3. 겸허함이 길을 벗어나게 한다

아이는 아이일 뿐이라서
배고프면 울고

배부르면 뛰어 놀다가, 심심하면
내 배를 힘껏 발로 걷어찬다

늘 손을 휘젓는,
아이의 손가락, 집어오는 하늘 한줌 속에는
먼지가 반딧불처럼 날아다니고
박쥐가 봉황처럼 날아다닌다
그러다 절벽에 부딪혀 거꾸러진다
캄캄한 하늘의 풍경이다

아이의 눈길 칼날 같아서
아이를 토닥거리는 손마디가 쓰리다
잠드는 아이의
단순한 숨결 내 폐부로 스민다

－「그날 이후」 부분

　　목숨을 부지하는 것만이 삶의 전부일 때가 있다. 절명의 순간이다. 이
순간에 인간이 발견하는 것은 무엇인가? 화자가 이 순간에 발견한 것은
자신을 움켜쥐고 마음대로 운용하는 삶의 실체이다. 그것은 숨어 있다가
화자가 모든 것들을 다 잃고 나서야 비로소 본모습을 드러내는 존재이기
도 하다. 화자는 변덕스럽고 심술궂은 존재에 의해 마음내키는 대로 운용
되는, 예측이 불가능한 삶을 깨닫는다. 삶은 화자에게 기쁨과 고통을 동시
에 가져다준다. 현상의 본질을 바로 보기 위한 방식은 사물의 양면성에 대
한 인식에서 출발한다. 박종국은 어둠과 밝음이 동시에 존재하는 것이 바
로 삶의 실체라는 사실을 보여준다. 삶이란 결코 어두운 이미지로만, 혹은
밝음으로만 파악할 수 없기 때문이다.
　　박종국은 삶의 양면성을 독특하게 '아이'로 형상화시키고 있다. 위 시의
화자는 자신의 내부에서 자라고 있는 어린아이와 자신이 분리될 수 없음

을 자각한다. 삶과 아이의 인접성은 거울처럼 있는 그대로의 모습을 반사한다는 점이다. 여기에는 어떠한 위장이나 수식이 덧붙여지지 않는다. 어린아이는 희노애락의 감정을 숨기지 않고 그대로 표현한다. 어린아이로 상징된 삶은 천진난만하게 기쁨과 즐거움을 표현하지만, 동시에 한쪽 손에는 항상 캄캄한 절망을 쥐고 있는 것이다. 이 같은 사실을 겸허하게 받아들이는 인간의 아픔이 「그날 이후」에 잘 나타나 있다.

박종국의 시는 무감각한 삶으로부터 살아 있음의 감각을 이끌어 내고 있다. 그러나 그것은 철저한 절망감을 토대로 하는 고통스러운 작업이다. 죽음과 같은 절망의 길 끝에서 길어 올리는 생명의 감각은 기쁨과 슬픔이 교차하는 삶의 양면성을 겸허하게 받아들이는 자만이 체험할 수 있다. 겸허한 삶의 자세가 유한하고 운명적인 인간을 일상의 길에서 벗어나게 하는 것이다.

4. 진솔한 마음이 만든 빛깔들

박종국 시인은 등단작 「비루먹은 노을」을 비롯하여, 첫 시집인 『집으로 가는 길』에 이르기까지 인간과 시의 '진솔함'이란 과연 무엇인가를 잘 보여주고 있다. 시인의 거짓 없는 자기 토로는 철저한 자기 성찰을 토대로 이루어진다. 그는 외경스러운 생의 비의에 조심스럽게 다가가는 시인의 모습을 보여준다. 시인은 육안으로는 볼 수 없으나, 우리 삶을 이끌어 가는 본질적인 것을 찾기 위해 분투한다. 시인이 찾고자 하는 비밀스런 생의 모습은 거창하거나 멀리 있는 것이 아니라, 시인 자신이 숱하게 경험하고 걸어온 생활로서의 생이다.

힘든 세월 속에서 자신의 목숨과 생활을 이끌어왔던 것이 무엇인지에 대해 시인은 세밀하게 사유한다. 박종국 시인의 최근 작품들을 보면 시인이 드디어 생을 이끄는 동력을 찾아낸 것 같은 그의 확신을 발견할 수 있다. 시인이 생의 비밀을 들여다보는 길 혹은 매개는 색채감각이다. 그는 색채를 다각도로 관찰하고 만들어내면서 그에 대해 천착한다. 색채 관찰을 통해 얻어 낸 시각적 인상은 곧 시인이 경험한 시인 자신의 과거와 현재의 생활과 결합된다. 생에 대한 감정의 응결체는 시인이 미래의 생을 짐작할 수 있는 바탕이 된다.

박종국 시인의 첫 시집인 『집으로 가는 길』에는 색깔에 관한 시적 사유를 볼 수 있는 작품들이 실려 있다. "얼굴색이 변하는 걸 보고 / 얼마나 화가 난 것인지 / 얼마나 기쁜지 알 수 있듯이 / 색깔은 사물의 마음에 있다 / 마음의 변화에 따라 / 사물은, / 가장 싫어하는 색깔을 반사 / 자기의 변화를 나타낸다,"(「색깔 만들기」) 색깔은 사물 "각자가 쏟아내는 마음"(「색깔 만들기」)의 표현이다. "사물은 색깔이 제 것인 줄 알지만 / 빛이 없는 밤이면 사라진다는 것을 알아야 한다 / 캄캄한 밤에는 / 제 속에 무르익은 까만 정점이 있다 / 그곳에 스스로 빛나는 다이아몬드가 있다 / 어둠을 스스로 밝힐 때 / 그것이 제 빛이고, 색깔이며 이름이다"(「땅거미」) 시인은 사물들이 빛의 작용으로 반사하는 색깔은 사람들이 마음의 변화에 따라 얼굴색이 달라지는 것과 같다고 본다. 얼굴색이 변하는 것은 그를 움직이게 하는 마음이 있기 때문이다. 바뀐 것은 색이며 그것의 동력은 바로 마음의 작용인 것이다. 그러나 사람들은 얼굴색을 보지 감춰진 마음을 보기는 어렵다. 마찬가지로 사물들이 보여주는 각각 다른 색깔은 피상적인 작용에 의한 하나의 가변적인 현상일 뿐이다. 시인은 현상의 가변성을 걷어내고 그 안에 숨겨진 원천과 본질을 찾으려고 한다. 따라서 색깔에 대한 시인의 세밀한 집중은 생의 비의를 캐는 하나의 접근 방법이 될 수 있는 것이다.

시인의 색깔에 대한 시적 사유가 하나의 경지에 이르렀음은 그의 신작 시편을 보면 잘 알 수 있다. 색깔은 시인의 생을 이끌어 온 상징적 등불로 시인의 과거를 함축하는 것이다. "옛날에도 있었고 앞으로도 있을 / 가슴 깊숙이 자리 매김 해야 할 / 정성을 다 해 드러내야 할 / 터질 듯 차오르는 눈물의 말들 / 복잡한 종로나 광화문으로 / 너를 찾아 나를 찾아가는 나의, / 살아갈 비밀 쥐고 있다 / 불끈 쥐고 있는 나의 믿음 / 이리 기울고 저리 기우는 / 색깔들의 들숨과 날숨이다"(「한꺼번에 말하는 비밀」) 여기에서 '마음'과 '믿음'은 시적 화자가 살아오면서 체험으로 알게 된 생의 동력이다. '색깔'은 이러한 변하지 않는 본래적인 것이 드러내 보여주는 생의 얼굴빛이다. "사는 동안 내게 힘이 있었다면, 그건 / 저 빛깔들이 이끄는 끌림이란 생각이 들었지" / (중략) // 먼지 가득한 이 길, / 찬란한 황금빛 빛나는 색깔 매력에 끌려 / 오늘도 만들고 또 만들지 / 어디로 끌고 가는지 묻지 않고 따라가지 / 그 차가운 반짝임 따라 / 태양 같은 내 눈 믿고 따라가지(「찬란한 황금 빛 어디로 가는가」) 먼지가 일고 방향도 알 수 없는 생의 길 위에 서 있는 화자를 이끌어 주는 것은 사물들이 각각 자기의 마음을 드러내는 색깔들이다. 사물들도 마음과 감정이 있어 싫어하는 표정과 기쁜 표정을 드러낸다. 그것이 색깔이다. 그것을 보면서 화자는 마음의 위안을 얻는다. 자신이 겪는 힘든 일들도 사물들의 다양한 색깔들처럼 한 가지 색깔이며, 그 색깔 역시 자신의 생을 이끌어가는 하나의 모습이므로 화자는 겸손하게 받아들일 수 있게 된다.

앞발 치켜들고 하늘보고 으르렁거리다,
조용히 마음을 가다듬을 때였습니다
혓바닥으로 내 몸을 빗질 할 때였습니다
터럭은 한 올 한 올 말끔하게 빛났습니다
끌려가며 저지르던 모든 행위, 환상이라는 듯

알알이 빛났습니다
제 색깔대로 살고 싶은 기질,
녹슨 정신에 갇혀 있던 영혼이었습니다
지금까지 끌려가던 길에는
길 도둑과 산적이 있을 뿐이였습니다

- 「빗질하는 혓바닥」 부분

위 시에서 화자는 지금까지 자신을 이끌어 왔던 것은 자신이 아니라 자기의 욕망이었음을 깨닫는다. 그 깨달음은 순간적으로 오는데, 이는 설원의 사나운 짐승이 혓바닥으로 털을 빗질하는 순간으로 형상화 되어 있다. 설원의 주인이 되었다고 하여도 자신이 자신의 주인이 아니었다는 사실을 인식함으로써 욕망이라는 "녹슨 정신에 갇혀 있던 영혼"은 자유로울 수 있다. 여기에서 변하는 것은 외부에 있지 않고 바로 화자 자신의 내부에서 일어난다. 화자가 바깥 세상의 주인이 되고자 했을 때, 그는 "끌려가던 길" 위에 있을 뿐이었다. 그러나 부족한 자신의 모습을 있는 그대로 받아들였을 때, 비로소 화자는 자신의 삶의 주체가 된다. 백곰으로 형상화된 화자가 가시가 돋은 혓바닥으로 자신의 몸을 빗질하는 것은 자기 성찰의 소박한 비유이다. 겉으로 드러난 현상과 타율적인 욕망에 급급할 때는 볼 수 없었던 자기의 본모습을 보게 되는 것은 화자의 내면에 숨겨져 있던 진솔한 마음의 작용으로 가능하다.

네 속으로 내 속으로
세상사 모두 반사하는 파동
비수같이 꽂히는
흰 빛
철들 무렵부터
때리고 넘어뜨리며 끌고 갑니다

거리로 들판으로
능선 넘어 여관방으로 하숙집으로
끌고 가는 반짝임, 하얀 목소리
얼어붙은 빙판같이 서늘합니다
단단합니다
저 흰 빛

　　　　－「뒤뜰에 핀 흰 매화」 부분

흰 색깔 만들다 보면 흰 색깔은
이리 기울고 저리 기울지 않는
투명한 물질 옆에 자리한
순수한 흐림이란 걸 알 수 있다
제 몸과 마음을 갈기갈기 뜯고 나서야
차별에 찢기던 몸 덧없음을 알듯
투명하기 직전까지 모든 파장 반사하는
의식의 꽃이란 걸 알 수 있다

　　　　－「순수한 의식의 꽃」 부분

　흰 빛은 한 가지 감정이나 한 가지 경험의 빛깔이 아니다. 그것은 희로
애락이 뿜어내는 갖가지 색깔들이 섞이지 않은 "세상사 모두 반사하는 파
동" 같은 빛이다. 그 빛은 비수처럼 날카롭게 생을 헤집어 들어오는 빛이
며, 빙판 같이 서늘하고 단단하게 응결된 빛이다. 흰 빛은 "제 몸과 마음
을 갈기갈기 뜯고 나서야 / 차별에 찢기던 몸 덧없음을" 아는 "순수한
의식의 꽃" 빛깔이다. 그러므로 다른 빛깔들을 모두 반사하는 흰 빛의 염
결성과 순수함은 쉽게 얻을 수 있는 것이 아니다. 그것은 자신의 몸과 마
음이 생활 속에서 철저히 헤쳐진 후에야 비로소 발현하는 '안의 것'이기
때문이다. 이 '안의 것'은 고된 생활 속에서 박종국 시인의 시적 자아가

빚어낸 의식의 응결체이다. 그 응결체의 색깔이 흰 빛이다. 아마도 마음이 빛깔을 갖는다면 그에 가장 근접하는 색깔이 흰 빛일 것이다. 쉽게 얻을 수 없는 것, 자신의 생을 온전히 세상 속에 바칠 때 비로소 발견할 수 있는 것을 하나의 관념어로 표현한다면 그것은 '진솔함'일 것이다. 자기의 내부에 숨겨져 있던 '마음의 빛'을 볼 수 있는 시인은 행복하다. 박종국 시인이 비밀스런 생의 한 자락으로 찾아낸 것을 '진솔함'과 '마음의 빛'이라고 필자가 표현하는 일은 너무 쉬워 보인다. 자신의 삶에서 흰 빛을 보고, 또 그 빛을 기꺼이 받아들이기까지 한 사람의 이력에는 무수한 핏방울이 맺혀 있을 것이다. 그것을 어떻게 간단히 표현할 수 있을 것인가.

느리고 조용한 마을로 건너가는 시인

- 이은봉의 시

1. 시대 중심의 시학

이은봉은 80년대 문학의 한복판에 서 있었으며, 90년대를 지나 2000년대에 들어와서도 여전히 그의 시인으로서의 관심은 "민족 민중에의 마음"(『진실의 시학』)을 스스로 어떻게 견지해야 할 것인가에 놓여 있다. 그것은 변화하는 시대의 와중에서 중심을 잃지 않으려는 시정신으로 여겨진다. 그는 오늘의 문학이란 '민족 민중에의 마음'이 시대의 변화에 따라 그 나름의 적당한 변용을 통해 드러나는 것으로 본다. 다양한 현상 속에서 이루어지는 폭넓은 창작은 관념과 추상에서 벗어나 삶 속에서 "구체적이고도 생생한 일상의 형상으로부터 삶의 따사로움과 정겨움"이 느껴지는 글의 생산이다. 이은봉 시인은 글이 사람들의 세계관을 변화시킬 수 있으며 궁극적으로는 폭력적인 80년대에 꿈꾸었던 사랑과 평등의 실현을 이룰 수 있다는 확신을 드러낸다. 시대가 변하고 환경이 변해도 화해로운 세상을 동경하는 시인의 깨어 있는 정신이야말로 혼돈의 시대에 중심을 세우는 일이 아니던가.

이은봉의 평론집인 『시와 생태적 상상력』에서 그가 직시하고자 하는 것은 반자연적인 현상이다. 그는 "최근에 들어 발표되고 있는 우리의 시는 대부분 자연을 바탕으로 하고 있다. 무엇보다 이는 오늘의 문명에 대한 위기의식의 확산과 무관하지 않아 보인다. 시인들이 거의 본능적으로 자연에 매달리고 있는 것은 그만큼 인간의 생태환경에 위기가 심화되고 있다는 증거일 수도 있다.……오늘의 시에서 자연을 소재로 하는 경향이 부쩍 강화되는 데는 아무래도 생태환경의 위기에 대한 시인들의 자각이 좀 더 많은 역할을 했을 것으로 보인다. 이를 가리켜 시인들의 사유의 중심이 훨씬 근본적인 곳으로 이동되어 왔다고 해도 좋다. 그렇다면 이는 삶의 현실에 대한 인식과 전혀 무관한 것도 아니다. 오늘의 시인들의 경우 오히려 훨씬 본원적인 현실인식으로 자신의 안목을 심화시켜온 것이 되기 때문이다".(29 - 30면)

파괴되어 가는 자연은 90년대 이후 좀 더 직접적으로 대면하게 된 시인의 현실이다. 우주의 일부로서 존재한다는 인간 자신의 자각이 둔화될 때, 인간도 파괴되는 자연의 운명과 같이 할 것이다. 자연의 품 속에서 조화롭던 시절의 회복을 희망하며 자연에 생명을 불어넣으려는 시인의 마음이 시집 『내 몸에는 달이 살고 있다』에 잘 나타나 있다. 오늘의 삶을 이루는 가장 중요한 현실이 무엇인가를 직시하려는 정신을 적절하게 형상화시킬 수 있을 때, 이은봉 시인이 견지해 온 창작 정신인 '진정한 리얼리즘 문학의 구현'이 이루어질 수 있을 것이다.

이은봉이 꿈꾸는 세상은 자연 만물이 자발적으로 자신의 생을 이끌어 조화를 이루는 세상이다. 그곳은 누구도 깨뜨릴 수 없는 활기차고도 완결된 생명의 발현지이다. 이은봉의 『내 몸에는 달이 살고 있다』는 동물의 활기와 운동성을 담고 있다. 자연물을 소재로 하는 작품들이 대부분을 차지하고 있는데, 식물과 광물의 정적이면서도 고착의 이미지는 이은봉의 시에서는 동물성으로 생기 있게 다시 태어난다. 이 같은 현상은 시인이 보여주는 자연과의 동일시 혹은 친밀감에서 발생한다. 생명성에 대한 시인의 절실한 감정이 역동적인 활기를 정적인 자연물에 불어넣은 것이다. 그는 환경파괴에 대한 고발보다는 보존된 자연이 얼마나 아름다운가를 형상화하여 우리의 삶을 암묵적으로 비판한다.

2. 인간화된 자연의 시

> 뒤란 대나무숲 울타리 / 뭉게구름 잠시 멈춰 선 자리 // 장독들 옴죽
> 옴죽 비켜선 사이 / 푸드득, 숨죽이는 바람 소리 // 낯부끄러운 홍시들 /
> 얼싸안고 뺨 비비는 소리 (「사이, 소리」)

> 강언덕 저쪽 산비탈에선 일찍 핀 꽃잎들, 아랫도리를 꼬며 이울고
> 있다 (「청매화 봄빛」)

> 바다는 볼록하고 팽팽한 젖가슴을 갖고 있다 가슴 나직이 출렁이는
> 바다 (「만리포 바다」)

> 아랫도리 바짝 힘주고 있다 구릿빛 어깨 팽팽히 벌리고 있는 바다
> (「아침 바다」)

이은봉 시인은 자연물들과 인간을 일체화시켜서 생명의 아름다움을 형상화한다. 정적인 것으로 보이는 식물과 광물은 의인화되어 활력이 충일한 것들로 바뀐다. 이은봉의 시에서 자연물들이 그토록 활기를 띠는 이유는 그것들이 인간의 육체를 지니고 있기 때문이다. 더군다나 그것은 성적 욕망을 강렬하게 드러내는 육체인 것이다. 「청매화 봄빛」의 꽃잎들과 「만리포 바다」의 바다는 여성의 풍만하고도 매혹적인 육체로 그려지고, 「아침

바다」의 바다는 어깨 팽팽히 벌린 남성의 강건한 육체에 비유된다. 「사이, 소리」에서 홍시의 붉은 색채는 서로 얼싸안고 뺨을 비비느라 부끄러워진 얼굴색으로 나타난다. 이처럼 이은봉은 성적 상상력을 바탕으로 하여 자연물들의 생생한 생명력을 표현하고 있다.

> 쇠북소리, 정오의 아카시아 꽃향기 속으로
> 푸드득 떨어져……, 生生하여라
>
> ……그것들, 알몸으로
> 살 섞는 것들
> 숨 넘어가는 것들
> 단내나는
> 날갯짓으로
> 으히히 좋아라……총총히
> 꽃구멍, 잉잉잉
> 파고드는 꿀벌들처럼
> ……그것들, 온몸으로
>
> 황홀하여라 죽음
> 뚫고 일어서는 소리
> 코피 흘리는
> 물소리 울음소리
> 헉헉헉……뿜어내는 아카시아 꽃향기
> 멧새들, 아득하여라
> 깜박 조는 사이
>
> 쇠북소리, 정오의 아카시아 꽃향기 속으로
> 푸드득 떨어져……生生하여라, 아흐 그만.
>
> ―「대원사에서」 전문

위의 시에서 쇠북 소리와 아카시아 꽃향기의 결합은 정오에 일어난다. 생명이 약동하는, 생생하게 살아 있는 시간이라는 의미에서 정오는 베르그송이 주장하는 '진정한 지속'의 시간이다. 베르그송은 시간과 진정한 지속은 절대적으로 다르다고 말한다. 진정한 지속은 혼합이 전혀 없는 순수한 것이다. 그것들의 총체는 어떤 살아 있는 존재, 즉 그 존재의 여러 부분은 분명히 구별되어 있음에도 불구하고 연대성의 결과에 의해서 상호 침투하는 존재이다. 우리의 의식은 수로 환원시키는 양적 시간, 객관적 시간, 과학적 시간에 함몰되어 있다. 공간에 그려지는 기호적인 선은 흘러가 버린 시간이지 흐르고 있는 시간은 아니다. 이와 반대로 지속은 양에서 질의 상태로 되돌아가는 것이다. 행위를 하는 순간, 동적 진행 속에서 자아의 연속적 생성이 발생한다. 자유로운 행위는 흐르고 있는 시간 속에서 발생한다.[4]

쇠북 소리가 꽃향기 속으로 푸드득 떨어진다. 광물성의 쇠북 소리가 꽃향기 속으로 들어가서 어우러지는 소리는 화자로 하여금 "生生하여라" 라고 감탄사를 발하게 만든다. 성적 상상력을 펼치면서 마음껏 소리와 향기를 감각하는 화자는 그 순간에 그 자신의 살아 있음을 생생하게 체험한다. 생명성이 극대화된 순간은 살아 있는 존재를 압도하는 죽음조차도 초극되는 때이다. "죽음 / 뚫고 일어서는 소리"를 들으며, 실제로 감각하는 황홀감은 화자만이 느끼는 것이 아니라, '대원사에서' 살고 있는 모든 것들이 함께 어울리면서 체험하는 것이다.

생명으로 가득 차 넘치는 자연을 닮고 싶은 시인의 욕망은 달과 자신의 육체를 일치시키기도 한다. 「달」에서 화자는 "내 몸에는 달이 살고 있다", "……홍건히 피 흘리는 달, 아랫도리 절룩이는 달, 내 몸의 물관부를 따라

---

4) 베르그송, 『시간과 자유의지』, 정석해 역, 삼성출판사, 1990, 87-166면.

출렁출렁 뛰어 다니는 달……"이라고 노래한다. 여기에서 초승달에서 반달, 보름달로 시간에 따라 변모하는 달의 모습은 생명이 있는 유기체의 성장하는 모습을 보여준다. 이 시의 화자가 닮고자 하는 달의 모습은 생명력의 절정을 상징적으로 드러내는 보름달의 온전한 외형이다.

3. 세상을 여는 작은 힘

세상은 미소한 존재들이며, 아픔을 드러내는 존재들에 의해서 환하게 열릴 것이라는 신념이 이은봉의 시의식의 근저를 이룬다. 이는 이은봉 시인이 그동안의 창작을 통해 보여주었던 시정신의 근간이기도 하다. 외형상 미소하게 여겨지는 존재일지라도 그것들 각자가 지니고 있을 생명과 생의 크기는 그 어떤 것보다도 웅대한 것이다. 작은 존재에서 우주를 여는 거대한 힘을 발견하고 있는 이은봉 시인의 시의식은 그 작은 존재들의 온전함을 신뢰한다.

앉아 있어라
쪼그려 앉아서 피워 올리는 보랏빛 설움이여
저기 저 다스운 산빛, 너로 하여, 네 아픈 젖가슴으로 하여 한결같아라
하나로 빛나고 있어라

보랏빛 이슬방울이여
눈물방울이여
언젠가는 황홀한 보석이여
앉아서 크는 너로 하여, 네 가난한 마음으로 하여 서 있는 세상, 온통
환하여라
환하게 툭, 터지고 있어라.

- 「패랭이꽃」 전문

「봄 햇살」의 "무한 천공 밀어 올리는" 씀바귀꽃과 냉이꽃들, 「무등산 3
－산나리꽃」의 "혼신의 힘으로 / 제 속의 모든 슬픔 끌어올려 / 아득히 꽃
망울 피워 올리는", "아랫도리 비틀거리면서도 / 제 生이 이루는 모든 힘
바쳐 / 꽃대궁 지극히 밀어 올리는" 산나리꽃 들에게서 시인은 우주를 열
고, 우주를 들어올리는 작은 힘을, 아니 역설적이게도 거대한 힘을 발견하
는 것이다.

　　아침 산책길, 돌멩이 하나 문득 발길에 채인다 또르르 산비탈 아래
　　굴러 떨어진다 저런저런……내 발길이 그만 세상을 바꾸다니!

　　달팽이 한 마리, 제 집 등에 지고, 엉금엉금 기어가는 풀섶 근처……
　　이슬방울마다 황홀한 비명, 하얗게 열리고 있다.

　　　　－「돌멩이 하나」 전문

　달팽이 한 마리, 이슬방울이 곧 세상을 여는 우주인 것이다. 깨뜨릴 수
없는 자연, 깨뜨릴 수 없는 우주는 인간의 한정된 이성으로 파악되는 세계
가 아니다. 그런데도 인간은 이성으로 모든 것을 판단하고 해석하고자 했
으며, 그러한 과정에서 인간은 모든 것을 깨뜨리는 존재가 되었다. 자연만
물이 살고 있는 곳은 인간의 이해 영역 바깥에 있다. 그곳에서 자연만물은
자발적으로 자신들만의 생을 이끌어가며 각자 조화로운 우주의 부분을 차
지한다. 생물이든 무생물인 그들은 소중한 생명의 움직임을 숨기듯이 드러
낸다. 그것은 누구도 깨뜨릴 수 없는 활발하고도 완결된 생명의 발현이다.

　　하늘에 떠 있어라 구족구족 땅에 척, 박혀 있어라 너무도 멀어라 달
　　과 돌 사이, 나 사이 어지러워라

......둥글기는 하여라 오래오래

　그것들 부처님 얼굴처럼, 空히......두어라 不立文字로, 그냥 그대로 저
만치 하늘과 땅 사이, 나 사이.

- 「달과 돌」 전문

　하늘과 바다와 산과 나무와 나는 서로를 중심으로 돈다. 하늘의 달, 땅
의 돌, 천지인(天地人)이 하나를 이루는 원의 구도에 중심축은 존재하지 않
으므로 그들 사이에 주변과 중심의 구분은 없다. 천지인은 구분되어 있다
기보다 오히려 하나의 커다란 생명체이다. 그 가운데 하나가 불거진다면,
이미 그것은 조화가 깨져버린 기형의 모습이 될 것이다. 그렇기 때문에 그
것을 훼손시키는 것은 우주의 완벽한 구도를 '감히' 파괴하려 드는 무도한
행위인 것이다. 이은봉의 시에서 무언가 또 다른 생명을 품고 있는 몸이
돌멩이고, 시적 화자의 몸이다. 바위나 돌멩이는 운동성이 있고, 그래서 활
기찬 행위의 주체로 그려진다. 또한 그 무기물들은 화자와 교감을 나누는
대등한 타자이기도 하다. 자연물과 인간을 동일시하는 시적 상상력에는 그
동안 인간이 자신을 중심에 그려 넣어 자연의 구도를 일그러뜨린 것에 대
한 시인의 날카로운 비판이 깃들어 있다.
　"온갖 생명들, 우르르 몸부림치는 강이여 산이여 기름진 들이여 너로
하여 한세상 다시 환해지고 있다 / 강이여 산이여 오오, 흐벅진 들이여 네
속에 길이 있다니, 사랑이!(「강, 산, 들」)" 이은봉은 『내 몸에는 달이 살고
있다』에서 그가 그토록 찾아 헤매던 '사랑'의 방도를 자연 속에서 발견한
희열감을 잘 보여준다. 사랑을 인간 속에서 찾아오던 시인이 자연에서 완
전한 사랑을 발견하는 것은 인간사와 자연 현상을 일치시키려는 그의 의
도에서 비롯된다. 그는 이렇게 노래한다. "숲속의 풀여치도, 귀또리도 어둠

뚫고 달려와 밝은 얼굴로 호이호이 휘파람 부는 저녁 너와 나, 이미 질긴 동아줄로 얽혀 있구나."(「휘파람 부는 저녁」) 이처럼 시인이 자연과 조화로운 인간을 꿈꾸는 것은 그의 문학적 화두인 인간이 다른 인간에게서 동질성을 찾아내려는 고투의 흔적이며, 또한 자신의 참모습을 찾는 노력이기도 한다.

4. 난세를 건너가는 자의 꿈

이은봉 시인은 글이 사람들의 세계관을 변화시킬 수 있으며 사랑과 평등을 실현시킬 수 있는 중요한 매개로 여긴다. 2000년대에 들어와서 그의 시인으로서의 관심은 "진실의 시학"을 스스로 어떻게 견지해야 할 것인가에 놓여 있다. 이은봉 시인의 항상적인 시정신은 "좋은 세상"(「좋은 세상」)에 대한 꿈이다. 그가 말하는 "좋은 세상"은 어떤 뚜렷한 개념과 명분이 있는 세계의 거창한 구현이 아니다. "고르게 익는 세상 / 그 아름다움을 보기 위하여"(「딸기 따기」)에서처럼 이은봉이 꿈꾸는 "좋은 세상"이란 자연 만물이 자발적으로 자신의 생을 이끌어 조화를 이루는 세상이다.

이은봉 시인은 그의 『길은 당나귀를 타고』에서 그가 태어난 '느리고 조용한 마을로 건너가는 꿈'을 꾼다. 포근한 어머니의 치맛자락 같은 마을에 가면 바깥 세상에서 입었던 상처는 치유될 것이다.

> 폭약을 터뜨려 봉우리를 무너뜨리려고 한 적이 있다. 포클레인을 부려 골짜기를 메우려고 한 적이 있다. 아직도 비산비야의 느리고 조용한 마을로 건너가려는 꿈을 버리지 못하고 있는 셈이다. 이 마을은 과거라는 이름의 미래에 터를 잡고 있어 여전히 나를 들뜨게 한다.
> 봉우리와 골짜기 사이에 내던져진 지도 어언 20년, 이젠 나도 내 속의 남을 잘 알고 있다. 그러니 내가 더러 내 속의 남과 하나 되는 체험

을 하는 것은 당연하다. 그때의 기쁨이라니! 내 속의 남과 하나 될 때마다 나는 뚜껑이 날아가는 듯한 충만함으로 온몸을 후들후들 떨곤 한다.

　이 시집은 그렇게 튀어나온 당나귀들로 채워져 있다. 지금까지의 생애에서는 가장 고통스러웠던 시기에 튀어나온 당나귀들이다. 나는 내 운명이 만들어온 이 시기의 고통을 미워하지 않는다. 무엇보다 당나귀들이 함께해 주었기 때문이다.

　오늘의 당나귀들도 느리고 조용한 마을로 건너가는 데 도움이 될 수 있을까. (『길은 당나귀를 타고』, 저자 「후기」, 163 – 164면)

　'느리고 조용한 마을'은 이러한 바깥 세상의 시간과는 다른 느린 시간이 미풍처럼 부는, 정적인 공간이다. 당나귀를 타고 그곳으로 건너가는 시인의 모습은 몽환적인 만큼 비현실적인 풍경이다. 시인이 꾸는 꿈의 공간이 비현실적인 만큼 현실 공간은 속악하다.

　80년대의 한복판을 건너온 시인이 2000년대에 여전히 부딪히고 있는 것은 억압과 소외이다. 시인이 살고 있는 바깥 세상은 속도와 소음이 지배하고 억압적인 관계망이 그물처럼 덮인 곳이다. "아버지의 정원에선 누구라도 입이 무거워야 했다 붉은 꽃들로 뒤덮여 있는 이곳에선 아무도 함부로 입을 놀리면 안 되었다 함부로 입을 놀리다간 오직 통망만이 돌아올 뿐이었다 때론 무지막지한 쇠주먹이 날아오기도 했다 박제된 새들의 울음소리라도 으레 목소리가 곱군요, 라고 속삭여야만 했다 내 입엔 무거운 자물쇠가 채워져 있었다 나 스스로 채운 열쇠였다……"(「아버지의 정원」) "꽃은 붉은 색이어야만 한다"는 고정관념에 사로잡힌 아버지는 다른 사람들에게도 획일적인 사고를 갖도록 강요한다. 그래서 "아버지의 정원"은 붉은 꽃들로만 채워져 있다. 꽃은 붉은 색만 있는 것은 아니라고 말하지 못한 채 침묵하는 화자의 모습은 나약하다. 여기에서 '아버지'는 획일성을 강요하는 억압적 구조의 사회를 함축한다. 그 자신이 고정관념에 사로잡혀 있다는 것을 알지 못하는 사람들의 경직된 사고는 '정원'으로 상징된 전일적 사고의 만연을 더욱 확고하게 만든다. 그런데 위 시에서 화자는 "나 스스로 채운 열쇠였다"라고 침묵의 정원을 지속시켜온 책임을 자신에게 돌린다. 정원의 색깔을 온통 붉은 색 한 가지로 만들고 박제된 새들이 노래하는 침묵의 정원을 지속시켜온 것은 외부의 억압이 아니라 바로 화자 자신이라고 진술한다. 침묵의 정원을 지속시키는 것도 화자 자신이라고 여기는 것은 그 침묵과 강요를 변혁시키는 힘도 바로 화자 자신에게 속해 있다고 보는 것이다.

이은봉 시인은 『길은 당나귀를 타고』에서 철저한 자기반성을 노래하고 있다. "스스로의 生 지키기 위해 / 까마득히 절벽 쌓고 있는 섬 // (중략) 악착같이 제 가슴 깎아 / 첩첩 절벽 따위 만들고 있는 섬.(「섬」)"에 나타나는 시적 화자의 엄정한 자의식은 이은봉 시인이 초기 작품부터 일관되게 추구하는 시적 지향점이라고 볼 수 있다. 중심이 확고한 자신의 생을 지키기 위해 외부로부터 자기 자신을 고립시키는 것은 고통스럽다. 그러나 그 고통을 감수하면서도 그가 외부로부터 철저히 차단된 섬이 되기를 갈망하는 것은 스스로에게 혼신을 다 하는 삶을 희망하기 때문이다.

이은봉은 그의 시에서 엄정한 자의식을 성찰의 바탕으로 삼아서 '소외'를 노래한다. 소외는 타자와의 상생(相生)이 파괴됨으로써 생의 조화로움이 붕괴되는 현상이다. 그가 이전에 「무엇이 너를 키우니」에서 "이슬처럼 아프게 맺히는 그리움 하나 그리움이 너를 키우니 // 둑방길 옆 낮은 풀더미를 흔들며 귀또리 울고 휘파람 울고 무엇이 너를 키우니 서러움이 너를 키우니 첫사랑이." 라고 노래했듯이 타자와의 관계 속에서 아픈 그리움과 서러움을 느끼는 마음은 "네가" 자랄 수 있는 자양분이다. 타자를 향한 그리움은 큰 사랑을 이루고, 서러움은 자신의 삶을 반성적으로 성찰하게 하는 기회를 마련하기 때문이다. 그러나 소외는 자기완성의 토대가 타자와의 소통이라는 사실을 부정한다.

이은봉의 『길은 당나귀를 타고』에서 소외현상을 잘 보여주고 있는 시편들은 "공중무덤"의 부제가 붙은 작품들이다. 공중무덤은 아파트를 가리킨다. 그의 시에서 아파트는 집이 가지는 진정한 의미를 상실한 공간으로 그려진다. 무쇠덩이 같은 무덤 밖의 세상과 마찬가지로 무덤 안도 역시 안식처가 되지 못한다. 시인은 그의 시적 화자가 거주하는 집을 '무덤'이라고 표현하고 있다.

"집은 인간의 사상과 추억과 꿈을 한데 통합하는 가장 큰 힘의 하나이다. 집은 육체이자 영혼이며, 인간 존재의 최초의 세계이다. 집은 언제나 커다란 요람이다. 삶은 집의 품 속에 포근하게 숨겨지고 보호되어 시작되는 것이다. 깊은 몽상 속에서 우리들이 태어난 집을 꿈꿀 때, 우리들은 물질적 낙원의 그 원초적인 따뜻함, 그 잘 중화된 물질에 참여하게 된다. 집은 인간에게 안정의 근거와 그 환상을 주는 이미지들의 집적체이다."(이진경, 『근대적 시·공간의 탄생』, 도서출판 푸른숲, 1997, 118−132면) 그러나 대도시의 아파트는 앞에서 든 '진정한 집'의 의미를 완전히 상실한 공간이다. 이은봉 시인의 「101동 1209호−공중무덤」에서처럼 아파트는 개인의 고유한 기억이 저장되지 않는 공간이며 숫자로 우리들의 존재를 구별하고 규정하는 공간인 것이다.

이은봉 시인의 시적 화자는 무덤을 "환해지는 가슴, 푸르르 뒷걸음치는 슬픔, 갑자기 밀려 들어온다 어느 먼 날에 달려와 뒤돌아보면, 여기 무덤 속의 날들도 더러는 따뜻하리라"(「관 뚜껑을 덮고−공중무덤」) 하고 중얼거린다. 화자는 무덤, 즉 집이 바깥 세상과 구분되는 장소로서 화자에게 안도감과 포근함을 주는 곳처럼 느끼기도 한다. 그러나 그는 곧 이 같은 자신의 감정에 의문을 갖는다. 화자는 그의 집, 아파트에서 느끼는 편안함은 무쇠덩어리 같은 바깥 세상에 대한 상대적인 편안함에 불과하다는 것을 잘 알고 있다. 집은 도피처에 불과할 뿐, 안식처가 되지는 못한다. 그렇기 때문에 화자는 무덤 같은 도피처는 "중얼거린다 무덤 속이 곧 우주라고?"(「관 뚜껑을 덮고－공중무덤」) 반문하게 되는 것이다.

산제비 한 마리 허공 떠돌다 여호와의 증인 같은 얼굴로 슬쩍 무덤
안 들여다본다

까맣게 커튼 내려져 있어 아무것도 보이지 않는다

누구 없소 누구 없소, 버드나무 씨앗털들 날아와 겁난 목소리로 닫힌
창문 두드린다

기척 없다 누구 아무도 깨어 있지 않다

벌써 여러 날째 자리에 누워 미동도 하지 않는 노파, 너무 늙어 차라
리 무덤 속이 편하다

앞뜰에서 뛰놀다 엘리베이터 콩닝쿨을 타고 기어올라온 일곱 살 짜리
훈이……,
검시의원처럼 노파의 코끝에 귀 대어본다 푸우, 숨소리 겨우 들린다

－「노파－공중 무덤」 전문

노파의 방을 들여다보는 사람은 없다. 다만 산제비와 버드나무 씨앗털들만이 캄캄한 창문을 들여다보거나 두드릴 뿐이다. 노파의 생의 공간은 죽은 자의 공간인 무덤과 다를 바 없다. 그것도 지반조차 없이 허공에 뜬 공중 무덤이다. 외부는 삶의 공간이나, 내부는 죽음의 공간이다. 노파가 누

위 있는 내부가 살아 있는 자의 거처임에도 불구하고 외부로부터 완전히 차단된 사람의 공간은 무덤과 같다. 외부와 차단된 채 무덤 같은 공간에 유폐된 자는 죽은 자와 같은 소외에 처해 있는 것이다. 죽어가는 자는 고립된 채, 삶에서 완전히 차단된다. "앞뜰에서 뛰놀다 엘리베이터 콩넝쿨을 타고 기어올라온 일곱 살 짜리 훈이……,"는 동화를 패러디한 구절이다. 노파가 누워 있는 방은 훈이와 동일한 물리적인 공간에 있지만, 소외의 심정적인 간격은 동화 속에 나오는 하늘과 지상의 거리만큼이나 멀다. 이은봉은 이 시를 통하여 소외된 자의 고통과 소외시키는 자들의 냉혹함을 보여준다.

철근 콘크리트를 버무려 만든 공중무덤
하늘 높이 떠 있다 하늘과 땅 사이
너무 넓고 멀어 사내 혼자 눕기엔 벅차다

인공위성의 마음으로 달려오는
인터넷을 두드려 이메일을 읽고,
자장면과 고량주를 배달시키는 사내
무덤 속에서도 배가 고플까

깡마른 제 해골 어루만지며
창가의 철망 사이로 올려다보는
공원묘지의 소나무들도
마른 뼈다귀로 푸석거린다

비눗방울처럼 가벼워진 제 영혼
한 줌 잔뜩 집어든 사내
훅, 입김 불어 철망 밖으로 날려보낸다

철근 콘크리트를 버무려 만든 공중무덤

관 속에 누워서도
자꾸 초조해지고 불안해지는 사내
무겁고 힘들지 않은 것은 없다 플라스틱 관 뚜껑조차.

–「사내–공중무덤」 전문

　지친 일상이 극에 달했을 때, 사람은 살아 있음을 감각하지 못한다. 자신이 죽은 자와 다르지 않다는 자괴감이 불안을 극대화하는 것이다. 자괴감이 극대화된 공간인 공중무덤 속에서 사내는 모든 생활을 영위한다. 인터넷으로 외부와 소통하는 사내, 그 사내와 바깥을 이어주는 유일한 매개체가 인터넷이다. 인간의 말소리와 얼굴 표정, 감정 표현은 컴퓨터의 영상으로 대체된다. 사내는 타자와의 관계 속에서 실존감을 얻을 필요가 없다. 실제 생활 속에서 삶의 실체감과 무게를 느낄 필요도 없는 것이다. 사내는 비누거품 같은 자신의 영혼을 훅 불어 날려보내고 이제 영혼이 빠져나간 물체덩어리로 공중무덤 속에서 살아갈 것이다.

　무쇠 덩어리의 하루가 끝나고 밤이다 자정 가까운 시간, 백팔 개의 마음을 밝아, 저 높은 공중무덤 향해, 터벅터벅 황소의 발걸음 올라간다

　온종일 黙言精進하던 무덤 밖 찬란한 세상, 제멋대로 날아다니는 말들, 소음들의 낯짝 정말 징그럽다

　무덤 속에 누우면, 말 없어 좋다 눈 감으면 피식대며 웃어대는 달빛들, 창가의 철판 커튼 걷어 올리고, 뽀얗게 박꽃 피워낸다 안쓰럽다는 것이겠지

　덜컹, 관 뚜껑 닫고 미라처럼 반듯이 몸 눕힌다 머리 맡 위에선 엷게 저며오는 오디오의 콧노래 소리, 발치 아래엔 동양란 몇 포기, 멋대로 뒹굴며 잠들어 있다.

–「黙言精進–공중무덤」 전문

시인이 무덤의 캄캄함과 대조되는 "찬란한 세상"으로 무덤 바깥을 표현하고 있지만, 그곳은 무쇠덩어리의 하루를 보내야 하는 소음들의 혓바닥이 징그러운 세상이다. 차라리 무덤 속에서 편안함을 느낄 만큼 무덤 밖의 세상은 화자가 보기에 더 견디기 힘든 곳이다. 화자가 그곳을 참아내는 유일한 방법은 '묵언정진'하는 것이다. 침묵이 유일한 탈출구인 바깥은 타자와의 소통이 원천적으로 불가능한 곳이다.

그러나 소외와 차단 속에서도 시인은 생에 대한 욕망을 완전히 상실하지는 않는다. 시체와 다름없는 나는 관 속 같은 방에서 홀로 엎드려 눕는다. 그런데 떠오르는 달은 나의 욕망을 일깨운다. 죽어 있던 육체에서 산 자의 욕망이 생기도록 자극하는 달빛 속에서 나의 몸과 마음은 상기되어 간다. 나는 달빛에 의해 죽은 자가 아닌 생의 욕망에 다시 눈을 뜨고자 한다.

'무덤'이라는 죽음의 공간을 통해 이은봉이 노래한 것은 무엇인가? 생의 세계로부터 도피하여 심리적 안정을 구하는 인간의 모습인가? 이은봉의 시는 각자 한 개씩의 무덤을 파고 '살아가는' 현대인의 개별체로서의 고독을 보여준다. 여기에서 무덤이라는 고립된 장소는 자신의 내면으로 깊이 들어가 자신에 대해 근원적인 질문을 던지는 재생의 계기가 될 수 없다. 소외된 자의 고독은 그의 육체와 정신을 폐허로 만든다. 그것은 선택이 아니라, 강제적으로 그의 삶에 부과된 고독이기 때문이다.

이은봉의 시는 그의 일관된 시정신이라고 볼 수 있는 "좋은 세상"의 극심한 붕괴를 소외를 통해 드러낸다. 현대인의 소외를 날카롭게 드러내는 그의 작품들에는 자율적 현존이 파괴되는 현상에 대한 시인의 항거가 담겨 있다. 이은봉 시인이 현실과 자연생태에 관심을 갖는 이유도 동일한 맥락 속에서 이해할 수 있다. 인간은 자신의 탐욕과 이기심 때문에 자연의 이치를 이해하지 못한다. 자연이 파괴되는 것은 인간의 질서를 만물에 강요하기 때문이다. 인간은 자연을 비롯하여 문명화의 과정에서 모든 것을 파괴시키는 존재가 되었다. 자연을 소외시킨 인간은 자기 자신조차도 소외된 채, 홀로 무덤 속에서 살아갈 것이다.

조화로운 인간을 꿈꾸는 이은봉 시인의 시집 『길은 당나귀를 타고』에서 시인의 시선은 조화로운 세상 바깥의 세상에 대한 비판에 집중되어 있다. '의붓아버지'로 나타나는 억압적인 관계들, '공중무덤'으로 상징화된 아파트에 함축된 소외된 인간들의 외로움 등이 시인의 폭력적이고 파괴적인 어조로 형상화된다. 그러나 고통스럽게 느끼는 바깥 세상을 시인이 지나올 수 있었던 것은 당나귀들이 그와 함께 있었기 때문에 가능한 일이었다고 시인은 고백한다. 여기에서 시인이 타고 난세를 건너가는 당나귀는 아마도 시인의 시작품들을 가리킬 것이다.

2부

거리에서 부르는 추방자들을 위한 비가

- 기형도의 시

　기형도는 자본주의가 극대화된 공간으로서 당대를 인식하고 그로부터 비롯되는 자아 상실감의 극단을 노래한다. 현대시의 특질이 '시인이 사회와 자연에서 고립하여 자의식의 성 속에 유폐되는 경향'[1]에 있다고 볼 때, 집단으로부터 격리된 소외감과 자의식의 성찰은 시인의 근대적 인식의 소산이다. 기형도의 경우도 자기를 '갇힌 개별자의 비극적 모습'[2]으로 인식하게 만든 것은 유년의 병든 아버지와 가난한 가족을 통한 체험이었다. 공동체의 완전한 붕괴를 경험한 기형도에게 있어서 가정은 최소한의 인간적인 연대감을 갖게 해주는 공간이다. 거대한 자본주의의 수레바퀴 속으로 들어가는 가난에 대한 체험은 기형도로 하여금 극단화된 시대의 추방자로서 인식하는 계기가 된다. 극대화된 자본주의 시대에 희생되는 자아 상실의 비극적 확인 과정을 보이는 기형도 시를 분석하는 것은 의미가 있다.

　기형도는 가족에 대한 것을 주요한 시적 소재로 삼고 있다. 여기에는 가난의 문제가 두드러진 시적 체험으로 등장한다. 현대적 의미를 갖는 '개별자'[3]로서의 고독을 기형도가 갖게 되는 원천적인 체험은 유년의 가난과

---

1) 이창배, 「모더니스트로서의 이상」, ≪심상≫ 1975. 3, 70면.
2) 김 현, 「영원히 닫힌 빈 방의 체험」, 『입 속의 검은 잎』, 문학과지성사, 1989, 136면.
3) 김 현, 윗글.

무력하고 병든 아버지에 대한 기억이다. 그의 시가 보여주는 고립자 의식의 기저는 후기 산업 자본주의가 극대화되는 양태 속으로 빨려들어가 소멸해 버리는 자신의 가족들의 모습을 통하여 체험화된 것으로 보인다. 이러한 가족을 통한 유년기의 경험은 기형도에게 도시 거리의 모습 그 자체를 비극적 공간으로 인식하게 하는 출발점이 된다. 기형도의 현실 공간은 견고하게 닫혀 있다. 그것은 그가 자신의 의지를 벗어나 있는 것으로 현실을 자각했기 때문이다. 그런 만큼 자신이 실재하는 공간 어디에도 출구를 찾을 수 없도록 만든다. 공간의 폐쇄성은 시인을 둘러싼 모든 공간이 해당된다.

> 아으, 칼국수처럼 풀어지는 어둠! 암흑 속에서 하얗게 드러나는 집. 이 불끈거리는 예감은 무엇일까. 나는 헝겊 같은 배를 접으며 이 악물고 언덕에 섰다. 그리하여 풀더미의 칼집 속에 하체를 담고 자정 가까이 걸어갔을 때 나는 성냥개비 같은 내 오른팔 끝에서 은빛으로 빛나는 무서운 섬광을 보았다. 바람이여, 언덕 가득 이 수천 장 손수건을 찢어날리는 광포한 바람이여. 이제야 나는 어디에서 네가 불어오는지 알 것 같으다. 오, 그리하여 수염투성이의 바람에 피투성이가 되어 내려오는 언덕에서 보았던 나의 어머니가 왜 그토록 가늘은 유리막대처럼 위태로운 모습이었는지를.
>
> 다음날이 되어도 아버지는 돌아오지 않았다. 그리고 그날 이후 나는 폭풍의 밤마다 언덕에 오르는 일을 그만두었다. 무수한 변증의 비명을 지르는 풀잎을 사납게 베어 넘어뜨리며 이제는 내가 떠날 차례였다.
>
> ―「폭풍의 언덕」 부분

폭풍이 몰아치는 언덕을 경계로 세상과 화자의 집은 분리되어 있다. 집에 부는 바람의 근원지는 가난한 가족들이 위태롭게 대결하고 있는 현실이다. 유년의 시적 화자는 바람에 찢어지고 흙투성이 런닝셔츠로만 남은 아버지와 가늘은 유리막대같이 위태로운 어머니, 구부린 핀처럼 웃으며 나 갔다가 절룩거리며 집에 돌아오는 누이의 모습을 바라보면서 가난한 가족 이 맞서야 하는 광포한 현실의 바람을 간접적으로 경험한다. 이 시에서 화 자는 세상 속으로 들어갔다가 집에 돌아오지 못하고 현실 공간 밖으로 추 방당한 아버지를 이어 '이제는 내가 떠날 차례였다'라고 말한다. 그러나 폭풍이 몰아치는 언덕 너머 광포한 바람을 헤치고 떠나야 할 나 역시, 결 국에는 아버지처럼 흙투성이 런닝으로밖에 남지 못할 것이라는 사실을 이 미 알고 있다. 내가 떠날 각오를 하는 그 곳에 미래적 전망은 전혀 예기 되지 않음을 화자는 가족을 통해 이미 예감하고 있는 것이다. 그것을 감지 하면서도 아버지를 영원히 추방시킨 곳이며 시적 화자의 추방이 예기되는 곳이지만 어둠과 폭풍에 이를 악물고 그 곳으로 들어가 맞서야 하는 것은 바로 이 시대의 선택불가능한 삶의 방식이기 때문이다. 이렇게 시인이 유 년에 겪은 가난의 체험과 뿌리뽑힌 아버지의 모습에 대한 기억은 기형도 가 현실을 불가항력적인 대결의 존재로 파악하게 만드는 계기가 된다.

기형도에게 가족은 유년의 화자로 하여금 완전한 고립감으로 거리에 내 던져진 존재가 아닌 최소한의 공동체 의식을 갖게 해준다. 이미 현실 밖으 로 밀려나 있는 '물그림 아버지'(「너무 큰 등받이 의자」), 또는 「물 속의 사막」에서 형상화하고 있듯 빗줄기에 지워져버리는 존재로서의 아버지와 어머니, 누이들이 구성하는 가난한 가족은 기형도가 땅에서 뿌리 뽑히는 존재의 상실을 간접적으로 체험하게 만든다. 가난한 가정의 의미는 그가 맞서야 할 현실의 실체를 가공할 공포의 대상으로 파악하게 하는 원인이 된다. 그러나. 유년의 가정을 벗어나 세상 속으로 들어가는 것은 이제 가 족을 통한 간접경험이 아닌 체험적으로 맞서야 하는 것이므로 결코 벗어날 수 없는 구속의 울타리 안에 갇히는 것이며 철저한 고립자가 됨을 뜻한다. 이처럼 기형도에게 가족은 그로 하여금 절망적인 인식을 갖게 한 공간이기도 하지만, 최소한의 삶의 연대감을 느끼게 해주는 연민의 공간이다. 유년의 가족에 대한 연민은 그에게 현실이 완전히 분열되어 있는 곳일지라도 뿌리를 박고 살아 가도록 하는 의미를 심어주기도 한다.

> ...... 아주 추운 밤이면 나는 이불 속에서 해바라기 씨앗처럼 동그랗게 잠을 잤다. 어머니 아주 큰 꽃을 보여드릴까요? 열매를 위해서 이파리 몇 개쯤은 스스로 부숴뜨리는 법을 배웠어요. 아버지의 꽃 모종을요. 보세요 어머니. 제일 긴 밤 뒤에 비로소 찾아오는 우리들의 환한 家系를. 봐요 용수철처럼 튀어오르는 저 冬至의 불빛 불빛 불빛

> ─「위험한 家系, 1969」 부분

이 시에서 화자는 씨앗처럼, 아버지의 꽃모종처럼 가장 긴 겨울밤인 동지가 지나면 비로소 환하게 싹틀 가족을 꿈꾼다. 뿌리뽑힌 아버지가 심어놓은, 아버지가 마지막으로 붙잡고 있는 생의 의지를 생생하게 보여주는 꽃모종에서 겨울을 이겨낼 환한 불꽃을 발견해 내는 시적 화자의 행위는 처절하기까지 하다. 아버지에게서 유년의 화자가 발견하고 이어받는 강렬한 생의 의지는 꽃모종 정신의 치열함으로 표현된다.

현실적으로 쓸모있는 부류에서 제외된 가난하고 병든 아버지의 모습을 통해서 기형도는 자신이 근본적으로 땅에서 뿌리뽑힌 존재라는 사실을 간접적으로 체험하게 된다. 가난의 문제는 그러한 상실감을 더욱 명확하게 바라보게 만들어준 계기로 작용한다. 동시에 극도로 절망적인 상황 속에서도 끊임없이 현실과의 맞대결을 포기하지 않고 꽃모종을 심는 아버지를 통해서 열매를 위해서 이파리 몇 개쯤 스스로 부숴뜨리는 법을 체득하게

된다. 이렇게 절망적이지만 희망의 싹을 동시에 품을 수 있는 법을 깨달았기 때문에 「植木祭」에서 보이듯 "희망도 절망도 같은 줄기가 틔우는 작은 이파리일 뿐, 그리하여 나는 살아가리라"라는 강렬한 삶의 욕구를 지닐 수 있었다.

그러나 유년의 가정을 벗어난 기형도 시인이 직접 부딪힌 현실은 그 자신이 이미 예감하고 있었듯이 땅 속에 단단히 뿌리를 박을 수 있는 전망이 전혀 보이지 않는다.

> ······ 나는 천천히 일어나 천정에 대고 조그맣게 말했다. '나는 압핀처럼 꽂혀 있답니다' 그가 조금 전까지 서있던 자리에는 무엇인지 알 수 없는 희미한 빛깔이 조금 고여 있었다. '아무도 없을 때는 발소리만 유난히 크게 들리는 법이죠' 스위치를 내릴때 무슨 소리가 들렸다. 내 가슴 알 수 없는 곳에서 무엇인가 툭 끊어지는 소리가 들렸다. 아주 익숙한 그 소리는 분명히 내게 들렸다.

> ‒「소리 · 1」 부분

흙 속에서 쉽게 뽑히는 아버지를 이어 세상 속으로 들어 온 시적 화자는 나의 분열체에 해당하는 타인인 '그'의 존재가 '희미한 빛깔'로 조금 고여 있다가 無化되는 모습을 지켜보면서 두려움을 느낀다. 자신은 아직 그처럼 직장에서 쫓겨나지는 않았을지라도 '압핀처럼 꽂힌' 정도의 실존감 밖에 가질 수 없다. 그러나 화자의 내부에서 나는 '툭 끊어지는 소리'를 들으면서 언젠가는 화자 자신도 이 같은 최소한의 실존감조차 상실되고 말 것이라는 사실을 예감하고 있다. 아버지가 광포한 바람이 몰아치는 폭풍의 언덕을 넘어 갔다가 집으로 되돌아오지 못했음을 알면서 공포의 현실로 '이제 내가 떠날 차례'임을 자각했던 것처럼, 압핀처럼 꽂힌 나 역시 현실 공간에서 툭 끊어진 그를 이어 그처럼 희미한 빛깔로 조금 고여 있다가 영원히 추방당할 존재임을 절실하게 느끼는 것이다. 그의 추방을 보면서 그 다음엔 내차례임을 깨닫고 있는 것이다.

너는 왜 천국이라고 말하였는지. 네가 떠나는 내부의 유배지는
언제나 푸르고 깊었다. 불더미 속에서 무겁게 터지는 공명의 방
그리하여 도시, 불빛의 사이렌에 썰물처럼 골목을 우회하면
고무줄처럼 먼저 튕겨나와 도망치는 그림자를 보면서도 나는
두려움으로 몸을 떨었다.
떨리는 것은 잠과 타종 사이에서 비틀거리는 내 유약한 의식이다.
책갈피 속에서 비명을 지르는 우리들 창백한 유년, 식물채집의 꿈이다.
여름은 누구에게나 무더웠다.

잘가거라, 언제나 마른 손으로 악수를 청하던 그대여
밤 새워 호루라기 부는 세상 어느 위치에선가 용감한 꿈 꾸며 살아
있을
그대. 잘 가거라 약기운으로 붉게 얇은 등을 축축이 적시던 헝겊같은
달빛이여. 초침 부러진 어느 젊은 여름밤이여.
가끔은 시간을 앞질러 골목을 비어져나오면 아,
온통 체온계를 입에 물고가는 숱한 사람들 어디로 가죠?(꿈을 생포하러)
예? 누가요(꿈 따위는 없어) 모두 어디로, 천국으로

세상은 온통 크레졸 냄새로 자리잡는다. 누가 떠나든 죽든
우리는 모두가 위대한 혼자였다. 살아 있으라, 누구든 살아 있으라.
턱턱, 짧은 숨쉬며 내부의 아득한 시간의 숨 신뢰하면서
천국을 믿으면서 혹은 의심하면서 도시, 그 변증의 여름을 벗어나면서.

　　　　-「비가·2-붉은 달」부분

위 시에서 거리와 도시가 이미 분열된 자기의 형체를 되비치는 역할을
하기 때문에 거리 전체가 이미 한정된 공간, 즉 폐쇄 공간이 된다. 화자가
거리 밖으로 도망갈 수 있는 문은 없다. 화자가 존재하는 주변 상황 그

자체가 거대한 닫힌 공간이다. 현실이라는 거대한 닫힌 공간 밖으로 나가는 길이란 다만 죽음으로 향하는 길만이 놓여 있을 뿐이다. 죽은 친구의 표현대로라면 천국으로 여겨져야 하는 죽음의 공간은 시적 화자가 보기에는 섬뜩한 "불더미 속에서 무겁게 터지는 공명의 방"이다. 화자는 그러한 사실을 인지하지만, 죽음을 통해 속악한 현실로부터의 탈출이 가능하다고 믿은 친구의 죽음을 자아의 본질적인 모습을 확인할 수 있는 "밤 새워 호루라기 부는 세상"에 살아 있을거라고 자조적인 목소리로 읊조린다.

기형도 시에는 죽은 자들을 위한 弔辭가 여러 번 등장하는데, 그것은 고통스럽고 숨막히는 폐쇄 공간에서 살아남지 못하고 세상 밖으로 밀려난 사람들에 대한 悲歌이다. 이 시에서 현실로부터의 추방은 죽음으로 구체화되어 나타난다. 세상 밖으로 추방 당한 죽음의 흔적을 지우는 크레졸 냄새를 맡으며 화자는 "누구든 살아 있으라"고 절박하게 외친다. 폐쇄된 공간이나마 죽음으로 밀려나지 말고 견뎌내라고 한다. 죽음은 "우리는 모두가 위대한 혼자였다"는 무서운 사실을 순간적으로 확인하게 만드는 삶의 막다른 끝이다. 공동체 의식, 집단의식이 이미 산산이 부서진 사회 안에서 연대감은 형성될 수 없다. 친구의 죽음은 평소에는 잊고 지내던 사실인, 우리들 모두 각각 혼자로서 격리된 것이었다는 삶의 본래 모습을 분명하게 드러내준다. 영원한 천국의 문으로 들어가는 것이 아니라, 남은 자들에게 기억으로도 남지 못하는 일회적인 사건으로서의 죽음이라는 것을 화자는 친구의 죽음으로 다시금 확인하고 있는 것이다.

모든 의심을 짐을 꾸리면서 김은 거둔다. 어둑어둑한 여름날 아침 창문 밖으로 젖은 길은 침대처럼 고요하다. 마침내 낭하가 텅텅 울리면서 문이 열린다. 잠시 동안 김은 무표정하게 거리를 바라본다. 김은 천천히 손잡이를 놓는다. 마침내 희망과 걸음이 동시에 떨어진다. 그 순간, 쇠뭉치 같은 트렁크가 김을 쓰러뜨린다. 그곳에서 계집아이 같은 가늘은 울

음 소리가 터진다. 주위에는 아무도 없다. 빗방울은 은퇴한 노인의 백발
위로 들이친다.

−「그 날」 부분

정년 퇴직한 노인은 짐을 싸면서 "비로소 나는 풀려나간다", 그는 "마
침내 세상의 중심이 되었다"고 자신에게 속삭인다. 시적 화자인 '김'은 퇴
직을 직장이라는 권태로운 생활인 공간을 벗어나는 것이라고 여긴다. 그
는, 자신을 압박하는 대상에서 벗어나 새롭고 자유로운 삶을 전개할 수 있
는 기회로 받아들인다. 미래에 대한 의심과 불안은 접어두고 거리로 나있
는 새로운 생의 문을 연다. 그러나 시적 화자가 폐쇄된 공간으로부터 탈출
하는 것으로 느끼는 것은 순간에 불과하다. 희망에 찬 그 순간 사회로부터
자신이 추방당하고 있다는 사실을 깨닫게 된다. 거리로 열린 문은 생에 대
한 화자의 기대를 저버린다. 지금까지의 현실에서의 삶은 정신과 육체의
완전한 소진이었으며, 무거운 트렁크와 백발만이 자기에게 남겨진 유일한
소유라는 무서운 사실을 깨닫게 만드는 문이다. 이제 사회가 그에게 더 이
상 삶의 배역을 맡기지 않는, 추방의 문밖에 다른 출구는 없음을 인식하는
화자는 죽음과 같은 절망에 휩싸이게 되는 것이다.

생의 반짝임과 환희

— 이진수의 시

1. 기댐과 떠받침의 절묘함

이진수 시인의 시집 『그늘을 밀어내지 않는다』(2002)는 그의 시정신을 짐작케 하며, 아울러 그의 창작 방향을 암시해 준다. 우리는 그늘을 밀어내는 빛을 사랑한다. 그러나 이진수 시인은 우리가 가까이 하기를 꺼리는 그늘에 대한 역설적인 사유를 전개시키고 있다. '그늘을 밀어낸다'라는 언술과는 정반대로 발화된 '그늘을 밀어내지 않는다'는 언술에는 '그늘진 것들'에 대한 시인의 사랑과 그것들이 지닌 힘과 생기를 발견한 시인의 환희가 응축되어 있다.

이진수 시인의 시에 등장하는 소재들은 한결같이 작고 "가늘고 / 짧고 짠한 것"(「배꼽지」)들이다. 그는 명료하고 견고한 존재들에 가려진 미소한 존재들을 노래한다. 강함이 아니라 연약함에서 삶의 아름다움을 발견하고 그로부터 생의 반짝임을 보는 자의 기쁨에 넘친 목소리가 바로 이진수 시인의 작품들이다. 그런 점에서 이진수 시인은 인간의 본질과 삶의 명징함을 인간에게서 찾아내는 시인이라고 말할 수 있다. 다소 위악적이며 속악한 우리들의 세상은 이진수 시인의 노래 속에서는 순정한 세상으로 바뀌어 그려진다. 그의 시에서 사람과 사람 사이는 모체와 태아가 주고 받는 관계만큼이나 긴밀하다.

나의 정체성을 정립할 수 있음은 타자를 통해서야 비로소 가능해지는 일임을 그는 "기댐과 떠받침 / 기대면서 동시에 떠받치는 절묘함"(「표고목」)으로, "다리 저쪽과 / 이쪽을 잇고 있는 / 탯줄"(「배꼽지」)로 함축시켜 표현한다.

> 표고목이
> 선 채 잠들 수 있는 것은
> 그들 어깨의
> 기울기 때문이다
>
> 기댐과 떠받침
> 기대면서 동시에 떠받치는
> 절묘함 때문이다
>
> ─「표고목」 부분

혼자 똑바로 설 수 있는 힘을 가진 자에게는 '기댐과 떠받침'의 관계를 맺을 대상이 필요치 않을 것이다. 위의 시는 완전하지 않은 존재들이 어떻게 능동적인 존재로 바뀌어지는지를 잘 보여준다. 표고목은 이 같은 시인의 성찰이 담겨진 사물이다. 시인은 표고버섯의 재배를 위해 잘라져 세워 놓은 나무토막을 관찰한다. 그 나무토막들은 이미 혼자 설 수 있었던 나무가 아니다. 표고목이 서기 위해서는 반드시 그것이 의지할 또 다른 표고목의 어깨가 필요하다. 이러한 표고목의 모습에서 시인이 포착한 것은 무엇이었던가? 시인은 불완전하던 존재들이 다른 존재에 의지함으로써 비로소 완전한 존재가 되는 역설적인 현상을 찾아낸 것이다. 기울어진 어깨를 가진 것들이 모여서 서로의 어깨를 받쳐줄 때, 표고목은 표고목으로서의 역할을 제대로 해낼 수 있다. 다른 대상에게 기대는 것이 곧 그 대상에게는 떠받침이 되는 기막힌 관계는 곧바로 우리들의 일상으로 그 의미가 확장된다.

배에게는
배꼭지가 탯줄이다

배나무의
모든 것들이
배꼭지를 지나서
배가 되었다

나도 저 줄에
연결되어 있었다
어머니가 꾸욱
눌러 찍은 배꼽

어머니의
모든 것들이
나에게 올 때도
저 다리를 건넜다

다리 저쪽과
이쪽을 잇고 있는
탯줄들은 다
그렇게 가늘고
짧고 짠한 것인지

익은 뒤에는
툭, 끝도
없이 떨어지는
배꼭지 근처.

－「배꼭지」 전문

배나무와 그것의 과실인 배 사이를 이어주는 배꼭지를 보면서 위 시의 화자는 어머니와 태아를 이어주는 탯줄을 연상하고 있다. 모체로부터 떨어져 나와 하나의 독립된 개체가 된다는 것은 우리의 일상에서 커다란 부분을 차지하는 상실감의 원천이라고 말할 수 있다. 프로이트도 어머니가 출산할 때 경험하는 태아의 상실감이 우리 일생을 지배하게 되는 불안의 원인으로 해석한 바 있다. 프로이트는 독립된 개체가 경험하게 되는 최초의 상실감이 일생을 지배한다고 말한다. 이 같은 프로이트의 해석은 「배꼭지」의 마지막 연에서 다루고 있는 상실감의 원인에 대한 시인의 해석과 부분적으로 들어맞는다. "익은 뒤에는 / 툭, 끝도 / 없이 떨어지는 / 배꼭지 근처."는 모체로부터 분리되는 개체의 심리적인 아픔이라고 이름을 붙일 수 있다. 즉 하나의 독립된 인간이 가지는 최초의 아득한 감정인 것이다.

이진수 시인은 「배꼭지」에서 어머니들이 겪었을 자식에 대한 상실감을 마지막 연에서 잘 보여주고 있다. 이쪽과 저쪽을 이어주는 통로인 '배꼭지'는 배나무가 자신이 가진 모든 것을 그것의 자식이라고 볼 수 있는 배에게 '주는 길'이라는 점에서 '배꼭지'와 '탯줄'의 인접관계는 견고해진다.

"아이 돌 때 잊지 말고 연락해 그래야지 그럼 당연히 불러야지 하던 그때 아, 내 속 어딘가에 갑자기 화악 불 들어왔다 불러야지 하는 말이 이상하게도 불 넣어야지 하는 말로 들렸던 것이다(중략) // 부른다는 말이 이렇게나 / 뜨겁다는 걸 알게 해준 친구야 / 사람 사이만한 아랫목이 어디 있겠니 / 불 지피지 않으면 / 냉골이 되는 거기까지 / 가마, 꼭 가마(「부른다는 말 속엔」). 어머니와 자식의 사이만큼 순결하고도 긴밀한 관계는 존재하지 않을 것이다. 그러나 이진수 시인은 모자 관계처럼 무조건적인 사랑과 진정한 소통이 이루어지고 있음을 일상 속에서 '찾아낸다'. 그것을 우리가 의식하지 못하고 간과하거나 미처 깨닫지 못할 뿐이며, 우리가 스스로 저버린 꿈이라는 사실을 그는 확신에 찬 어조로 우리에게 말한다.

2. 한 마디씩 밀어가는 생

안개에 가려진 길로 우리는 추상적인 관념어인 '생'에 대해 이야기하곤 한다. 이러한 생을 체험하기 전에 배울 수 있는 방도가 있을까? 그것은 타자의 생을 통해서 간접적으로 경험할 수 있을 것이다. 이진수 시인은 그의 주변에서 부딪히게 되는 모든 대상들을 생의 스승으로 삼고 있다. 이진수의 시에서 겸허한 자의 배움, 혹은 깨달음은 힘겹게 밀어 올리느라 휘어진 '대나무'(「烏竹, 밑동」)로부터 온다.

> 부러지면 부러졌지
> 휘지 않는다는
> 말이 있지만
> 대밭에 가보면
> 휘어진 대나무가
> 눈에 많이도 밟히네
> 한 층씩만 쌓아갈 뿐
> 살림에야 무슨 지름길이
> 따로 있으랴
> 바람 불어 휘청일 때
> 되려 마디를 미는
> 등골 휜, 가장이여
>
> － 「烏竹, 밑동」 전문

우리의 실제 삶은 삶에 대해 가지는 관념과는 거리가 있다. 위 작품에서 가장에 대한 기대감은 쭉 뻗은 대나무의 형상에 비유할 수 있을 것이다. 그러나 대나무의 곧은 이미지는 관념에 의해 형성된 것이기 때문에 일반화시킬 수 있는 사실이 아니다. 이는 가장의 경우에도 마찬가지로 적용될 수 있다. 만들어진 이미지는 실제의 모습이 아니다. 시인은 휘어진 대나무에 가장의 모습을 비유하고 있다. 한 마디씩 힘겹게 밀어올린 견딤의 집적체가 휘어진 대나무이다. 가장이 이끌어가는 생계 역시 휘어진 등골로 한 마디씩 밀어가는 살림이 이루어낸 모습인 것이다.

이러한 시인의 의식을 크게 말한다면, 순례자 의식이라고 표현할 수 있다. 지름길이 없는 삶의 길 위에서 인간을 이끌어주는 유일한 방편은 몸으로 한 마디씩 이끌어가는 오체투지(五體投肢)가 아니던가. 삶의 순례자는 "세상의 관문을 지나며 / 상처 아문 마디와 / 마디들 사이 / 마디를 견디는 공간이 / 내가 가진 전부"(「烏竹, 마디 사이」)라고 노래한다. 그의 노래가 진정성을 띨 수 있는 것은 그의 인식이 관념에서 나온 것이 아니라 일상 속에서 분투하면서 얻어진 깨달음이 담겨져 있기 때문이다.

이진수 시인의 작품에는 힘든 일상 속에서도 언제나 조그만 탈출구를 열어 두는 여유로움이 있다. 시적 자아들은 '감낭구와 소금독'(「살림」), 어리숙한 '씨앗'(「씨앗 가진 것들」) 등을 통해서 힘겹기 때문에 속악함에 함몰되기 쉬운 자신의 일상을 되돌아본다. "기껏해야 / 나뭇가지 몇 개와 / 마른 풀 몇 올이 전부인데, // 그래도 좋아라고 / 구김살 하나 없이 / 환하게 들 피어 있다. // (중략) / 집 한 채 소유하는 일이나 / 무슨 一家를 이뤄보겠다는 욕심에서 / 끝내 자유롭지 못한 / 나 같은 짐승이 / 삶을 좀먹는 동안에도"(「까치네 집」) 금수에 속하는 까치에 비하면 화자는 욕심 사나운 '짐승'이다. 화자의 마음과 생활을 물질적인 욕심이 자리를 차지하고 있는 반면에, 욕심이 끼어들지 않은 까치의 생은 꽃처럼 환하게 피어 있다.

갈대밭에 갔다 왔더니
갈대꽃이 옷에 많이 묻었다
툭툭 털어 내려는데
하, 고놈
옷이 땅바닥인 줄 알고

벌이 살을 쏘듯
씨앗을 박아 놓고는
갈대꽃 보푸라기는 천야만야
벼랑으로 떨어져버린다

내 마음
퉁퉁 부어 오른다.

　　　　－「씨앗 가진 것들」전문

　화자의 옷에 달라붙은 갈대 씨앗은 화자로 하여금 실체감을 경험케 해
준다. 화자의 옷을 땅으로 삼고 마음을 턱 놓고 씨앗을 박은 후 씨앗을
틔울 수 있는 장소로 씨앗을 이동시켜 줄 보푸라기를 놓아버린다. 그것을
바라보는 화자의 마음이 "퉁퉁 부어" 오르는 이유는 무엇인가? 생명 본능
의 천진난만함을 발견했기 때문일까? 조그만 씨앗 때문에 퉁퉁 부어오르는
시인의 마음은 어떠한 경계에 닿아있는지 필자로서는 짐작할 수 없다. 다
만 작고 하찮은 씨앗으로 인해 아프게 팽창하는 시인의 마음을 느낄 수
있을 뿐이다.

이 세상의 꽃들의 향기가
그 식물의 땀 냄새일 거라고 생각했다
늙고 병든 이들에게서 나는 냄새가
평생 젚은 땀 때문임을 생각했고
돌아가시기 전 할머니에게서도
그 냄새가 났었다는 것을 기억했다

　　　　－「똥꽃」부분

　이진수 시인은 「똥꽃」에서 서로 극단에 위치한 사물들인 똥과 꽃을 같

은 지점에 놓고 사유를 펼친다. 시인은 식물의 향기를 그 식물이 흘린 악취나는 땀냄새로, 사람이 살아가기 위해 흘린 땀냄새를 향기로 바꾸어 놓는다. 그것은 목숨을 가진 존재들의 삶이 얼마나 힘겨운 것인가를 절실하게 느끼는 자의 의식 안에서 가능한 인식이다. 살아가는 것들의 어려움과 그것을 인고하는 존재들의 체취를 향기와 악취로 구분지을 수 없다. 화자의 친구가 꽃향기를 맡으면서 "세상이 다 고맙게 여"기는 것처럼, 화자는 악취가 나던 할머니에게서 인간의 향기를 감각한 감격을 표출한다.

이진수 시인의 시는 타자에 대한 사랑을 통해서 삶의 명징함을 발견하고 그것을 발견하는 자의 기쁨으로 가득 차 있다. 그 역시 불완전하고 파편적인 세상 속에서 살아가는 존재이다. 그러나 이러한 삶의 모습이 그의 시에서 생기로운 삶으로 그 의미가 전환될 수 있는 것은 시인의 외부에 대한 사랑이 보존되어 있기 때문일 것이다.

어둠이 밝히는 생의 극점

 - 이관묵의 시

　　이관묵 시인은 1978년도에 ≪현대시학≫으로 등단하였다. 이관묵 시인의 「신작 소시집」을 보면 등단부터 지금까지의 27년여의 시력이 고스란히 담겨진 듯한 느낌이 든다. 이관묵 시인의 시에서 어둠의 의미는 독특하다. 어둠의 시간과 공간 속에서 시인은 자신의 내면 속으로 들어간다. 그곳에는 성찰의 시간이 흐르고 있어서 빛 속에서 들끓던 감정들이 가라앉고 대신 투명해진 의식만이 살아 있다. 이관묵 시인의 어둠은 빛과 대응하지 않으며, 묘한 신비감이 내재한다. 푸르스름한 빛깔로 감지되는 어둠은 빛에 가려져 있던 본질적인 것들을 드러나게 한다. 「시인의 시화(詩話)」(≪현대시학≫, 2005년 10월호, 148-150면)를 보면 시인의 어둠에 관련된 새롭고도 독특한 의미들을 발견할 수 있다. 어둠은 평온한 풍경이면서 견딤의 공간이다. 또 그것은 외로움, 침묵, 적막과 유사한 의미를 갖는 것으로 시인이 세상을 좀 더 밝고 환하게 바라볼 수 있는 계기가 되기도 한다.

　　분꽃이 피었다. 그리움이 깊은 뒤뜰을 제집으로 알고 분꽃이 피었다. 오래된 장독 구름 항아리 바라보다가 발효된 마음 다 퍼주고 이제는 밑바닥까지 내려가야 마음 닿을 거라고 열린 입을 봉긋거리며 분꽃이 피었다. 뒷마루에 앉아 목화씨를 잣던 할머니가 담뱃대로 탁탁 허공 터는 소리는 흘러 어느 하늘에 맞닿아 있을까. 저녁마다 뒤주의 깊은 어둠을

퍼내 본 적 있는가? 아침에 걸어간 길로 저녁이 몰려오는 우리 집은 불
을 밝혀도 늘 어두웠지. 그 집 어디로 떠내려갔을까. 세월의 이곳저곳을
기웃거리며 분꽃이 피었다. 환하게 불을 밝히며 글썽이는 눈으로 분꽃이
피었다.

　　　　　　　　　－「분꽃이 피었다」 전문

　"분꽃이 피었다"라는 일상적인 자연 풍경 속에는 시적 화자가 경험한
생의 시간이 낱낱이 새겨져 있다. 분꽃 봉오리에 화자가 지나쳐 온 과거시
간이 응축되어 있다가 드디어 현재 속에서 피어난다. 그러므로 화자가 인
식하는 지금의 시간은 지나온 시간 혹은 흘러온 생의 시간이 다다른 극점
이다. 분꽃의 개화는 과거의 끝인 동시에 현재적 시간인 것이다. 과거의
극점인 현재는 소란스럽던 감정들이 오랜 시간의 장독 속에서 "발효된 마
음"으로 가라앉고 그것마저 다 퍼 주고 마음의 밑바닥에 닿는 때이다.

　분꽃은 "세월의 이곳저곳을 기웃거리"는 화자의 과거 경험들이 피어낸
인식의 꽃이며 마음의 끝에까지 내려가야만 얻을 수 있는 생의 결정체이
다. 그런 점에서 분꽃은 감정이 발효되고 그것까지 휘발되어 날아갈 때 비
로소 개화하는 혜안의 꽃이라고 볼 수 있다. 그 꽃에 어둠의 감각으로 응
집되는 시적 화자의 집과 가난이 새겨져 피어난다. 지나온 시간의 어둠의
기억은 화자에게 "환하게 불을 밝히며 글썽이는 눈"으로 세상을 볼 수 있
도록 하는 바탕이 되는 것이다.

　　　　　놀랍지 않은가
　　　　　내내 생의 둘레에서 살던 쑥부쟁이가 오늘은
　　　　　자갈밭 같은 마음에 걸어 들어와 꽃을 피우다니
　　　　　그것도 노래로 허기를 채우던 시절처럼
　　　　　한여름 빈혈 앓던 몸으로 바라보던 노을처럼

외갓집 가면서 구화란 불당재 이라울 양진터 용머리 나발터 지아말
여기 저기 꾹꾹 찔러주던 할머니 야윈 손가락처럼
그때 구불구불 출렁이던 산길처럼
가뿐 숨결처럼

얼마만인가
어린 쑥부쟁이에 서식하는 세상이 너무 환하다고
강물도 폭을 좁혀 울먹이다 가는
여기는 세상의 바깥인가 안인가

– 「가을볕 속삭임」 부분

　위 시에서 쑥부쟁이는 분꽃과 마찬가지로 생의 둘레 혹은 둘레의 생,
생의 주변부 또는 주변부에서의 생이라는 조건을 딛고서 피어난다. 쑥부쟁
이는 세상의 무거움을 감당하기 힘들다. 그러나 그것을 견뎌냄으로써 쑥부
쟁이는 세상에 대응할 힘을 얻는다. 오히려 세상이 가볍고도 여린 쑥부쟁
이 둘레로 모여든다. "어린 쑥부쟁이에 서식하는 세상"에서처럼 쑥부쟁이
는 세상을 응집시키는 구심력이 된다. 스스로의 생을 견뎌내는 공간에서
세상의 바깥과 안, 중심과 주변의 구별이 지워진다. 견딤의 지점에서 쑥부
쟁이는 드디어 꽃을 피우고 스스로 중심이 된다. 시적 자아의 분신인 "가
을볕"은 또 다른 분신인 "쑥부쟁이"에게 네가 세상의 중심이라고 따뜻하
게 속삭인다.
　이관묵 시인은 그의 시에 분꽃, 쑥부쟁이, 가랑잎처럼 작고 여린 자연물
을 소재로 하여 깊은 성찰을 담아낸다. "비암사에 가서 무슨 소리를 들었
다면 그것은 쓸쓸함이 또다른 쓸쓸함을 치받아서 내는 소리입니다", "몸을
뜨겁게 달구려고 적막함을 긁으며 가랑잎들이 가랑가랑 經읽는 소리"(「가
랑잎 經」)를 보면, 가랑잎처럼 아주 작은 사물이 구르는 사소한 움직임은
불경이 담고 있는 무량한 진리만큼이나 값있는 것이라는 시인의 인식이

돋보인다. 가랑잎이 구르는 소리는 쓸쓸함과 적막함으로 스스로 움직여 들어가는 소리이다. 여기에서 가랑잎은 시적 자아가 사소함과 어둠을 선택함으로써 얻을 수 있는 성찰의 비유이다. 시적 자아는 어둠과 적막으로 들어가서 자신의 내부에 등불을 밝힌다.

이관묵 시인의 성찰의 공간은 시인이 그의 작품들 속에서 중심적인 시어로 부각시키고 있는 '여백'으로 표현되기도 한다. "노을에 좀더 가까워지려고 생각에 여백을 밀어 넣는 절"(「가랑잎 經」), "여백을 건너간 이의 간명한 삶"(「舟上觀松圖」), "상처투성이의 추억들을 끌어 모아 여백의 형상을 이루었다"(「나무의 시간」) 등에서의 "여백"은 위에서 필자가 분석한 바 있는 '극점'과 같은 것이다. 이 극점에 닿아 얻은 빛으로 이관묵 시인의 시적 자아는 흔들림 없이 세상을 바라볼 수 있다.

> 골방은 낮은 지붕 아래 있었다.
> 할머니가 침침한 석유등잔 아래 무릎을 세우고
> 어둠을 지피던 방이었다.
> 낮에도 어둠이 두꺼운 그 방이 나는 좋았다.
> 심란한 낙서들이 귀를 세우는 겨울 밤
> 소란한 게 싫어서
> 나는 그 어둠 파먹으며 침묵을 학습했다.
> 사방이 흙벽 뿐 인데도 굴뚝을 향한 납작한 봉창으로
> 밤이면 내가 궁금하다고 달이 떴다.
>
> 언제였을까
> 어린 마음에도 생각 짓찧고 싶을 때 있어
> 허공에 눈송이 꽂히는 한겨울 들판을 오려다가
> 종잇장 같은 마음에 걸어놓던
> 뼈가 하얗게 비치던 때가 있었다.
>
> ─「골방」 전문

"어둠을 지피던 방", "어둠이 두꺼운 그 방"에서 어둠은 사물을 비추는 빛이 없어서 답답하거나 분별력이 흐려지는 상태를 가리키지 않는다. 사물과 현상을 비추던 빛이 사라진 자리를 차지하는 어둠은 가시적인 것들의 형상 대신에 그것이 감싸고 있던 내부를 비추는 환한 빛이다. 그러므로 위시에서 어둠이 깊이 가라앉은 골방은 폐쇄적 공간이 아니다. 어두운 골방은 사물과 현상의 내부, 시적 자아의 내면으로 들어가는 문이다. 그곳은 "종잇장 같은 마음에 걸어놓던 / 뼈가 하얗게 비치던 때"에 머무는 장소이다.

골방에서 시적 화자는 사물과 자신의 내부로 들어가 한껏 투명해질 수 있다. 화자는 어둠을 양식으로 삼아서 마음의 끝에 닿았던 과거의 공간인 골방을 그리워한다. 이관묵 시인의 시는 시인의 내면에 대한 부단한 사유를 펼치고 있다. 그런 점에서 그의 시는 고요한 성찰의 시로 볼 수 있을 것이다.

> 일찍이 찾아온 네 몸 안의 적요
> 네 몸 안의 추위
> 그리고 네 몸 안에서 이미 늙어버린 감옥들
> 다가가리라
> 뿌리들이 절벽을 걸어서 비로소 제 생각에 다다르듯
> 캄캄한 寂을 쓰다듬으며
> 나도 내게로 걸어가는 길이 있다
>
> – 「나무의 시간」 부분

이관묵 시인은 성찰의 시간 속에서 시인은 생의 뜨거움을 감각한다. 이같은 생의 감각은 여백과 적막과 어둠과 극점에 서 있으려는 시적 자아의 강렬한 의지에서 비롯된다. 시인은 끊임없이 자신의 내부로 걸어 들어가고

자 한다. 「나무의 시간」에서 화자는 나무가 적요와 추위와 늙어버린 감옥들로 다가갈 것이라고 말한다. 나무는 이러한 강퍅한 생의 조건들을 통과하여 나무 자신에게로 들어간다. 화자인 나도 나무처럼 "캄캄한 寂을 쓰다듬으며", "내게로 걸어가는 길"에 들어선다. 그렇다면 내게로 걸어 들어간 그 길의 끝에 무엇이 기다리고 있을 것인가? 죽음인가? 성찰의 시간을 뚫고 가는 인식의 성숙인가? 그것은 아마도 껍질에 싸여 있던 생의 투명한 뼈를 만질 수 있는 순간일 것이다. 나무는 쓸쓸함과 통곡 속으로 자신의 몸을 들이민다. 나무는 추위와 늙어버린 감옥들에 다가간다. 화자는 나무의 적극적인 생의 움직임을 보면서 "다가가리라"라고 발화한다. 여기에서 "다가가리라"는 화자의 "세상읽기의 형식"(「시인의 시화(詩話)」, ≪현대시학≫, 2005 10월호, 148면)이다. 또한 이관묵 시인이 자신에게 내리는 생의 숙명적인 명령이다. 이관묵 시인의 성찰의 깊이는 적막함의 바닥에 가라앉아 있는 어둠만큼 깊다. 어둠 속에서 세상을 보는 밝은 눈을 얻은 시인은 다시 세상 속으로 시인의 생을 밀어 넣을 것이다.

죽음의 터를 보는 눈

- 고재종의 시 『쪽빛 문장』

우리가 지닌 인생관이 변할까 변하지 않을까에 대해 곰곰이 생각해 보게 된다. 다른 이에게서 변하지 않는 모습을 발견하는 일은 기쁨을 준다. 그것은 이전과는 많이 달라진 자신을 자각하기 때문일 것이다. 변하지 않는 모습은 우리의 일상뿐만 아니라, 시인의 작품을 통해서도 경험할 수 있다. 고재종 시인의 작품들을 보면 80년대에 농민의 삶을 작품에 진솔하게 그려냈던 시인의 힘이 바뀌지 않았음을 느낀다. 그때와 달라진 부분을 찾는다면 공동체 의식을 보여주었던 시인이 이제는 이전에 비해 시인 자신의 내면을 드러내는 데 집중하고 있다는 점이다.

고재종 시인은 『새벽들』의 농사일지 연작시편들에서 농민들의 질박한 생활과 감정을 별 다른 수식없이 그려냈다. 윤재철 시인은 시집의 발문에서 고재종 시의 특징을 "어떤 틀에 구애됨이 없이 그때그때의 농삿일과 농사에 대한 애정, 절망과 설움 그리고 농촌의 밑바닥 실상을 인내를 가지고 그려내고 있"다고 말한 바 있다.(윤재철, 「자기 육성으로서의 농민시」, 『새벽들』, 창작과비평사, 1989, 179면)

춘분날
아직 햇살 차고 바람도 찬 날

매화꽃 환한 텃밭의 지푸라기를 걷어내니
송곳처럼 언 땅을 뚫은
마늘싹들의 예리함이여
솟아라 솟아라 마늘싹들의 서늘함이여
지난 겨울 내내
신경통으로 우시더니 벌써
머리에 수건 쓰고 마늘밭에 앉으신 어머니랑
결코 한번의 겨울로 끝나지 않는
삶이랑
역사랑.

　　　　　－「마늘싹－농사일지 4」 부분, 『새벽들』

　　고재종 시인은 그의 시집 『새벽들』(1989)에서 마늘싹과 어머니를 병렬
시키면서 연약해 보이는 것들이 지니고 있는 단단함을 찾아낸다. 언 땅을
뚫고 나오는 힘이 바로 그 연약함에서 나오고 있음을 "송곳처럼" 예리한
언어로 노래하였다. 쉽게 접하는 일상의 사물들에서 새롭고도 고유한 의미
를 발견해 냄으로써 그것의 존재를 빛나게 만드는 시인의 눈은 이제 '죽
음의 터를 보는 감각'으로 열려 있다. 완결된 형상 속에서 텅 빈 모습, 아
무것도 존재하지 않는 죽음의 모습을 보는 시인의 감각은 현상이 드러내
는 하나의 형상에 구속받지 않는다.

　　"지상과 하늘 사이에 만월이거니! 그 달빛 속의 봉우리는 씻은 듯이 우
뚝하고, 서러운 뻐꾹새도 그 한 목청을 달빛에 풀면, 너와 나는 달로 뜨고
지는, 새삼스런 생을 읽을까. 꽉 차고도 텅 빈 달의 출렁임, 모든 꿈은 그
푸른 원융으로 일렁이네"(「보름밤, 그 어둡고 환한 月光曲」, 『그때 휘파람
새가 울었다』, 2001) 꽉 찬 형상은 죽음의 그림자를 드리운다. 고재종 시
인은 이전에는 보지 못했던 죽음, 그 틈을 보고 있다. 시인이 보고 있든지

보지 않든지 사물들이 살고 있는 생명 혹은 죽음의 터는 있었을 것이다.
그것을 발견하는 것은 오롯이 시인의 몫이다.

알밤 다 쏟아버린 밤송이 같은
마음의 거처를 찾아
십일월의 억새밭에 든다.

이 쓸쓸한 봉두난발의 바람집에서
내 어쩌려고 고향을 느끼는 건
내 안에 든 행려나 남루 때문일 터.

먼 데서 아주 먼 데서
내 안으로 속삭여 오는 바람은
시퍼런 초록으로 뻗치던 억새밭에
마른 울음이나 치고, 그 울음에
나도 뭔가 한없이 떨리는 게 있지만

내 몸의 새것들을 누더기로 만들고
나날의 새 길들을 흙먼지로 뒤덮고
비로소 눈이 보이는 나는
억새 속에 고개 떨군 귀신과
망나니가 보인다.

알밤 다 쏟아버린 밤송이 같은
마음의 거처에 누우면
훗날 거기 바람도 없이 억새도 없이
억새꽃빛 서천에 놀이나 좀 비낄까.

－「억새꽃빛 서천에 놀이나 좀 비낄까」 전문

위의 시에서 삶의 시간은 나타나지 않는다. 시의 제목에 나온 '서천'이

상징적으로 보여주고 있듯이 삶의 시간이 다 흘러가 버린 지점에서 가지는 화자의 심정에 시인의 눈은 집중해 있다. 서쪽 하늘에 지는 노을과 알밤이 다 빠져 나간 밤송이와 십일월의 억새밭은 죽음의 이미지를 형성하면서 서로 조응한다. 화자에게 죽음의 자리를 엿보게 하는 자연물들은 유한한 존재들의 영원한 안식처로서의 무덤을 연상하게 한다.

제3연의 "먼 데서 아주 먼 데서 / 내 안으로 속삭여 오는 바람"은 화자의 영혼을 스치면서 분다. 바람은 화자의 바깥 세계에서 불어와서 화자의 깊은 의식에 닿는다. "나도 뭔가 한없이 떨리는 게 있지만" 하고 화자도 자신의 내면에 불어오는 바람을 감촉하면서 그것과 소통하고 있다. 억새밭과 화자의 남루한 육체와 바람은 서로에게 닿으면서 서로를 인식한다. 그런데 그 바람이 불어오는 곳은 거리를 짐작할 수 없는 '아주 먼 데'이다. 그곳은 현실적인 공간이 아니다.

시의 화자가 먼 데서 부는 영혼의 바람을 감각하고 소통할 수 있는 힘은 들끓는 생의 한복판에서는 얻을 수 없었을 것이다. 제4연에서 "내 몸의 새것들을 누더기로 만들고 / 나날의 새 길들을 흙먼지로 뒤덮고 / 비로소 눈이 보이는 나는"에서 알 수 있는 것처럼 화자에게 남아 있는 것은 생의 시간을 거의 다 써버린 뒤의 남루함이다. 화자는 뜨거운 생의 소낙비가 거쳐간 십일월의 억새밭 같은 소멸의 지점에서 생의 진면목을 발견하고 있는 것이다. 생의 진면목을 들여다 볼 수 있는 눈이 떠졌을 때 화자가 보게 되는 것은 "귀신과 맞나니"이다. 욕망에 가득 찬 생의 장막이 걷혔을 때 화자가 비로소 본 것은 생기가 다 날아가버린 황량한 억새밭과 귀신과 그 황량함에 꼭 들어맞는 자신의 남루함이다. 그런 점에서 억새밭은 생을 마감하는 존재가 편안히 누울 만한 무덤과 같은 곳이다. 화자는 이제 육안으로 보이는 경계를 넘어서 있는데, 그는 그동안 보이지 않았던 것들을 볼 수 있는 영혼의 눈이 뜨인 것이다. 그 눈은 살아 있는 것들에 의해 가려져 있던 죽은 것들, 그러나 산 존재들의 영원한 안식처가 될 죽음의 빈 터를 볼 수 있는 눈이다.

> 따가운 햇살에 문득 솔방울 터지는 소리
> 가지에서 포르릉, 멧새 놀라 날아오르는 소리
> 그 솔숲 너머 환한 여백 쪽으로
> 귀가 기울여진다
>
> 미풍 속 큰 고요의
> 오늘의 말씀은 싸리꽃 향기로 스쳐오리
>
> ―「말씀―오솔길의 몽상1」 전문

위의 시에서 햇살이 따갑게 내리 쪼인 결과로 솔방울이 터지고, 솔방울 터지는 소리에 멧새는 날아오른다. 솔숲에서는 생명 있는 것들의 대화가 소란스럽게 벌어지고 있다. 그 소란스러움은 자연물들이 서로에 대해 즉각적으로 화답하기 때문에 일어난다. 햇살은 솔방울이 보여주는 생명력의 원인이며 동시에 솔방울이라는 존재를 선명하게 비추는 바탕이 된다. 솔방울이 터지는 소리는 나뭇가지에서 고요히 앉아 있던 새의 존재를 일깨워주는 바탕이 된다. 솔 숲에서 벌어지는 생명의 소란스럽고도 화려한 조응은 귀와 눈을 가진 한 인간이 존재함으로써 완결된다.

화자가 지각하는 "환한 여백"은 인간을 비롯하여 자연물들이 서로에게 존재의 바탕이 되고 있음을 잘 보여준다. 자연이 "미풍 속 큰 고요의 / 오늘의 말씀"이 될 수 있는 것은 그것이 지상에 존재하는 어떤 사물도 장애 없이 받아들일 수 있는 순백의 바탕이기 때문이다. 화자는 "환한 여백"을 듣고 "큰 고요"로 전하는 자연의 언어를 감각한다. 이처럼 자연이 지니고 있는 위대한 면모를 보고 들을 수 있는 인간의 감각도 인간의 외부에 존재하는 것들이 그려질 수 있는 순결한 바탕이다.

추상 같은 구중궁궐, 종묘 정전(正殿)의 문짝은
일부러 아귀를 맞추지 않았다 한다, 모셔둔
위패의 혼령이 자유로이 드나들게 하기 위해서란다.
나뭇잎 하나가 흔들리면 다른 나뭇잎이 흔들리고
멧새가 울면 또 다람쥐가 쥐똥만 한 눈을 반짝이듯
서로가 드나드는 것은 애초에 우주의 일,

　　　(중략)

추상 같은 호령도 꺾지 못한 사당의 혼령이란 것도
사실 버리고는 갈 수 있으나 놔두고는 갈 수 없었던
사무치는 마음 아니겠는가, 그 마음 못 다하여
이 지상의 아귀가 맞지 않는 문으로
가끔씩은 사무쳐서 드나드는 그리움이 아니겠는가.

　　　－「아귀가 맞지 않는 문이 있다」 부분

　고재종 시인은 「말씀－오솔길의 몽상1」에서 만물이 개별적으로 존재하는 듯하면서도 대자연 속에서 혼융하고 있음을 노래하였다. 「아귀가 맞지 않는 문이 있다」에서도 시인은 자연물들이 나뉘지 않고 서로의 존재를 거쳐서 존재하고 있음을 잘 보여준다. 나뭇잎 하나의 흔들림은 다른 나무이 파리들을 흔들리게 한다. 멧새의 울음소리에 다람쥐는 민감하게 반응한다. 이러한 의식을 펼치는 시인의 의식 속에서 죽음의 세계와 삶의 세계 역시 서로에게 분리된 것이 아니다. 자연물들이 서로에게 자신이 원인이 되고 결과로 작용하는 것처럼 죽음과 삶은 서로 소통하고 있다. 사람들은 혼령을 위해 문짝을 일부러 벌어지게 짜서 달고 혼령은 "아귀가 맞지 않는

문"의 틈으로 이승을 드나들면서 이승에 대한 그리움을 달랜다.

고재종 시인의 시정신은 혼융과 사랑의 정신이라고 부를 만하다. 그의 시 「고구마 복음」에는 총각이 구워서 나눠주는 고구마 한덩이씩을 받아든 사람들이 "그것 하나씩 두 손으로 받아들고 / 그것 함부로 껍질을 까지도 못하고 / 무슨 복음이라도 되는 양 가슴에 감싸"는 모습이 나온다. 시장 사람들이 서로에게 드나드는 사랑의 힘이 싸락눈이 치는 추운 시장을 뜨거운 고구마처럼 하나의 덩어리로 만든다.

"봉두난발에, 젓국 냄새에, 너시에, 반편이로 삭은 사람들이 그 어깨가 눈비 오고 바람 치는 날을 닮아버린 그 어깨가 풀리고, 그 핏줄이 평생 울분과 폭폭증으로 막혀버린 그 핏줄이 풀리고, 그 온몸이 이젠 쓰러지고 떠나버린 폐가로 흔들리는 그 온몸이 풀려선 모두들 얼굴이 발그작작, 거기에 소주도 몇 잔 곁들이니 더더욱 발그작작, 감나무의 홍시알들로 밝았는데"(「한바탕 잘 끓인 추어탕으로 놀다」) 농민들의 고된 생애들이 잘 끓인 추어탕 한 그릇으로 녹아내린다. 뜨거운 추어탕은 마을 사람들 저마다 가진 고된 내력들을 풀어서 그들을 하나로 이어준다. 소박한 재료들이 뒤섞여 끓여진 추어탕은 한끼의 음식과 한바탕 놀이를 통해 힘든 생활을 건너는 농민들의 강인함을 상징적으로 보여준다. 그들의 대지가 혼융과 창조의 이미지를 가지고 있는 것처럼 마을사람들은 서로에게 양육의 힘이 되고 있는 것이다.

고재종 시인은 「아귀가 맞지 않는 문이 있다」에서 "서로가 드나드는 것은 애초에 우주의 일"이라고 노래한다. 자연 속에서 만물이 서로에게 조응하듯이 죽음과 삶도 서로 드나드는 것으로 보는 시인의 의식 속에 경계가 있는 대상들은 없다. 이는 시인이 그동안 보여주었던 일관된 시정신이 무엇이었던가를 우리에게 다시 일깨워준다.

독특한 생의 무늬

- 천양희의 시 『너무 많은 입』

　　천양희 시인의 시집 『너무 많은 입』에서 두드러진 특징은 시인이 자신의 내면을 들여다 볼 수 있는 사물들을 다채롭게 쓰고 있다는 것이다. 시인의 내면은 생의 무늬에 집중되어 있다. 천양희 시인의 시적 자아들은 의지대로 살아가는 것을 허용하지 않는 외부로부터 자신만의 독특하고 특별한 삶을 위한 힘을 이끌어낸다. 외부의 조건을 바꾸는 인식의 에너지로 인해 시인의 내면은 생에 대한 깊은 성찰로 가득 채워진다.

　　　　잔물결 속에 고둥이 굴러다닌다
　　　　들어보니
　　　　속이 텅 비었다
　　　　그 속에 집게가 들어가 살고 있다
　　　　껍질뿐인 고둥을 굴리고 있다
　　　　그걸 오래 들여다본다

　　　　문득 이게 나라는 생각

　　　　나는 살아서도 구른다
　　　　구르면서도 산다

　　　　구를 때마다

몸 속의 어둠이 터져나온다
그때마다
텅 빈 몸이 텅텅거린다
잔물결이
껍질뿐인 고둥을 굴리듯이
오랫동안

－「물결무늬고둥」 전문

위의 시에서 그의 시적 자아가 느끼는 자신이 사는 모양새는 "껍질뿐인
고둥"으로 비유되어 있다. 시인은 마치 거울을 보듯이 고둥을 보면서 자신
의 모습을 본다. 그렇다면 그의 모습은 "텅 빈 몸"인 고둥이 드러내고 있
는 것처럼 텅 비어 있는 시인 내면의 공허를 이야기하고 있는가? 고둥의
몸에 새겨진 물결무늬는 고둥이 물 속의 조건에서 생존하기 알맞도록 자
연스럽게 생성된 무늬일 것이다. 시인의 시적 화자는 물의 무늬를 고스란
히 몸에 지닌 고둥을 보면서 자신의 생을 돌아보았을 것이다. 물결무늬고
둥이 생을 살아가는 방법은 물결이 굴리는 대로 자기 몸을 굴리는 것이다.
자기보다 더 큰 힘에 의해서 구르는 것은 자신의 뜻에 따르는 행동과 결
과가 아니므로 시적 화자는 외부의 힘에 의해서 자신이 이끌려 왔다고 느
낄 수도 있다.

그러나 텅 빈 채로 자신의 힘과 의지대로 살아오지 못한 것에 대해 화
자는 자괴감을 갖는 대신에 타율적인 힘－잔물결－을 고둥의 껍데기에 새
겨넣은 고둥의 독특한 생의 외양으로 받아들인다. 이 같은 인식의 전환은
텅 빈 결핍의 삶을 물결무늬고둥만큼이나 섬세하고 간명한 무늬를 지닌
삶으로 바꾼다. 시인이 도달한 긍정적인 삶의 인식은 "살아서도 구른다 /
구르면서도 산다"에 잘 나타나 있다. 거센 삶의 물결에 따라 화자가 빈 고

둥처럼 구르는 것은 고둥에게 물결무늬가 섬세하게 새겨지는 것과 같다. 물결무늬고둥만이 가질 수 있는 무늬가 있듯이 화자는 물결 속에서 자신의 독특한 생의 무늬를 새겨간다. 이는 외부의 힘을 자신의 삶을 위한 바탕으로 삼아 생을 적극적으로 창조해 가는 모습인 것이다.

> 부판(蝜蝂)이라는 벌레가 있는데 이 벌레는 짐 지고
> 다니는 것을 좋아한다는데 무엇이든 등에 지려고 한다는데 무거운
> 짐 때문에 더이상 걸을 수 없을 때 짐을 내려주면 다시 일어나
> 또다른 짐을 진다는데 짐 지고 높이 올라가는 것을 좋아한다는데
> 평생 짐만 지고 올라간다는데 올라가다 떨어져 죽는다는데
>
> 히스테리아 시베리아나라는 병이 있는데 이 병은 시베리아
> 농부들이 걸리는 병이라는데 날마다 똑같은 일을 반복하다
> 더이상 견딜 수 없을 때 곡괭이를 팽개치고 지평선을 향해
> 서쪽으로 서쪽으로 걸어간다는데 걸어가다 어느 순간 걸음을
> 뚝, 멈춘다는데 걸음을 멈춘 순간 밭고랑에 쓰러져 죽는다는데
>
> 오르다 말고 걸어가다 마는 어떤 일생
>
> —「어떤 일생」 전문

위 시의 화자는 부판이라는 벌레와 히스테리아 시베리아나 병에 대해 간접적으로 경험한 것을 우리들에게 전해준다. 부판이라는 벌레는 다른 힘이 무거운 짐을 내려놓아도 "또다른 짐"을 찾아서 진다. 시베리아 농부는 단조로운 노동을 묵묵히 견디다 마침내 죽을 병을 얻는다. 부판은 짐을 지고 높이 "오르다 말고", 농부는 일하다 병에 걸려 "걸어가다" 말고 죽음에 이른다. 이들의 삶은 참으로 가련하게 여겨질 만한 "어떤 일생"이다. 천양희 시인은 무거운 짐을 벗고 가볍게 도약하거나 단조로운 노동에서 벗어

나는 일생을 우리에게 전해주지 않는다. 그 대신에 부관과 시베리아 농부의 가련한 일생을 이야기하는 시인의 의도는 무엇인가?

부관과 히스테리아 시베리아나 병에 걸린 시베리아 농부들의 이야기를 전하는 화자의 목소리에는 그들에 대한 연민이 배어 있다. 연민은 연민의 대상과 자신을 일치시킬 때 발현되는 감정이다. 가련한 대상들에 대해 가지는 화자의 연민은 자신도 그들과 다르지 않다는 인식에서 나온다.

시인은 "오르다 말고 걸어가다 마는 어떤 일생"에 대해 우리가 가련함을 갖는 것은 그들의 삶을 왜곡시킨 판단이며 감정이라는 사실을 우리에게 전하고자 한다. 부관은 자기의 삶의 짐을 결코 가볍게 내려놓지 않고 끌어안고 가다가 죽는다. 시베리아 농부는 병에 걸릴 때까지 일하다 죽는다. 화자는 이들의 생에서 역설적으로 그들 생의 본질적인 측면을 발견하고 있다. 이 같은 화자의 인식은 「물결무늬고둥」의 "살아서도 구른다 / 구르면서도 산다"를 통해 보여준, 생의 적극적인 대응방식이다.

"나도 무서웠다 산 오를 생각만 하면 너무 무서워서 싼 짐을 / 풀지만 금방 울면서 다시 짐을 싼다고 한다 언젠가 우리도 / 울면서 짐을 싼 적이 있다 그에게 산이란 가야 할 곳이므로 / 울면서도 떠나는 것이다 누구에게나 무서워 울면서도 / 가야 할 길이 있는 것이다"(「최고봉」) 생이 감추고 있는 "무서운 비밀"이란 주어진 삶을 견뎌내야 한다는 사실이다. 천양희 시인은 「어떤 일생」에서 보여주고 있는 것처럼, 걷다가 죽는 것, 혹은 짐을 지고 높이 오르다가 죽는 것이 생의 본모습으로 여긴다. 미련해 보일 정도로 참다가 죽음에 이르는 것이 생의 본질적인 모습이라면, 이러한 사실을 '아는 것'은 두렵다. 「최고봉」에서 시의 화자는 자신에게 주어진 생의 짐을 피할 수 없다는 것을 깨닫는다. 이 같은 깨달음은 그가 생의 "무서운 비밀"을 알게 되는 것이다. 그러나 동시에 화자는 삶의 두려움을 극복할 수 있는 힘 역시 운명적인 삶을 피하지 않고 감내하는 강인한 내면에서 나오고 있음을 우리에게 암시하고 있다.

> 내가 세상에 와 입은 옷은 몇벌이었나 옷은 제 옷을
> 셀 수 없네 몇십년 입은 옷 그게 바로 내 그림자 내 남루지
>
> (중략)
>
> 옷이 처음 본 것은 누구였나 지나간 건 다시 오지 않듯이 처음은
> 언제나 끝이 되고 말지 그래도 끝나지 않는 것은 한 몸에
> 빛과 어둠을 입고 벗는 옷 그러는 동안 여기까지 왔네 옷의
> 일생은 늘 그렇지 그대여 옷이란 그런 것이네 옷과 함께
> 잘 낡아가는 것이네
>
> ─「옷 입다 생각하니」 부분

위 시에서 '옷'은 '삶'으로 바꿔 의미화시킬 수 있다. 시간이 흐르면 모든 것이 변하고 소멸한다. 화자의 삶은 그의 육체가 새옷을 입었다가 낡아진 옷을 다시 새옷으로 바꿔 입는 일이었다. 하지만 그러한 가변성 속에서 묵묵히 화자의 삶을 지속시키는 것은 그의 생 자체이다. 생 자체에 대한 비유는 가변적인 나의 모습에 드리워진 "내 그림자"이다. 화자의 그림자는 화자가 새옷을 갈아입거나 낡은 옷을 입고 있을 때에도 여전히 몇십년 동안 화자가 자신의 삶을 이끌어온 모습을 고스란히 담고 있다.

화자의 그림자는 화자가 살아 온 시간이 담겨 있기 때문에 남루한 모습으로 나타난다. 화자의 그림자는 "처음은 / 언제나 끝이 되고" 마는 시간의 흐름과 소멸 속에서, "빛과 어둠"이 교차하는 시간을 지나오면서 남루해진 화자의 삶을 위장하지 않고 그대로 드러낸다. 화자가 "옷 입다 생각하"는 깨달음이란 바로 남루한 자기 모습이다. 화자가 이처럼 자신의 본모

습을 '남루함'에서 찾는다는 것은 자신의 생을—그것이 빛에 속하든지 아니면 어둠에 속하든지—'받아들이는 것'이다. 자신의 생이 어떠한 형상을 갖든지, 또한 그 형상이 남루하게 보일지라도 함께 더불어서 잘 낡아가는 일이야말로 우리가 생을 이끌어가는 유일한 길일 것이다.

천양희 시인은 입에 관한 시적 의식을 펼치기도 한다. "그런데 어쩌면 좋담 / 쉰살이 되어도 나의 입은 / 문득 사라지지 않고 / 목쉰 나팔이 되어버렸다 / 어쩌면 좋담?"(「너무 많은 입」) 많은 "입들"은 시적 화자를 구속한다. 화자에게 자신의 한 개의 입이 "너무 많은 입"들로 여겨지는 이유는 무엇일까? 그것은 "사람같이 사는 것"(「물에게 길을 묻다 3)을 시인이 갈망하기 때문이다. 사람같이 사는 것은 힘들다는 것을 시인은 너무나 잘 알고 있다. 이 같은 인식과 현실 간의 괴리감을 시인은 "썩은 풀"과 "썩지 않아도" 살 수 있는 '나'를 대립시켜서 표출하기도 한다.

"풀밭은 또 저만치서 / 썩은 풀을 피운다 // 나에게 썩은 것이 있다면 / 썩지 않아도 / 살 수 있다는 것이다"(「썩은 풀」) 풀은 자기의 몸을 썩여 다시 풀을 돋게 하고 빛나는 반딧불도 만든다. 풀은 자기를 소멸시킴으로써 새 생명을 탄생시킨다. 반면에 화자인 나는 '썩는다는 것'—썩음이 생성을 위한 소멸이 된다는 것—의 진정한 의미도 모른 채, 일말의 반성이 없이도 잘 살아갈 수 있다. 그러면서도 나는 그것을 부끄러워하지 않는다. 부끄러움이 내재되지 못한 삶은 살아 있으면서도 썩는 "냄새를 풍긴다".

"세상에서 가장 어려운 건 사람같이 사는 것이었지요 / 그때서야 어려운 것이 즐거울 수도 있다는 걸 겨우 알았지요 / 사람으로 산다는 것은 사람같이 산다는 것과 달랐지요 / 사람으로 살수록 삶은 더 붐볐지요 / 오늘도 나는 사람 속에서 아우성치지요 / 사람같이 살고 싶어, 살아가고 싶어"(「물에게 길을 묻다 3」) 여기에서 '사람으로 사는 것'과 '사람같이 사는 것'의 차이는 무엇인가? 전자가 생물학적 존재로서 사람에게 주어진 삶이라면 후자는 그 생물학적 조건을 넘어서는 삶이 될 것이다. 그러나 인간의 한계적 조건을 벗어나서 이상적으로 여길 만한 삶을 산다는 것은 참으로 어려운 일이다. 삶의 한계적 조건과 그로부터 벗어나고자 하는 시적 화자의 바람은 간격이 클 수밖에 없으며, 이것을 잘 알고 있는 자의 의식은 갈등에 휩싸이게 되는 것이다.

어둡고도 환한 영혼의 음률

− 조정권의 「주검노래 抄」

죽음은 살아 있는 자들을 초조하게 만들고 애타게 한다. 생물학적인 죽음이 우리 삶의 끝이라고 판명한 근대의학은 우리의 의식을 생과 죽음의 완벽한 절연에 가두었다. 시인들은 이 같은 절연을 뛰어넘기 위해 죽음을 생과 같은 일상으로 여기기도 하고 자연의 순환 속에서 경계를 허물기도 한다. 조정권 시인도 「주검노래 抄」에서 죽음의식을 펼쳐 보인다. 그는 죽음에 대해 수동적인 위치에 서지 않는다. 그는 죽음에 걸어 들어가서 죽음을 파고 그 안에 자기의 몸을 눕힌다. 이러한 그의 행동에 죽음에 대한 불안감은 전혀 보이지 않는다. 오히려 죽음은 살아 있는 시인의 몸과 영혼에 생기를 수혈하는 것으로 바뀌어 있다.

그렇다면 조정권 시인은 죽음에 탐닉하고 있는가? 그는 자신의 살아 있는 육체와 의식을 죽음의 자궁에 심어서 새로운 존재로 태어나려고 하는 것이다. 그는 생과 죽음뿐만 아니라 악과 선, 어둠과 밝음처럼 본래 경계가 없는 현상들을 대립시키고 구분하는 우리의 이성을 거부한다. 시인은 억지로 혹은 편의에 따라 사물과 현상의 영역을 갈라놓는 우리의 이원론적인 의식의 집착을 벗어던지고 있다. 이러한 의식이 조정권 시인의 「주검노래 抄」에서 시의 화자가 '늪 같은 죽음을 감각하는' 구체화된 이미지로 드러나 있다.

아침, 방안에 불 끄면 깊이 가라앉아 있는 늪
저녁, 불켜고 들어서면 벌떡 일어서는 늪
그 늪을 파서
칠이 벗어진 십자와 중세음악사전을 파묻으며
마취제를 마시고 수술대에 누우면
시체의 뱃속에서 키운 태아가 안겨온다 음악이란 이런 것이다
내가 20년 간 모은 판들은 16세기 이전의 것들이다
김수영과 소월 상금, 탄노이의 G.R.F 스피커 개비하는데 보탰다
칠 벗겨진 장미에 주사바늘 꽂고 팔 늘어뜨린 채
저녁이면 수혈을 받는다 내 음악은 이런 것들이 대부분이다
중세의 공동묘지를 걷고 오거나
시체가 들어있는 돌 뚜껑을 만지며 가슴 대 보면
돌 밑 숨소리 들려온다 음악은 이런 것이다
맹인 파이프오르가니스트 헬무트 발하가 육중하게 페달을 밟으며 내
가슴에 손을 얹고
내 몸을 연주하도록
나는 저녁이면 하얀 시트 위로 눕는다
첼로 이전의 元典樂器인 비욜로
나를 연주하도록

– 「주검노래 抄」 전문, 《현대시학》, 2005년 3월호

　경험한 것들에 의지하여 질서를 찾아내는 세계는 그 자신에게 강요하는
원칙과 질서의 구심력에 빨려들어가 파괴되고 말 것이다. 조정권 시인은 우
리의 의식과 감성을 체계 속에 구속하여 경화시키는 이성의 세계를 벗어나
고자 한다. 규정되지 않는 형상을 새롭게 창조하려는 강렬한 열망이 시인으
로 하여금 의식 이전의 의식으로 들어가게 만든다. 그는 자신의 몸과 영혼
을 온전히 맡긴 채로 이성의 세계를 벗어난다. 죽음의 하얀 시트 위에서
시인은 생명감의 정점을 맛보고 있으며 그의 영혼은 생기를 발한다.
　시의 화자인 내가 지금 보고 느끼는 대상들과 자신의 모습은 대낮에 속

하는 것들이 아니다. 그는 하얀 시트 위에 누워서 죽음과 시체와 시든 장미를 느끼고 맹인의 음악을 듣는다. 화자 자신을 포함하여 모두 밤의 영역에 속하는 존재들이다. 화자가 비정상의 것, 소외된 것들에 심취하는 모습은 기괴하다. 그러나 화자는 기이한 제의 속에 자신의 육체와 감각을 놓음으로써 그의 강렬한 의식을 드러낸다. 화자가 마취제를 마시고 취한다는 것, 취한 상태 속에서 머물고자 하는 것은 그 자신이 너무나 이성적인 사람임을 자각하기 때문이다. 근대는 이성과 과학으로 사물들로부터 경외감의 빛과 신비를 걷어내 버렸다. 대신에 이성이 비추는 밝은 빛 속에서 사물들은 앙상하고 남루한 뼈가 드러나게 되었다. 중세는 경험으로 증명될 수 있는 질서 이전의 세상이었다. 화자는 어둠과 빛의 경계가 모호하였으므로 악마의 숨결이 신을 믿는 자들의 영혼에 스며들었던 시대로 돌아가고자 한다.

「주검노래 抄」에서 시인에게 죽음은 일상생활의 일부이기도 하고 전부이기도 하다. 낮과 밤이 이어지듯이 시인은 낮으로부터 돌아와 늪 같은 죽음으로 들어간다. 시인을 기다리는 늪 같은 죽음이 있는 방, "죽음의 방"에 놓인 하얀 시트 위에 누워서 시인은 자신의 새로운 몸과 영혼을 기다린다. 시의 2행 "불켜고 들어서면 벌떡 일어서는 늪"은 화자인 내가 맞이하는 죽음이다. 실체가 보이지 않으며 만져지지 않는 죽음이 내 앞에서 벌떡 일어선다. 참으로 파격적인 표현이다. 나는 침대에 누워서 음악을 듣는다. 음악은 내게 보내는 사자의 전언이다. 나는 사자의 전언을 "시체의 뱃속에서 키운 태아가 안겨"오는 듯한 촉감으로 받아들인다. 나 역시 죽음의 "늪을 파"고 누운 나 역시 시체의 뱃속에서 자라나는 태아와 같은 존재이다.

"칠 벗겨진 장미" 이미지도 이중적이다. 장미의 생생한 빛과 윤기 있는 촉감과 매콤한 향기는 시들어서 색이 바랜 꽃과 겹쳐진다. 나는 시든 장미에게서 수혈을 받는 듯한 기분으로 음악을 듣는다. 시든 장미의 혈액이 내 몸 속의 혈관을 채운다. 시들어 죽은 장미의 진액을 수혈 받는 나도 침대 위에서 죽어가는 자이다. 그러나 이 같은 죽음의 이미지들은 이 시에서 만들어진 '음악'의 상징성으로 생생하게 전율하는 생명감으로 전환된다.

시의 화자는 "음악은 이런 것이다"를 반복하여 진술하는데, 이는 '죽음은 이런 것이다', '생명감이란 이런 것이다'를 전달해 주는 말이다. 맹인 파이프오르간 연주자의 연주는 마치 하얀 시트 위에 누운 나의 몸을 연주하는 듯하다. 맹인 연주가가 자신의 몸의 모든 촉수를 열어 연주하는 음악을 들으며 나는 캄캄한 죽음과 환한 생의 절정을 함께 맛본다. 그래서 "음악은 이런 것이다"라는 화자의 진술은 죽음과 생의 실체를 온전히 발견한 자의 고백이다. 나는 음악을 매개로 하여 '살아 있는 죽음', 혹은 '죽음 같은 절망감'을 온몸으로 감지하고 있다. 따라서 "음악은 이런 것이다"는 '죽음이란 이런 것이다' 또는 '생명감이란 이런 것이다'를 이해하는 매개이다. 나는 음악을 매개로 살아 있는 죽음 혹은 죽은 생명을 감각한다. 중세의 시대에 악마의 어둠과 신의 빛이 뒤섞이어 인간의 영혼을 생생하게 만들었던 것처럼, 죽음과 생명은 혼융된 채 뼈가 드러난 이성적 인간의 몸에 생기를 수혈한다.

맹인의 비범함은 육체의 눈으로 볼 수 있는 가시의 세상 밖을 영혼의 눈으로 보는 데서 생겨날 것이다. 육안으로 볼 수 있는 한계는 실재하는 존재들의 피상에 우리의 의식이 한정된다는 점이다. 우리의 의식과 감각은 시각적인 경험의 테두리를 벗어나기 어렵다. 그러나 시각에 갇히지 않는다는 것은 사물을 감각하고 이해하는 폭이 규정되지 않는다는 것을 의미한다. 그런 점에서 맹인은 시각에 묶인 자들의 인과론적인 구조와 틀 너머를 볼 수 있는 자들이라고 말할 수 있다. 이는 시각을 가진 사람들이 사물과 현상을 대할 때 내리는 해석과 달리 이해할 수 있는 능력을 맹인이 부여받았음을 뜻한다.

　맹인 파이프오르가니스트 헬무트 발햐! 유일하게 바흐의 전곡을 연주했다는 그는 맹인이 지녔을 비범함으로 바흐를 연주했을 것이다. 헬무트 발햐는 아마도 바흐의 전생애이었을 바흐의 음악을 연주하면서 바흐의 어둡고도 환한 영혼의 음률을 한 가닥씩 손가락으로 짚어나갔을 것이다. 헬무트 발햐는 바흐라는 한 인간의 생애를 눈 대신 손가락으로 탐독하였을 것이다. 다른 사람의 생을 연주하는 동안 그는 맹인의 삶이 그 자신에게 던졌을 그늘과 빛을 자신의 연주를 듣는 사람들에게 낱낱이 펼쳐보였을 것이다. 위 시에서 화자인 나도 발햐의 연주를 들으면서 발햐의 손가락이 그 자신의 삶을 비범하게 연주하기를 열망한다. 하얀 시트 위에 누운 나의 몸과 영혼은 제의(祭儀) 같은 음악 혹은 죽음의 의식(儀式)을 통해 새롭게 태어날 것이다.

내 삶의 궁기(窮氣)를 보다

- 문인수의 시

　문인수 시인은 그의 시집인 『동강의 높은 새』에 실린 「자서」에서 도정 중에 부딪히는 것들에게서 "내 삶의 궁기를" 본다고 밝힌 바 있다. 시인이 살아가면서 접하는 모든 대상들에서 자신의 삶의 궁기를 발견한다고 진술한 것을 어떻게 이해할 수 있는가? 어떤 것으로도 가려지지 않은 채 다 드러나 있는 나의 모습은 과연 어떤 모습을 하고 있는가? 나는 나의 마음을 쉽게 속이므로 나를 잘 알지 못한다. 그러나 나의 분신이기도 한 대상들을 만나게 되었을 때, 나는 나를 더 이상 감추지 못한다. 나의 눈앞에 내 진짜 모습이 서 있기 때문이다.

　문인수 시인이 직시하고 있는 그의 모습은 남루하고 늙고, 낡았고 슬픔에 찬 형상을 하고 있다. 그는 피하고 싶은 자신의 모습을 솔직하게 인정하면서 그대로 받아들인다. 그렇기 때문에 문인수 시인의 시적 자아와 시적 대상들 사이에는 관찰자가 가지는 관찰 대상과의 간격이 없다. 그들은 시 속에서 완전한 일치를 이룬다. 시적 자아와 대상들은 수평의 위치에 놓여 있으며, 그곳에서 시적 대상들은 시적 자아의 분신들이 되어서 솟아나온다.

　시인은 자신을 사랑한다. 그러나 그는 결코 나르시스트가 아니다. 그는 자기에게 갇힌 자기애에서 벗어나 있기 때문이다. 시인의 겸허하고 연민에 찬 시선은 시인의 내면을 투명하게 비추고 외부에 있는 사물로 향한다. 이러한 시인의 시선에 대해 우리는 다시 바꿔서 이해할 수 있다. 대상에 대한 연민의 시선이 시인 자신의 모습을 바로 보게 하는 힘인 것이다. 자신에 대한 진솔한 이해가 장년에 이른 문인수 시인의 시적 긴장감을 지속시키고 시를 살려내고 있는 것처럼 보인다. 그는 자신이 남루한 존재임을 인정하고 있는 그대로를 사랑한다. 그는 삶이 우리에게 던지는 그늘인 슬픔을 진심으로 이해하고 있는 시인이다.

> 주물럭거리는 것이 있다. 오래 어두운 마음이
> 거미줄 치며 기거하는
> 헛간, 바람 드나드는 처지가 있다. 이 공중전화 부스,
> 무시래기 몇줄 냄새 좋게 걸어 두고 싶다
>
> —「헛간」 부분

　「헛간」에서 이동통신의 보편화로 소용이 다 한 공중전화부스는 문명화된 도시에서는 이질적인 존재다. 한때 도심의 첨단 통신 매체였던 공중전화가 있는 부스는 「헛간」처럼 도시 속에서 낡아간다. "어두운 마음이 / 거미줄 치며 기거하는 / 헛간, 바람 드나드는 처지"를 바라보는 화자는 부스와 자신의 처지가 다르지 않음을 인식한다. 「꼭지」에서 배고프고 힘든 생애를 한 치도 피하지 못 한 할머니의 조그만 몸뚱이는 아픈 생의 끝에서 막 떨어지려는 '꼭지'로 표현되어 있다. 여기에서 화자가 할머니에게서 갖는 연민은 간격 없이 대상과 밀착되어 있다. 「헛간」의 공중전화부스처럼 「낡은 피아노의 봄밤」의 피아노는 남루한 존재이다. 문인수 시인의 시적 자아가 대상들에게 애련한 마음을 갖는 이유는 그들에게서 시적 자아가 자신의 삶의 궁기를 보기 때문이다.

누가 이 피아노를 한번 힘껏 눌렀겠다.
아이들이 자라 스무살이 훨씬 넘는 동안 또 몇년
뚜껑 한번 열린 적 없을 것이다. 피아노 속은 지금
콩나물 대가리가 다시 수북하게 자란 저녁일까 누가
이 피아노를 한번 힘껏 눌렀겠다. 언제나
거실 한쪽 벽면을 차지한 채 저도 헌집, 무겁게 내려앉은 피아노는
컴컴한 벽돌조 양옥 같다. 문턱처럼 걸리거나
저녁노을처럼 걸리는 감정들은 뜰에, 저 서너 개
큰 독에다 묻었겠다. 잘 삭혔을까 누가
이 피아노를 한번 힘껏 눌렀겠다. 어두워진 것처럼 꽉 다문 입,
속은 구린내나겠지만
흉금이란 그러나 노후에도, 노후해도 썩지 않고 영롱하게 글썽이는 것,
반짝반짝 올라가 하염없이 공중에 쌓인 소리,
뚜껑 밤하늘엔 별 총총 수심도 많겠다. 명멸, 명멸, 명멸,
사소하게 일일이 다 접으며 또 그렇게
겨울 보냈으리 누가
이 피아노를 한번 힘껏 눌렀겠다. 기나긴 눈보라 주먹만한 눈발,
피아노는 폭설 창고일까 기쁨이거나 슬픔,
저 목련 폭발 환한 야음이다. 야반도주처럼 훨 훨,
봄날은 또 사정없이 날새누나. 두 팔 벌려 무너지듯
누가 이 피아노를 한번 힘껏 눌렀겠다.

– 「낡은 피아노의 봄밤」, ≪창작과 비평≫, 2005. 봄호

　　문인수 시인의 시에서 시적 구도는 대체로 이중의 이미지가 중첩되면서
전개된다. 그의 시 「나방」에서 "벽과 벽이 만나는 구석에 납짝 붙어 있다.
/ 오체투지하는 것 같다. / 천장에서 방바닥까지의 거리를 재는 듯 / 그렇
게 날개를 쫙 펴 붙이고 있다."라는 나방의 세계는 "아득한 하늘 아래, 어
둔 땅 위에 / 나도 양팔을 벌린 채 힘껏, 가만히 누워 배긴다. / 풍경소리,
대바람소리, 잘 마르지 않는 과거가, 슬픔이 있다."는 시적 화자의 세계가

중첩되면서 전개된다. 나방이 천장에서 방바닥까지의 아득한 거리를 작은 날개로 재려는 듯 벽에 붙어 있고, 그것을 관찰하는 화자도 하늘과 땅 사이의 점으로서 방바닥에 누워 있다. 나방이 천장과 방바닥 사이에서는 작은 점에 불과하듯이, 하늘과 땅 사이에서 인간인 나는 너무나 미약한 존재이다. 그러나 천장과 방바닥 사이에 위치함으로써 나방의 존재가 명료해지는 것처럼, 한 인간의 실재는 하늘과 땅 사이에서 이루어진다. 「나방」은 미소한 존재들의 생의 위치가 각자의 우주 속에서 뚜렷한 하나의 점으로 구체화되어 있다. 화자는 슬픔에 휩싸여 방바닥에 붙잡히듯 누워 있는데, 이처럼 쉽게 버릴 수 없는 과거와 슬픔의 감정이 아득한 하늘과 땅 사이에서 하찮은 인간을 뚜렷하게 각인시킨다.(졸고, 「문명의 과장과 시의 역설」, ≪애지≫, 2000. 가을)

「낡은 피아노의 봄밤」에서 피아노가 있는 하나의 세계와 화자의 세계는 병치되면서 피아노는 집의 한쪽 구석을 차지하고 낡아간다. 또 하나의 세계는 봄밤을 지새우는 한 인간의 우주이다. 그러나 피아노와 화자가 각각 존재하는 두 개의 우주는 화자의 의식 속에서 동일한 삶의 구도와 욕망을 지닌 한 존재이다. 봄밤에 우주의 누군가가 자연의 거대한 피아노 뚜껑을 열고 봄꽃과 봄눈의 폭발하는 생기를 사방으로 풍겨서 날려 보내듯, 시의 화자는 자신도 누가 낡은 피아노 같은 자기의 육신과 영혼을 생기가 가득하게 눌러주었으면 하고 열망한다.

소용이 없어진 뒤로 뚜껑을 닫아두었던 피아노는 제 역할을 다 하지 못한 채 낡아간다. 피아노는 뚜껑 속으로만 콩나물 대가리 같은 음계들만을 수북하게 낳아 놓았다. 피아노의 겉은 낡아서 헌 집 같고, 컴컴한 벽돌조 양옥 같다. 그러나 피아노의 흉금은 스스로 건반을 울리게 하여 자신의 육체와 영혼을 두드려 일깨우는 일을 쉬지 않는다. "누가 이 피아노를 한번 힘껏 눌렀겠다."에서 이 누가는 바로 봄의 우주이며, 또한 피아노와 동일시된 화자 자신이다. 천지가 생기로 꿈틀거리는 봄밤에 낡아가던 화자는 다시 한번 스스로 폭발할 준비를 하고 있다. 그래서 겉은 낡았으나 "흉금이란 그러나 노후에도, 노후해도 썩지 않고 영롱하게 글썽이는 것,"이 되는 것이다. '큰 존재'가 봄에 천지를 한번 힘껏 눌러서 "목련 폭발 환한 야음"을 만들어내는 것처럼, 거대한 손가락으로 우주를 연주하는 것처럼, 화자는 낡은 자신의 육신을 한번 힘껏 눌러보고 싶은 강렬한 갈망이 꿈틀댄다.

그러나 이러한 갈망은 오로지 우주 속에 극미한 한 점인 자기를 사랑하는 자의 우주 안에서 일어나는 것이다. 시 「나방」에서처럼 우주 속의 한 점을 이루는 자기를 받아들인다는 것은 욕심을 지니지 않은 인간이 진심으로 자기에게 귀소하는 방법이다. 그는 낡은 사물들과 미소한 인간, 즉 자신이기도 한 그들에게 생의 온기를 지핀다. 그 생의 온기는 다시 시인의 영혼과 시에 따뜻한 피가 흐르게 하고 윤기 있는 빛깔을 새롭게 입힌다.

삶을 변혁시키는 '작은 상징'

- 송수권의 시

　"그늘을 갖지 못한 시, 그늘을 갖지 못한 삶, 그늘을 갖지 못한 사랑은 푸석거리는 먼지와 같다."고 송수권은 그의 시선집 『초록의 감옥』(1999) 머릿글에서 진술한 바 있다. 그늘은 빛이 들지 않아서 어두운 상태나 장소를 뜻한다. 시각적으로 어둡게 감지되기 때문에 그늘이라는 단어는 근심과 불행에 빠진 심리적 상태를 지시한다. 그러나 앞에서 인용한 시인의 말을 보면, 그늘은 윤기 있는 시와 삶과 사랑을 위해서 중요한 역할을 하는 것으로 나타나 있다. 시와 삶과 사랑이 반드시 지녀야 할 그늘이란 무엇인가?

　송수권의 시 「그늘」을 보면, "그늘이란 말 아세요 / 맺고 풀리는 첩첩 열두 소리 마당 / 한의 때깔을 벗고 나면 / 그늘을 친다고 하네요"라는 시행들이 있다. 여기에서 시인이 말하는 그늘은 이분법적으로 따졌을 때, 연상되는 가려진 이면, 어두운 것, 부차적인 것을 가리키지 않는다. 시인이 말하는 그늘은 종속적이면서도 어두운 영역을 나타내는 것이 아니라 오히려 어떤 현상을 이루는 본질이며 핵심이라는 뜻에 가깝다. 어디까지 들어가야 우리의 삶이 '한'의 때깔을 벗고 '그늘'을 치는 것인지 삶에 일천한 필자는 짐작하기 어렵다. 다만 송수권의 신작시 「아내의 맨발·10 - 격포에서」를 읽으면서 시인이 만들어가는 말의 의미를 접근해 갈 수 있을 뿐이다.

육체의 노쇠와 죽음은 우리의 의식에 '그늘'을 친다. 그러나 송수권 시인은 「아내의 맨발·10 - 격포에서」에서 '그늘'이 가지는 통상적인 의미를 바꾸고 있다. 그는 이 작품에서 '그늘'이 어떻게 우리의 삶을 풍요롭게 만드는지를 보여준다. 여기에서 늙음과 죽음, 이른바 '그늘' 속에 머무는 것들은 어둡고 부차적인 영역을 벗어나 우리 삶의 본질로서 다가온다. 시인은 '그늘'을 생의 중심으로 이끌어 올릴 수 있는 자는 바로 우리 자신이라는 사실을 확연히 드러낸다.

아득하구나!
먼 길을 헤쳐 얼음구덕을 파며 오는
11월의 연어 떼
앵두알 같은 알들을 마지막 모래구덩이에 묻는
최후의 수장식(水葬式)
그리고 강물에 둥둥 떠내려가는 연어 한 쌍
물수리도 거들떠보지않는……
한 시인은 그런 연어에서 강물 냄새가
난다고 한다.

훌쩍 오십줄을 건너온 사람에게서는 무슨
냄새가 날까
아직도 들찔레꽃 창창한 냄새가 나니 안심해요
그녀가 위로한다
그럼 저에게서는요, 그녀도 궁금했던지 묻는다
당신에게서는 고동 냄새가 나지!
봄바다 무적(霧笛) 속에서 우리는
고동을 줍고 있었다
우리는 몇 번이나 물새가 되어
시름없이 수평선을 날아간다.

– 「아내의 맨발·10 - 격포에서」 전문

위 시에서 화자는 산란을 위해 바다에서 강으로 회귀하는 연어를 보면서 아득하다고 감탄한다. 연어의 일생에서 마지막 순간을 접하는 화자가 느끼는 감정은 아득함인데, 화자가 연어와 자신을 동일시함으로써 이 같은 감정이 형성되는 것이다. 쉰을 훌쩍 넘긴 화자와 그의 아내가 고동을 주우면서 나누는 대화를 잘 들어보자. 그들은 자신들이 이미 생의 냄새를 풍기기보다는 죽음의 냄새를 짙게 풍기고 있음을 잘 알고 있는 사람들이다. 그래서 그들은 서로에게 아직도 자기에게서 생의 냄새가 나는지를 확인하고 있다. 아내는 남편에게서 "들찔레꽃 창창한 냄새"가 난다고 말하고 아내는 남편에게 "고동 냄새"가 난다고 위로해준다. 서로에게서 마음의 위안을 얻은 부부는 새처럼 "시름없이 수평선을 날아간다". 화자 부부가 물새가 되는 순간을 보여주면서 시인은 심적 평온의 고도를 높이 올려놓고 있다.

"앵두알 같은 알들을 마지막 모래구덩이에 묻는 / 최후의 수장식(水葬式)"에서 알 수 있듯이 연어가 알을 낳는 것은 곧 그 자신을 水葬하는 일인 것이다. 알을 낳고 죽어가는 연어에게서 나는 냄새는 물수리도 거들떠보지 않을 정도로 죽음에 가까운 냄새를 풍길 것이다. 그러나 송수권 시인은 죽음의 냄새에서 삶을 완성시켜 나가는 과정을 감각적으로 전환시키고 있다. 소멸의 상태를 '살아 있음'의 절정을 체험하는 순간으로 그 의미를 전환시켜 받아들일 수 있을 때 비로소 소멸의 유한함에 갇혔던 존재는 자유롭게 될 것이다. 생명은 끊임없이 누군가로부터 이어받고 나를 거쳐서 또 누군가의 몸으로 이어질 것이라는 시인의 인식 속에서 죽음은 생의 견고한 결정체로 나타난다.

연어에게 알을 낳는 순간은 자신이 죽어가는 시간이지만, 번식의 목적을 완결 짓는 시간이기도 하다. 이러한 연어의 일생이 알 수 없는 사람의 생을 지시하는 비유라고 한다면, 소멸의 시간이야말로 생의 정점이며, 막연하고도 고단한 생을 꿰뚫으면서 드러나는 '본질적인 것'과 대면하는 시간이다. 그렇기 때문에 화자 부부가 늙어가는 자신들에게서 나는 죽음의 냄새를 감각하면서도 서로에게서 "들찔레꽃 창창한 냄새"와 "고동 냄새"를 맡을 수 있었을 것이다. 그러한 냄새는 부부가 서로를 위로하는 표현이면서 소멸과 죽음이 우리에게 던지는 두려움과 불안에서 벗어나 있는 존재들이 서로에게서 확인하는 싱싱한 생명의 감각이었던 것이다. 화자 부부는 죽음의 냄새에서 창창한 생명의 냄새를 맡는다. 그들은 생과 죽음이 혼융된 채로 분리되기도 하고 응집하기도 한다는 깨달음을 "봄바다 무적(霧笛) 속"에서 감지한다. 그 감지의 순간에 그들은 지금까지 살아온 자신들의 생의 정점을 맛보았을 것이다. 이 순간의 인지가 그들 삶을 변혁시키는 '작은 상징'이 아니고 무엇이랴.

송수권 시인은 "큰 상징은 한 시대의 정신을 찌르고 작은 상징 하나는 삶을 바꾸어 놓는 시침(時針)과 같다. 그러므로 큰 상징은 종교와 철학에 있고 작은 상징은 시의 언어 속에 있다"(『초록의 감옥』, 머릿글)고 했다. 삶을 바꿀 만한 '작은 상징'이란 어떠한 것을 이르는가. 삶을 변혁시킬 수 있는 언어의 힘은 참으로 시를 쓰는 사람들이 이르고 싶은 경지일 것이다. 언어 혹은 시의 힘을 확언하는 일은 시쓰기에 오롯이 자신의 생을 바친 자가 아니면 감히 입 밖에 낼 수 없다. 이처럼 소박하면서도 정곡을 꿰뚫는 시인의 말은 관념 속에서는 나올 수 없다. 시인은 「아내의 맨발·10 - 격포에서」를 통해 시인에 의해 '작은 상징'이 창조되는 과정을 보여준다.

송수권 시인의 노래처럼, 알을 낳고 죽는 연어처럼 우리가 살아가는 일은 우리의 살을 이루던 것들이 다 빠져 나가고 또 다른 우리를 새롭게 만나는 것이다. 하나의 생과 그것을 잇따르는 또 다른 생 사이에 죽음의 검은 점이 매듭지어져 있다. 죽음은 생을 완성시켜 나가는 과정의 필연적인

지점이며, 그것은 다른 생을 낳는 모체이기도 하다. 「아내의 맨발 · 10 -
격포에서」에서 송수권 시인은 '아내의 맨발'을 보면서 완성되어 가는 생을
만나고 있다. 또 하나의 생을 낳고서 비로소 생과 죽음의 끈과 매듭에서
풀려날 수 있는 연어는 강물에 녹아서 흐를 것이다. 그러한 생의 흐름을
알아보는 화자 부부는 "시름없이 수평선을" 나는 물새가 될 것이다. 그런
점에서 알을 낳고 죽어가면서 물에 둥둥 떠내려가는 연어의 형상과 시름
없이 자유롭게 수평선을 날아가는 물새의 형상은 다르지 않을 것이다.

시인이 이전에 창작한 「수저통에 비치는 저녁 노을」(1998) 역시 아름다
운 작품이다. 해석 없이 그냥 감상하고 싶다.

> 내 마음속 기러기 몇 마리 날아 서해로 간다 그곳은 진펄밭 위의 겨
> 울 강물이 따뜻한 곳, 아내가 차를 몰아주고 내소사 앞에서 모항 고갯길
> 을 넘고, 작당마을 고갯길을 내려 섰을 때, 후끈한 저녁 노을 속에 그
> 기러기 떼 아직도 노을 딛고 차창 밖을 날고 있었다 끼룩끼룩 찬 울음
> 이 아니라 이렇듯 따뜻한 울음을 이 地上에서 나는 아직 받아본 적이
> 없다 그래, 오늘 나는 격포에 이사간다 책 몇 권, 솥단지 밥그릇, 국그릇
> 한 벌 등에 지고 너희 울음 따라간다 큰 울음 속에 작은 울음, 잠시면
> 저 노을 속에 묻힐 아무렇게나 차 속에 넣어놓은 수저통에서 자꾸만 숟
> 가락들이 비명을 지른다 이 수저통에서 튀쳐 나오지 못하고, 나는 그 동
> 안 얼마나 세상을 향해 요란한 소리를 냈던가 아아, 수저통에 마지막 비
> 치는 저녁 노을, 침묵 같은 울음 따라간다 너희들이 발 디뎌 내려앉을
> 곳, 나는 안다 그곳은 이승의 十勝地, 外邊山, 內邊山이 몇 마리의 기러
> 기로 떠서 차창 밖을 날아 마지막 날개를 접은 곳, 너희 깃털이 地上의
> 이불을 덮은 곳, 나는 오늘 인생을 蓮꽃같이 접어 격포에 이사간다 너희
> 따뜻한 울음 속에 큰 病 하나를 마미 밥통 속에 숨기고 따뜻한 울음 받
> 으며 간다.

－「수저통에 비치는 저녁 노을」 전문

감각의 안을 보라

– 문태준의 시 「묽다」

문태준 시인은 그의 시 「묽다」에서 '혼융'의 의미를 간명하고도 신선하게 창조하고 있다. 지금까지 발간된 그의 두 권의 시집─『수런거리는 뒤란』(2000)과 『맨발』(2004)─을 살펴보면, 「묽다」에 나타나 있는 '혼융'의 이미지는 오랜 시간에 걸쳐서 발견해 낸 시인의 시적 인식임이 드러난다. 우선 문태준 시인의 첫시집인 『수런거리는 뒤란』에 실린 시 「掌篇」을 보자.

> 늙은 손이 내 손을 쓸고 갔네, 외할머니 얇은 머리숱에 꽂힌 비녀처럼
> 가늘고 여린 손이 내 가슴을 쓸고 갔네, 마당을 쓸고 지나가는 싸리
> 비처럼
> 그 손은 터진 평야에 몰아치는 회오리
> 아가야, 꽃모가지를 따다 그 손 위에 얹어라!
> 흰나비야, 그 손 위를 날아다녀라!
> 그러나 그 손으로 고목나무처럼 걸어들어가는 긴 주름만 있을 뿐
> 늙은 손이 내 손을 쓸고 지나가
> 내 몸에 열꽃이 피고 시냇물을 빠르게 움직이고 구름은 엉킬 여유 없
> 이 흘러가고
> 들쑤셔놓은 벌집처럼 세월이 아프다
>
> ─「掌篇」 전문, 『수런거리는 뒤란』

「掌篇」에서 '늙은 손'은 화자인 나의 손을 비롯하여 아가, 꽃모가지, 흰 나비, 시냇물, 구름 등과 대응하고 있다. 그 대응의 형상을 보면, 후자는 전자의 막대한 힘 앞에 너무나도 무력한 대상들이다. 화자는 "터진 평야에 몰아치는 회오리"인 늙은 손의 강력한 장력을 모면하기 위하여 아가에게 꽃모가지를 따다가 늙은 손에 얹으라고 말하고, 흰나비에게는 늙은 손 위를 날아다니라고 말한다. 그러나 그것들은 늙은 손이 부리는 현상들을 막아내기에는 너무나 연약하다. 늙은 손은 화자인 "내 몸에 열꽃"이 피게 하고, "시냇물을 빠르게 움직이"게 만드는 회오리 같은 힘을 가지고 있기 때문이다. 또한 늙은 손 때문에 "구름은 엉킬 여유 없이 흘러가고", "들쑤셔 놓은 벌집처럼 세월이 아프다". 이처럼 자연과 세월을 손아귀에서 마음껏 부리는 늙은 손의 정체는 과연 무엇인가?

「掌篇」의 화자는 늙은 손 때문에 세월을 아프게 느끼는데, 세월은 흘러간 과거의 시간을 가리킨다. 늙은 손은 지나간 자신의 과거를 되돌아보는 화자의 심정을 함축적으로 드러낸다. 화자에게 과거의 흔적은 물리적인 통증만으로 남아 있다. "내 몸에 열꽃이 피고 시냇물을 빠르게 움직이고 구름은 엉킬 여유 없이 흘러가"에 나타나 있듯이 화자의 지나간 세월은 마치 필름을 빨리 돌리는 것처럼 순식간에 흘러가버렸다. 이처럼 극히 짧은 순간으로 인지되는 과거 혹은 지나온 삶은 화자에게 '극히 짧은 문학작품'을 뜻하는 '掌篇'과 같은 것으로 여겨진다. 빠르게 흘러간 과거의 시간을 '掌篇'에 비유한 문태준 시인의 시적 인식은 날카롭다.

「掌篇」에서 문태준 시인은 세월, 즉 늙은 손은 피할 수 없는 것이며 대적하기 힘든 불가항력의 힘을 지닌 것으로 인식한다. 그의 두 번째 시집인 『맨발』에 실린 「어두워지는 순간」과 시인의 최근 작품인 「묽다」에서도 시간에 대한 시인의 통찰이 나타나 있다. 그러나 「掌篇」에서처럼 시인은 흘

러간 과거 때문에 아파하지 않는다. 그의 의식 속에서 과거와 현재는 구분
되거나 대립하지 않기 때문이다.

> 어두워지는 것은 하늘에 누군가 있어 버무린다는 느낌,
> 오래오래 전의 시간과 방금의 시간과 지금의 시간을 버무린다는 느낌,
> 사람과 돌과 풀과 흙덩이와 꽃을 한사발에 넣어 부드럽게 때로 억세
> 게 버무린다는 느낌,
> 어두워지는 것은 그래서 까무룩하게 잊었던 게 살아나고 구중중하던
> 게 빛깔을 잊어버리는 아주 황홀한 것,
>
> – 「어두워지는 순간」 부분, 『맨발』

위 시에서 문태준 시인은 어두워지는 것을 다음과 같이 표현하고 있다.
"어두워지는 것은 그래서 까무룩하게 잊었던 게 살아나고 구중중하던 게
빛깔을 잊어버리는 아주 황홀한 것"이다. 어두워지는 순간은 시적 화자가
망각하고 있던 기억들이 되살아나고 구중중하던 사물이 구중중한 빛깔을
잊어버리는 때이다. 어둠은 밝음 속에서 은폐되어 있던 우리의 충동들을
풀어놓는다. 밝음 속에서 구분되고 나뉘던 것들의 경계는 어둠 속에서 분
별되지 않는다. 우리가 사물이 지닌 색깔이 '구중중하다'고 여기는 것은
빛으로 사물들을 분별할 때, 생겨나는 것이다. 사물이 구중중하게 보이거
나 선명한 색채를 지니는 것으로 보이는 것은 빛과 우리의 시각에 의해서
인지되기 때문이다. 그렇기 때문에 색채의 분별은 사물이 지닌 본질과는
상관없이 우리의 주관적인 관념이 만든 것이라고 볼 수 있다. 구분은 관념
에 의해 형성되는 것이다. 그렇다면 관념과 경계와 구분을 허물어뜨릴 만
한 계기나 매개가 되는 것은 무엇인가. 문태준 시인은 그것을 '어두워지는
것'에서 찾아낸다. 어둠은 경계를 파괴하고 억압되지 않은 기억들을 생생

하게 불러낸다. 사물들은 어둠 속에서 본래의 모습들을 되찾는다.

새가 전선 위에 앉아 있다
한 마리가 외롭고 움직임이 없다
어두워지고 있다 샘물이
들판에서 하늘로 검은 샘물이
흘러들어가고 있다
논에 못물이 들어가듯 흘러들어가
차고 어두운 물이
미지근하고 환한 물을 밀어내고 있다
물이 물을
섞이면서 아주 더디게 밀고 있다
더 어두워지고 있다
환하고 어두운 것
차고 미지근한 것
그 경계는 바깥보다 안에 있어
뒤섞이고 허물어지고
밀고 밀렸다는 것은
한참 후에나 알 수 있다 그러나
기다릴 수 없도록 너무
늦지는 않아 벌써
새가 묽다

－「묽다」 전문, ≪현대문학≫, 2005 2월호

위 시에서 저녁에 어둠이 점점 번져가는 현상은 "들판에서 하늘로 검은
샘물이 / 흘러들어가고 있다"고 묘사되어 있다. 이 같은 묘사는 세밀하고
도 사실적인 관찰이 없이는 창조할 수 없는 절묘한 표현이다. 특히 "논에
못물이 들어가듯 흘러들어가 / 차고 어두운 물이 / 미지근하고 환한 물을
밀어내고 있다"는 표현은 그러한 현상을 직접 경험하고 감각한 사람만이

찾아낼 수 있는 것이다.

논에는 벼포기의 뿌리만 잠길 만큼 얕게 물이 차 있다. 얕기 때문에 햇빛의 열에 쉽게 데워져 미지근하다. 또한 빛이 바닥까지 투과하고 있으므로 환하게 보인다. 반면에 못물은 깊어서 차고 검게 느껴진다. 농사를 지을 때, 논에 물이 부족하면 저수지나 못의 물을 퍼올려서 논에 대기도 하는데, 이때 논에 흘러들어가는 못물을 보면, 검고 찬 물과 환하고 미지근한 물의 경계가 보인다. 논물과 못물은 본래 같은 성질을 가졌지만, 다른 장소에 저장됨으로써 각각 다른 성질을 띠게 된 것이다. 성질이 다른 것처럼 보이는 물들은 잠깐만에 뒤섞이게 된다.

우리가 어떤 대상을 환하거나 어두운 것으로 인지하고, 차거나 미지근한 것으로 인지하는 것은 우리의 감각에 따른 구별에 지나지 않는다. 시간이 밝은 낮으로부터 어두운 저녁으로 흐른다고 해도 그러한 시간의 흐름이 나뉘어지는 것은 아니다. 낮과 저녁이 다르다고 느끼는 것은 그러한 시간을 인지하는 우리 자신의 관념이 만든 것에 불과하다. 그럼에도 우리는 낮과 밤, 과거와 현재라는 물리적 시간에 예속되어 살아간다. 시간이란 본질적으로 물리적인 양으로 측정할 수 있는 것이 아닌 알 수 없는 그 무엇이다. 우리의 의식이 만들어낸 시간의 감옥에서 벗어날 수 있는 것 또한 의식의 전환에서 비롯될 것이다.

「묽다」에서 새와 물이 대응하고, 하늘과 들판이 대응한다. 차고 어두운 물과 미지근하고 환한 물은 낮과 밤의 시간이 바뀌는 저물녘을 암시하는 표현인데, 낮과 밤, 어둠과 밝음이 대응한다. 그러면 시인이 제목으로 삼은 '묽다'는 것은 무엇과 대응하고 있는가? 묽은 것은 물 때문에 물기가 많아진 상태를 가리킨다. 묽다에 대응하는 형용사는 '되다'이다. 이 두 형용사가 지니는 의미들을 구분하자면 '묽다'에 속하는 것은 가볍다, 밝다 등이 있을 것이고, '되다'에 속하는 것은 무겁다, 어둡다 등일 것이다. 문태준 시인은 시의 끝부분에서 "새가 묽다"라고 노래한다. 이 같은 발언은 차고 어둡고 검은 물, 즉 어둠이 미지근하고 환한 물, 즉 낮을 밀어냄으로써 "더 어두워지고 있는" 현상과는 맞지 않는다. 차갑고 어두운 저녁을 배경으로 새는 가벼운 이미지를 가지는 '묽다'가 아니라 묽은 것의 반대인 '되다'가 어울릴 것이기 때문이다.

"전선 위에 앉아 있는 한 마리 외롭고 움직임이 없는" 새의 모습은 마치 드러나지 않는 대상을 관념으로 정의 내리고 구분함으로써 스스로 갇힌 조롱 속의 인간 같다. 마찬가지로 분별이 없는 혼융의 검은 하늘을 배경으로 묽어진 새는 관념의 허상에 갇힌 존재의 외로움과 부동을 초월하려는 인간의 꿈 같다.

문태준 시인은 「묽다」에서 묽다와 되다, 밝다와 어둡다, 차갑다와 미지근하다 등의 대립적으로 현상과 사물을 인지하는 우리의 감각적인 분별의 허상을 짚어낸다. 시인은 그 감각이 만들어 내는 허상의 안을 들여다보라고 노래한다. 우리가 어두워지는 순간에 지극한 황홀감과 자유로움을 느끼는 시인의 노래에 귀 기울일 때, 우리도 관념으로 조각나 있던 인식에서 벗어나 아주 황홀한 느낌을 만끽할 수 있을 것이다.

3부

불연속을 건너가는 꿈과 몸

1.

2004년 6월에 읽은 시작품들은 시적 자아들의 생에 대한 상실감과 회한을 보여주고 있는 작품들과 심적 전환을 거쳐서 불편한 관계를 화해로운 시선으로 풀어내는 작품들과 새롭게 피어나는 자연물에서 지친 삶을 다시 끌어올리는 힘을 발견해 내는 작품들로 대별해 볼 수 있다. 그밖에 산문시 형식과 우화적인 상상과 환상에 의지하여 시적 자아와 외부의 불화, 그리고 근원을 알 수 없는 불안을 표출하는 작품들이 눈에 띈다. 불안의 정서를 다루고 있는 이들 작품은 독자가 접근할 수 있는 정보를 차단하고 극히 개인적인 상상의 틀 안에 머물고자 하는 시인의 욕망이 강하게 드러난다.

여기에서 살펴볼 네 편의 작품들은 일상을 각각 '집'(「사라진 집」)과 '시간'(「껌벅이다가」)과 '꿈'(「망사창에 눈을 대고 바라보다」)과 '몸'(「이른 봄」)으로 들여다보고 있다. 김참의 「사라진 집」과 최정례의 「껌벅이다가」는 소멸로 규정지을 수 있는 우리의 삶과 그러한 현재적 삶의 조건이 우리에게 던지는 막막한 감정을 노래한다. 조원규의 「망사창에 눈을 대고 바라보다」와 김광규의 「이른 봄」은 우리의 생이 어떻게 불연속과 소멸로부터 걸어나올 수 있는지를 잘 보여준다.

2.

집이란 무엇인가? 여러 가지 물질들의 합성체이며 하나의 건축물에 지나지 않는 사물인가? 그렇지 않다. 집은 나의 기억이 축적된 장소이다. 집은 나의 어린 시절이다. 집은 가족이다. 현재의 내가 이러한 것들을 지반으로 하여 형성된다고 볼 때, 집을 잃어버린 나는 과거와 기억과 가족을 잃어버린 자이고, 아무 것도 아닌 자에 불과하다.

> 자고 일어나니 집이 없어졌다. 집을 찾으러 정신없이 돌아다녔지만 어디에도 집은 없었다. 놀이터에 앉아 모래를 팠다. 모래 속에서 잃어버렸던 진공관 라디오가 나왔다. 라디오 밑에서 첫사랑의 흑백사진도 나왔다. 아무리 모래를 파도 잃어버린 집을 찾을 수는 없었다. 모래를 파다 보니 녹슨 철문이 나왔다. 닫힌 철문을 밀고 안으로 들어가니 마당에 빨간 맨드라미 핀 작은 집이 있었다. 현관문을 열고 방으로 들어가 보니 내가 태어나기 전에 함께 살던 가족들이 밥상 앞에 둘러앉아 저녁밥을 먹고 있었다. 철문을 열어젖히고 나오니 집 밖은 신기루였다. 선인장들 틈으로 낙타를 탄 대상들이 나타났다 사라지는 사막에는 둥근 비행접시들이 가득했다. 은빛 우주복을 입은 외계인들은 비행접시에서 쏟아져 나와 삽으로 땅을 파고 있었다. 나도 삽을 들고 땅을 팠지만 아무리 땅을 파도 없어진 집을 찾을 수는 없었다.
>
> — 김참, 「사라진 집」, ≪현대시학≫, 2004 6월호

위 시에서 나는 "자고 일어나"는 시간에 집을 잃어버리게 된다. 내가 모래 속에서 다시 찾아낸 집의 풍경들— 녹슨 철문, 마당 한켠의 화단, 식구가 둘러앉은 저녁 밥상—은 평온한 빛으로 가득 차 있다. 그러나 내가 집의 풍경을 인식하는 순간에 그곳은 이미 사라진 장소가 된다. 순식간에 사라지는 신기루 같은 집을 보면서 나는 과거의 시간으로부터 분리된 채 사막 위에 내던져진 존재임을 알게 되는 것이다.

집은 나의 기억과 고유성이 살아 있는 곳이다. 그러나 위 시에서 화자인 나는 집을 잃고 사막에 홀로 남겨지게 된다. 여기에서 사막은 집이 지니는 공간적 의미와는 정반대의 공간이라고 볼 수 있다. 사막은 진정한 집을 잃어버린 우리들의 현재적 삶의 조건을 상징적으로 보여준다. 뭉쳐지지 않는 모래알갱이들의 집적체인 그곳은 인간적인 의미가 깃들어 있지 않는 공간이다. 나에게 집이라는 자기 세계의 중심은 존재하지 않는다. 나에게는 삶을 주체적으로 영위할 수 있는 장소가 없다. 「사라진 집」에서처럼 우리는 집을 잃고 사막 한가운데의 모래 위에서 헤매는 존재들이다. 개인의 존재론적인 상실감은 과거와의 단절에서 비롯되지만, 또한 한 알의 모래알갱이로 사막에 던져진 것처럼 외부와 단절된 데서 발생한다.

느닷없이 너 마주친다 해도
그게 무엇인지 알아채지 못할 것 같다
물건을 고르고
지갑 열고 계산을 치르고
잊은 게 없나 주머니 뒤적거리다
그곳을 떠나듯

가끔
손댈 수 없이 어딘가
뜨끔거리면 진통제를 먹고
오지 않는 잠을 청하려
베개에 얼굴을 박고
잊고 잠들려고
잠들려고 그러다가

젖은 천장의 얼룩이 벽을 타고 번져와
무릎 삐걱거리고 기침 쿨럭이다가
왜 그럴까 왜 그럴까

도대체 왜 그래야 할까
헛손질만 하다가 말 듯이

대접만 한 모란이 소리없이 피어나
순한 짐승의 눈처럼 꽃술 몇 번 껌벅이다가
떨어져 누운 날
언젠가도 꼭 이날 같았다는 생각
한다 해도
그게 언제인지 무엇인지 모르겠고

길모퉁이 무너지며 너
맞닥뜨린다 해도
쏟아뜨린 것 주워담을 수 없어
도저히 돌이킬 수 없어
매일이 그렇듯이 그날도
껌벅거리다
주머니 뒤적거리다
그냥 자리를 떠났듯이

　　　　　　　－최정례, 「껌벅이다가」, ≪현대문학≫, 2004 6월호

　　똑같은 일상들을 반복하다가 종말을 맞도록 운명지워진 인간의 삶에는
무의미한 행동과 의식만이 있을 뿐, 그 자신은 파편적인 시간을 지나간 흔
적조차 남기지 못할 것이다. 이러한 사실을 알게 된다는 것은 우리에게 얼
마나 큰 두려움을 주는가? 차이가 나지 않는 어제와 오늘과 내일은 뒤섞
여 버린다. 축적되지 않는 시간의 흐름이란 소멸에 지나지 않는다. 우리는
한번 지나친 시간을 다시 거슬러 올라갈 수 없다. 우리는 단선으로 흘러가
는 시간의 한 점들을 끝없이 반복하는 시간 위에서 살아간다. 의미 없는
껌벅거림을 되풀이하면서 시간의 한 점들을 옮겨가기를 반복하다가 "느닷
없이 너 마주치는" 순간을 맞게 될 것이다. "주머니 뒤적거리다 / 그냥 자

리를 떠"나게 될 것이다. 「껌벅이다가」에서 우리가 마주치게 되는 것은 반복되는 일상의 무의미함과 죽음이다.

우리는 위 시의 화자처럼 앞으로만 달리는 일상 속에서 무수한 파편의 점들처럼 껌벅이면서 살아간다. 종국에는 그 껌벅임도 꺼져버리는 때를 맞이하게 될 것이다. 「껌벅이다가」를 읽으면서 독자들이 섬뜩함을 느끼는 이유는 우리들 역시 화자가 지각하는 것처럼, 무위한 일상의 몸짓만을 되풀이하다가 '너'라는 정체를 알 수 없는 대상과 맞닥뜨리게 될 파국의 순간이 올 것임을 너무나 잘 알고 있기 때문이다. 물건을 고르고, 계산을 치르고, 주머니를 뒤적거리는 것이 일상의 전부인 존재가 바로 우리들 자신이다. 과거와 현재와 미래는 연속되지 않는다. "매일이 그렇듯이 그날도 / 껌벅거리다" 죽음만이 기다리고 있는 그곳으로 갈 때까지 끝없이 반복되는 일상을 경험하리라는 최정례 시인의 전언이 가려져 있던 무료한 일상을 파헤친다.

3.

현실적 조건들은 고통으로 인식되는 것이지만, 동시에 성찰의 기회를 함께 부여한다. 우리는 태어나서부터 끊임없이 멈추고 다시 나아가기를 반복하지만, 그 도정에서 만나는 삶의 다양한 현상들에 내재하는 생명의 힘을 발견하기도 한다. 다음의 두 편의 시는 각각 우리가 살아가는 '이편'과는 다른 '저편'이 있으리라는 꿈과 소녀가 과감히 드러내는 강한 생의 욕망을 드러내 보임으로써 허무와 불안에 가리워진 우리의 생에 빛을 던져준다.

> 차갑고 정연한 삶이
> 이와 같을 거라고
> 겨울 망사창에 한 눈을 가까이

눈금과 눈금 사이로
맺히는 풍경들, 멎들

이곳은 탄식처럼 뚫렸네
노여움처럼
망사창 구멍
투명한 분화구들 같아

저편은 불빛들
일렁인다 촘촘한 그물 너머
저편에서 저편이다

이곳과는 다를까
혹은 아니나 다를까

　　　　　　－조원규, 「망사창에 눈을 대고 바라보다」, ≪현대시≫, 2004 6월호

초등학생처럼 앳된 얼굴
다리 가느다란 여중생이
유진상가 의복 수선 코너에서
엉덩이에 쫙 달라붙게
청바지를 고쳐 입었다
그리고 무릎이 나올 듯 말 듯
교복치마를 짧게 줄여달란다
그렇다
몸이다
마음은 혼자 싹트지 못한다
몸을 보여주고 싶은
마음에서
해마다 변함없이 아름다운
봄꽃들 피어난다

　　　　　　－김광규, 「이른 봄」, ≪문학과 사회≫, 2004 여름호

「망사창에 눈을 대고 바라보다」에서 망사창을 통해 이곳에서 저곳을 바라보는 자의 의식 속에는 두 가지의 선명한 의식이 대립되어 있다. 그의 눈은 저편을 보면서 이곳과는 다른 저곳을 꿈꾸지만, 그 꿈은 이곳에서 다른 곳을 희망하는 자의 의식일 뿐, 저곳에 대한 확신에 근거한 꿈이 아니라는 점을 그 스스로가 너무나 잘 알고 있다. 그의 몸은 이편에 있기 때문이다.

차갑고 정연한 삶이 있을 것 같은 망사창 저편과 탄식처럼, 노여움처럼 뚫려 있는 이곳은 대비된다. 물론 화자는 저편도 이곳의 풍경과 다르지 않을 것이라는 사실을 알고 있지만, 망사창 눈금에 맺히는 "차갑고 정연한" 저편의 풍경은 화자가 서 있는 이곳과는 다르기를 바라는 그의 바람이 투영된 풍경일 것이다. 망사창으로 보이는 저편은 나의 육체가 감각하는 영역을 벗어나 있으므로 나의 탄식과 노여움으로 더럽혀지지 않은 미지의 영역이다. 그렇기 때문에 저편은 이곳과는 다를지도 모른다는 나의 꿈을 가능하게 하는 것이다.

「이른 봄」은 새롭게 꽃을 피우는 몸, "몸을 보여주고 싶은 / 마음에서" 죽음으로 소멸할 수밖에 없는 우리의 존재가 지속될 수 있음을 잘 보여주고 있다. 살아 있는 한 인간은 단절되지 않는 신체와 마음으로 외부와 구체적으로 만나게 된다. C. A 반퍼슨은 "몸은 곧 인간이 육체적인 존재임을 뜻하며, 인간이 육체적인 존재라는 것은 그가 미완성의 존재이며, 세계를 향해서 열려 있고, 이 몸을 매개로 타인과 주변 세계와의 상호 관계의 장을 열며, 이를 통해서 비로소 인간이 자기 자신으로 설 수 있음을 보여준다."고 하였다. 「이른 봄」의 화자는 개화하려는 욕망에 충일해 있는 소녀의 몸을 보면서 몸이야말로 생명의 반짝임을 드러내 주는 것임을 발견한다. 우리는 꿈으로, 불연속을 이어줄 몸으로 일상의 사막을 건너갈 수 있다.

절창을 만나다

1.

2004년 7월호 문예지에 실린 시작품들은 풍요로웠다. 그중에는 여전히 시인의 의도가 시가 자생하기 전에 그 생명을 빼앗아버리는 경우도 있었다. 이들 작품은 지극히 일상적인 언어를 사용하고, 쉽게 경험하는 일들을 다루고 있지만, 이해하기 쉽지 않다. 그 이유는 언어와 소재가 구상의 힘을 얻기 이전의 영역에 머무르기 때문이다.

7월에 발표된 작품들은 대체로 빈번하게 부딪치는 자연현상들 혹은 생활 속에서 길어올리는 시인들의 생에 대한 통찰력을 잘 보여주고 있다. 이들 작품에는 우리 주변을 가볍게 떠다니는 대상들과 생의 비밀스런 단면들의 자연스러운 결합이 이루어져 있다.

육체의 쇠락과 함께 모래처럼 마르고 헐거워진 관계 속에서도 꽃을 피우는 열정을 생성해내는 시(최문자, 「꽃냉이」, ≪현대시학≫, 2004 7월호), 생을 이끄는 힘이 약한 것에서 혹은 부드러움 속에서 나오고 있음을 다시금 일깨워주는 시(정끝별, 「눈물의 힘」, 「대추나무 한 그루」, ≪현대시학≫, 2004 7월호), 만물의 원천이면서 그것들의 주검도 기꺼이 받아들이는 모성의 무변함을 잘 보여주는 시(이사라, 「오래된 미래5 ― 두 개의 구멍」, ≪문학사상≫ 2004 7월호), 궁핍함이 일상이 되어버린 음울한 도시풍경을 드러낸 시(김석규, 「단풍 들 무렵」, ≪현대시≫, 2004 7월호), 장년에 들어선 부부가 배드민턴을 함께 치는 모습 속에서 "평화롭게 느슨해진" 삶과 동시에 "생이 다시 팽팽하게 조율되고", 진동하고 있음을 발견하는 시(이상복, 「생이 빠르게 진동하고 있었다」, ≪현대시≫, 2004 7월호) 등이 눈에 띄었다.

여기에서는 문인수의 「꼭지」, 허영선의 「곶자왈」, 이장욱의 「電線들」, 최을원의 「대문만 있는 집」을 살펴보고자 한다. 늙은 육체 혹은 퇴색해 가는 사물에서 미세하게 떨리는 삶의 의미를 발견해 내는 문인수와 허영선의 시선은 언어로 위장되지 않는 진정성으로 빛난다. 이장욱과 최을원의 시 역시 통상적인 시각과 관념을 끊임없이 전복하고자 하는 시쓰기를 실천적으로 보여준다.

2.

늙는다는 것은 그동안 살아온 시간의 축적을 의미하지도 않으며, 다만 생의 시간이 소멸 위기에 다다른 상태를 뜻한다. 우리의 육체를 죽음의 절벽에 가까이 몰아가기 때문에 우리들은 본능적으로 우리에게 닥쳐오는 늙음을 거부하게 되는 것이다. 그러나 문인수와 허영선은 다음의 시작품들을 통해 늙음이 지니는 누추함을 늙어서야 얻을 수 있는 자유로움과 아름다움으로 바꾸어버린다. 시인의 시선 속에서 지리멸렬하게 전개되던 삶의 단면들은 휘발되고, 노년의 남루함은 생기로 가득 찬다.

독거노인 저 할머니 동사무소 간다. 잔뜩 꼬부라져 달팽이 같다.
그렇게 고픈 배 접어 감추며
生을 핥는지, 참 애터지게 느리게

골목길 걸어올라간다. 골목길 까마득한 끝에 달랑 쪼그리고 앉은 꼭지야,
걷다가 또 쉬는데
전봇대 아래 그늘에 웬 민들레꽃 한 송이
노랗다. 바닥에, 기억의 끝이

노랗다.

젖배 굶아 노랗다. 이년의 꼭지야 그 언제 하늘 꼭대기도 넘어가랴
주전자 꼭다리처럼 떨어져 저, 어느 한 점 시간처럼 새 날아간다.

－문인수, 「꼭지」, ≪현대문학≫, 2004 7월호

　위의 시에서 할머니는 일생동안 주림에서 벗어나지 못한 채 동사무소에
서 생활보호대상자에게 배급하는 쌀을 타러 가야 하는 처지이다. 그의 생
은 달팽이처럼 애처롭다. 할머니가 쉬는 길에 마주치는 민들레의 노란 빛
은 배고픔으로 어지럼증이 일 때 보게 되는 노란 빛과 겹쳐지면서 배고픔
의 기억이 할머니가 아기였을 때부터 시작되었음을 잘 보여준다. 배고프고
힘든 노동으로 점철되는 까마득한 길을 한치도 피하지 못한 채 기어왔을
할머니의 조그만 몸뚱이는 "골목길 까마득한 끝에 달랑 쪼그리고 앉은 꼭
지"로 형상화 된다. 좁고 기다랗게 펼쳐진 골목길의 끄트머리에 앉아서 쉬
고 있는 할머니의 모습은 기다란 생의 열매를 낳아놓고 이제 막 시들어
떨어지기 직전의 꼭지 같기도 하고, 삭아서 떨어지려는 주전자 꼭지 같기
도 하다.

　문인수 시인의 시적 경지를 확인하게 되는 부분은 아픈 생의 끝에 아슬
아슬하게 매달려 있는 노년의 인간을 '꼭지'로 표현했다는 점이다. 시의
화자가 "꼭지야", "이년의 꼭지야" 하고 부를 때 그의 목소리는 인간에 대
한 애련함으로 떨린다. 꼭지는 모체로부터 또 다른 개체의 생명을 이어주
는 통로이다. 생명의 통로이었을 식물의 꼭지가 이제는 곧 떨어져 버릴 무

생명의 주전자 꼭지에 더 가깝다. 버려지는 하찮은 물건인 주전자 꼭다리 같은 할머니의 생은 "저, 어느 한 점 시간처럼 새 날아간다."에서 불현듯 비상한다. 배고픔과 외로움으로 까맣게 타고 말라버린 '꼭지'에 지나지 않는 할머니의 생은 날개를 저어 '이곳'에서 '저곳'으로 날아간다. 이 세상에서의 소용이 다한 지점에서 인간은 한 마리 새처럼 또 다른 곳으로 훨훨 자유롭게 날아가리라.

이제 그만 나는 노년으로 가도 되겠나
평화롭게 이대로 이 길을 가도 되겠나
나는 오래 참고 오래 삶을 살았네
거대한 암벽에 붙어 쪽쪽 빨고 있는 저 콩짜개난
가슴뼈 덜컹이는 붓순나무
모두 내 용암의 꿈속에 살고 있네

나는 얼마나 오래 있어야 가시낭 휘돌아온
오랜 상처와 화해할 수 있겠나
얼마나 있어야 맺힘이 녹임이 되겠나
기어코 뿌리에서 뿌리로 통하는 맥을 끊는
날카로운 인간의 바퀴
컥컥 숨이 막히네
깨끗한 몸으로 흐르는, 낮과 밤의
저 깊은 골짜기 달려와 용암 덩이로 끓다보면
피할 수 없는 내 슬픔도 녹일 수 있을까
여린 살은 가장 연한 빛에도 녹아나는 법
단단한 살은 강한 빛에도 살아남는 법
수직의 동굴로 내려앉은 예덕나무 느릅나무 팽나무 등걸
노년으로 갈수록 서로 만날 수 없는 것도
만나서 내 안의 뿌리로 몸을 주고받고 있네
그렇다면, 제발 나도 이젠 노년으로 가도 되겠나

— 허영선, 「곶자왈」, ≪현대시학≫, 2004 7월호

늙어서 맞게 되는 육체의 소진은 분명 슬픈 일이기는 하지만, 삶을 넉넉하게 관조할 수 있는 시간을 맞이할 수 있는 기회를 마련해주기도 한다. 위 시의 화자는 젊은 시절에 겪었던 상처와 슬픔과 갈라져 있던 것들이 화해와 하나의 뿌리로 삼투하고 섞일 수 있는 '노년'으로 가고자 하는 간절한 심정을 드러낸다. 노년의 시간을 이처럼 진실하고도 애절하게 표출하는 작품도 드물다. 화자가 지금까지 경험해 온 삶은 가시나무 덤불숲인 "곶자왈" 같다. "이제 그만 나는 노년으로 가도 되겠나" 라고 말하는 화자의 진실한 어조는 우리로 하여금 노년을 기꺼이 받아들이게 만든다.

3.

우리들의 머리는 TV와 핸드폰과 컴퓨터의 전선과 전파로 엮어져 있다. 하나의 거대한 전선을 흐르는 전류를 통해 개인으로서의 나는 외부와 소통한다. 나는 또 다른 무수한 개체들과 연결되어 있기 때문에 외롭지 않다. 나의 말소리와 얼굴 표정과 감정은 전선을 타고 오가는 인터넷의 영상으로 대체된다. 나는 타자와의 관계 속에서 실존감을 얻을 필요가 없다. 실제 생활 속에서 삶의 실체감과 무게를 느낄 필요도 없는 것이다.

그러나 나와 바깥을 이어주는 유일한 매개체가 전선이라는 것을 상기해 보라. 이때 내가 경험하는 외부와의 소통은 위장된 소통에 불과하며, 하나로 이어진 '우리'는 외부 혹은 타자와 소통이 불가능한 '나'들의 '고립된 삶들의 집합'을 나타내는 말에 지나지 않는다.

> 우리는 완고하게 연결돼 있다
> 우리는 서로 通한다

전봇대 꼭대기에 올라가 있는 배선공이
어디론가 신호를 보낸다

고도 팔천 미터의 기류에 매인 구름처럼
우리는 멍하니
上空을 치어다본다

너와 단절되고 싶어
네가 그리워

텃새 한 마리가 電線 위에 앉아
무언가 결정적으로 제 몸의 내부를 통과할 때까지
관망하고 있다

－이장욱,「電線들」,≪현대시≫, 2004 7월호

　이장욱의 시는 '진정한 소통'이란 무엇인가에 대해 의문을 제기하고 있
다. 시의 화자는 "너와 단절되고 싶"다고 말한다. 화자가 외부와 차단되기
를 갈망하는 것은 거짓된 소통에 나 자신을 내주고도 그것을 알아차리지
못하는 우리 자신에 대한 질책이다. 우리들은 서로에게 교신을 보내기 위
해 깜빡거린다. 그러나 그 깜빡거림은 실체를 갖는 것이 아니라, 보드리야
르의 지적처럼 가짜 이미지들로 채워진 것이다. 그때 나는 세상으로부터
철저히 소외된다. 완고함을 가지는 것들－ 전통, 관습, 획일성 등－이 만
들어낸 거짓 이미지에 속으면서도 "멍하니" 살아가는 나는 외부에 대해서
뿐만 아니라 나 자신으로부터도 소외되어 있다고 볼 수 있다. 이장욱은 위
시에서 소통과 단절에 대한 관념을 통상적으로 통용되는 의미와 정반대로
설정함으로써 관계의 새로움을 시도하고 있다.

녹슨 철대문 걸린 집, 어린 소년이 밖에서, 밖으로 들어간다 방안 어
둠 속, 온갖 부서진 것들이 파랗게 눈을 뜬다 이불 뒤집어쓰자, 꽁꽁 언
골목들이 덜덜덜, 떤다 기이한 신음들이 이불 속으로 기어들자 소년은
귀를 틀어 막는다

허기진 꿈속엔 오늘도 대문 하나 서 있다 문을 밀면, 안팎이 모두 벼
랑이다 검은 아가리들이, 긴 혓바닥들이, 껄껄껄, 올라온다 이불자락 부
여잡은 두 손이 바들바들 떨린다

어디선가 소주병 끝없이 부서지고, 잡아죽일 겨, 방문 걷어차고 취한
음성이 뛰쳐나간다

고양이들이 어둠과 밤새 교접하고 간 그 집, 예각의 기억 가득한 꿈
속에선 마을버스 한 대 끝없이 되풀이하여 고샅을 내려가고,

저도, 제발, 데려가줘요

기억의 가장 먼 곳으로 손을 뻗고 잠든 소년의 얼굴엔 지친 새벽이
식은 땀처럼 눌어붙어 있다

–최을원, 「대문만 있는 집」, ≪문학사상≫, 2004 7월호

물리적 폭력의 경험은 그것을 경험한 자의 삶을 평생 어두운 땅 속에
가둔다. 지하에 갇힌 자는 영원히 그곳에서 빠져나오지 못한다. 그것도 가
족에 의해 가해지는 폭력의 강도는 훨씬 클 것이다. 삶의 힘은 사랑에서
나온다. 사랑은 그것이 실제로 드러나는 순간에야 비로소 감각될 수 있는
인간다움의 표징이다. 그렇기 때문에 사랑과는 정반대의 극에서 발생하는
인간의 폭력성은 인간의 본질을 의심하도록 만든다.

위 시에서 어떤 것도 어린 소년을 공포로부터 지켜주지 못한다. 그것은
안식처의 가장 근원적인 장소인 집이 지닌 본래의 의미와는 정반대의 의

미를 갖기 때문이다. 소년의 기억 속에 집은 "예각의 기억"처럼 날카로운 소주병의 유리파편이 박힌 채 그의 의식을 끊임없이 찔러댄다. "어둠과 온갖 부서진 것들이 파랗게 눈을" 뜨는 방은 "꽁꽁 언 골목들이 덜덜덜" 떠는 추운 밖이나 마찬가지이다.

어린 소년의 기억 속에서 왜 대문만이 의식의 표층에 매달려 있는가? 대문은 공포와 허기와 폭력에 고스란히 노출되어 있는 곳인 집으로 들어가야 하는 입구이기 때문일 것이다. 상처투성이의 기억으로부터 가장 멀리 달아나고자 하는 소년을 아무도 구원할 수 없으리라. 최을원은 "대문만 있는 집"으로 폭력성을 절묘하게 드러내고 있다.

심리적 인식의 빛깔

1.

우리는 색깔과 형태로 우리의 외부에 있는 것들을 지각한다. 빛은 우리 눈에 들어와서 색에 대한 지각을 일으킨다. 밝은 곳에서 보는 물체들은 독특한 색을 가진 것으로 지각되고 빛이 없는 곳의 물체들은 시각으로 지각할 수 없다. 색채에 부여하는 의미는 문화와 민족에 따라 다르게 인지되는데, 색채에 대한 의미와 상징은 주관의 객관화를 얻는 과정을 거친 결과라고 볼 수 있을 것이다. 색채의 고정된 의미는 시인들에 의해 그 테두리를 벗어나게 된다. 시인의 역할이 한정된 언어의미를 파괴시키고 새로운 의미를 창조해 내는 데 있는 것과 마찬가지로 색에 대한 의미 역시 시인들에 의해 새롭게 만들어진다.

시인의 시선 속에서 생명과 자연과 생활은 아름다운 빛깔이 되기도 하고 시인 내면의 외부와의 불화는 캄캄함 혹은 어둠에 갇힌 시적 자아로 표현된다. 그런 점에서 색과 그것을 드러내는 빛은 인간의 욕망과 감정이 투사된 심리적 인식의 결과라고 볼 수 있다.

2004년 8월에 읽은 시작품들 가운데 이경림의 「분홍빛」, 김영태의 「미지」, 김종의 「캄캄한 새벽」을 텍스트로 하여 빛에 대해 펼치는 시인들의 독특한 인식의 과정을 살펴보고자 한다.

2.

한가한 휴일 오후였네
심장병을 앓는 어머니와 일에 지친 아버지를 모시고
연안부두에 있는 해수탕에 갔다 오는 길에
새로 단장했다는 雅岩島에 들렸네
노을에 뒤덮인 뻘에는 분홍 갈매기들이 날고
밀물인지 썰물인지 분간할 수 없는 것이 저만치서 그저 분홍으로 철
석거렸네

—노을이 좋구나

분홍 백발을 날리며 아버지가 말씀하셨네

—사흘 후면 우리가 결혼한지 오십년 되는 날이다.
　어제 같은데… 너희 엄마… 고생 많이 했다… 이쁜 사람이었는데
　이렇게… 정신까지 흐려졌으니…

분홍 뻘엔 뭔가 분홍인 것들이 곰실거렸네 조막만한 도요새 무리가
분홍 꽃무리처럼 흔들렸네

—오늘 저녁은 내가 사마. 저 노을 값이다
—아버지두……

저녁 식탁에는 분홍을 홈빡 뒤집어 쓴 것들이 놓여 있었네
사흘 후,……
아버지는 문득 쓰러지셨고, 며칠 후 돌아가셨네
그 무슨…… 분홍빛
거짓말!
처럼

－이경림, 「분홍빛」, ≪현대시≫, 2004 8월호

위 시의 화자는 노을빛을 받아서 바다와 모든 살아 있는 것들이 발하는 빛깔을 분홍빛으로 인지한다. 분홍빛은 생명의 아름다움을 한껏 드러낸다. 화자는 부드럽게 빛나는 분홍빛 속에 죽음의 몸체가 커다랗게 들어차 있다는 것을 아버지의 갑작스런 죽음 앞에서 새삼스럽게 깨닫게 된다.

분홍은 살아서 꿈틀거리는 존재들을 표현하는 빛깔이다. 동시에 그 존재들 안에 있는 죽음을 감싸고 있는 피부인 것이다. 그렇지만 화자가 보는 것은 생명으로 활기차고 곰실거리고 철석거리고 흔들리는 동적인 생명력이다. 화자는 그것만을 보고자 한다. 이때 분홍빛은 인간의 생에 대한 무한한 욕망과 감정이 인식하는 화자의 심리적인 빛깔이라고 볼 수 있다. 여기에서 화자의 욕망은 삶보다 죽음에 가까이 다가선 자신의 어머니와 아버지의 생명이 지연되기를 바라는 마음이다. 화자의 이 같은 욕망은 곧 허물어진다.

사물들을 분홍빛으로 반사시키던 빛의 원천은 어디에서 비롯되었던가? 그 빛은 조락하는 태양이 마지막으로 내뿜는 붉은 생명의 빛이다. 화자는 아름다운 분홍빛이 소멸과 죽음을 은폐시킨 생명의 빛이었음을, 그리고 그것은 화자 자신의 욕망에 의해 지각되었던 빛깔이었음을 아버지의 죽음 앞에서 확인하게 된다. 위시에서 화자가 "분홍빛 / 거짓말!"이라고 하는 것은 화자 스스로가 의식하지 않은 채 위장시키고 있던 사실이 표면으로 드러나는 순간 자기 자신에게 하는 발화이다.

> 서 있는 모습이 춥다
> 늙은이 옆에
> 비 개인 5월 저녁
> 길바닥까지 배웅하러 나온
> 미지는 팔도 종아리도 가슴도
> 아직 未知이듯 이쁘고 춥다
> 비 그친 서쪽하늘이 유난히 환하다

염라대왕이 늙은이를 곧 끌고 갈 것이지만

－김영태, 「미지」, ≪현대시학≫, 2004 8월호

조락하는 태양은 붉은 색으로 하늘을 적시며 서쪽으로 떨어진다. 이 같은 조락의 이미지와 붉은 색채를 지닌 노을은 저승으로 떠나는 자의 그리움으로 의미화 되기도 한다. 이승을 향한 인간의 생에 대한 미련처럼 하늘은 붉게 타오른다. 이곳과 저쪽의 경계인 서쪽 하늘을 가르면서 소리도 없이 붉게 타는 노을빛에서 우리는 떠나는 존재의 남아 있는 그리움과 애절함을 느낀다.

떠나는 자는 이승을 향해 불 같은 그리움을 태우면서 소멸하고 곧 절명의 순간을 맞으리라. 그러나 서쪽 하늘을 보면서 생과 사의 경계를 짐작하는 늙은 화자와 생의 복판에 있으므로 죽음의 세계에 대해서 전혀 알지 못하는 대상은 서로 이어져 있다. 김영태의 「미지」에서 늙은 육체를 가진 화자는 자신의 육체가 곧 소멸할 것이라는 사실을 잘 알고 있다. 하지만, '미지'에 대한 그의 애틋한 사랑의 감정은 그의 조락의 시간을 밝게 빛나도록 만든다.

화자가 서쪽 하늘을 유난히 환하게 인지하게 되는 이유는 무엇일까? 죽음과 소멸을 상징하는 서쪽 하늘은 자신에게 어둠이 장막처럼 드리워질 것임을 화자로 하여금 예감케 한다. 화자는 늙은 자신도 염라대왕이 곧 끌고 갈 사람임을 잘 알고 있다. 그럼에도 그가 서쪽하늘을 보면서 자신의 소멸을 덮을 만한 환한 빛을 느끼는 것은 그의 옆에 "미지"가 있기 때문일 것이다. 화자는 그를 배웅하러 나온 어린 여성인 미지의 팔과 종아리와 가슴을 바라본다. 미지를 바라보면서 그는 늙은 자신의 모습을 확연히 느끼기도 하지만 그가 더욱 강렬하게 느끼는 감정은 미지에 대한 사랑의 감정이다. 죽음을 감싸안는 사랑의 감정은 생과 사의 경계를 마음 속에서 허물어뜨리고 난 후에 얻을 수 있는 고귀한 감각일 것이다.

3.

눈으로 무엇을 볼 때, 그 대상을 바라보는 자의 욕망이 투사된다. 그러나 「캄캄한 새벽」의 경우 더 이상 쓸모없는 눈, 부장품처럼 퇴화된 눈을 가진 화자에게 삶의 욕망들은 부재한다. 욕망이 우리의 생을 충일케 하고 우리를 이끌어 가는 힘이라고 볼 때, 마음의 시각을 상실한 자는 생에 대한 욕망이 소진된 채, 삶으로부터 물러서 있는 자나 다름없다.

> 눈을 뜨면 더욱 캄캄한 새벽이 있다.
> 시력이 동이 나서 다시는 돌아올 수 없을 것 같은 절망이 막아서고
> 깊은 잠 속 어디에선가 잃어버린 허전함,
> 내가 쓸모없는 눈을 떠 캄캄한 세상을 의식할 때
> 내 식구들은 밝은 잠 속에서 또 다른 생을 펼치리라.
> 한없이 그리운 죽음 같은 잠,
> 그 갈증에 가끔씩 코를 고는 아내여.
> 삶에 지쳐 밤새 하소연하는 것 같은 애달픈 흐느낌 혹은
> 한쪽이 터지듯 풀어지는 저 소리.
> 깊은 잠 속에서는 자장가이던 것도
> 눈을 뜨면 순식간에 캄캄해진다.
> 대체 삶이란 의식하면 괴롭다.
> 허기지듯 바란 나의 광명은 점점 어두워지고
> 눈은 아무 쓸모도 없는 부장품이 되었다.
>
> ―김종, 「캄캄한 새벽」, ≪문학사상≫, 2004 8월호

빛을 통해 어떤 것을 본다는 것은 얼마나 아름다운 경험인가? 사물을 보는 순간 나는 내가 살아 있다는 것을 감각할 수 있기 때문이다. 죽음이 우리의 육신에서 그 감각을 곧 **빼앗아갈** 것이지만, 보는 것이야말로 사실적인 생의 감각이 될 것이다. 보는 것은 감각이 살아 있는 자의 존재감이다. 그러나 「캄캄한 새벽」에서 빛이 꺼진 공간에서 지각할 수 없는 사물들에 둘러싸여 있는 화자는 생명을 감각할 수가 없다.

「캄캄한 새벽」에서 화자의 심정은 캄캄하다. 그는 빛을 잃어버린 상태에 빠지게 된다. 화자가 잠 속에서 떨어져 나와 홀로 캄캄한 공간을 헤맬 때, 그는 죽음보다 더 차갑고 캄캄한 무덤 속에 있는 자신을 느낀다. 화자는 죽은 자나 다름없다고 인식한다. 그것은 심리적인 시각의 상실, 즉 생에 대한 욕구의 차단에서 비롯된다고 볼 수 있다. 세상의 모든 빛이 꺼진 것처럼 시적 자아의 외부와 내부는 깜깜하다. 내가 가질 수 있는 생명에 대한 감각과 실재감은 발생하지 않는다. 나는 어둠에 포위된 나를 자각할 뿐이다.

「분홍빛」에서의 '분홍빛'은 죽음을 은폐시키고 생욕망을 투사시킨 빛깔이다. 「미지」의 '서쪽하늘의 환한 빛'은 화자 자신의 죽음에 대한 예감과 어린 여성에게 가지는 애틋한 감정이 동시에 빚어내는 빛이다. 이들의 작품에는 소멸이 내재되어 있으면서도 생명의 빛에 의해 만들어지는 색이 있다. 반면에 김종의 「캄캄한 새벽」은 삶의 빛이 사라진 존재의 내면을 보여준다. 캄캄함으로 나타나는 빛의 상실은 색으로 표현되는 생에 대한 욕망의 차단으로부터 발생한다.

위에서 살펴본 작품들은 한계적 존재인 인간의 생에 대한 욕망과 죽음은 서로에게서 떨어져 나올 수 없다는 시인들의 깨달음을 잘 보여준다. 그러한 깨달음이 새로운 색채의미를 창조해 내고 있음을 확인하게 한다.

우연의 충돌과 탐미

- 서정주의 마지막 시집, 『80소년 떠돌이의 詩』

　서정주의 시가 독자들에게 독특하게 여겨지는 이유 가운데 하나는 보이는 것만을 확실한 것으로 인식하는 데 너무나 익숙해진 현대인들에게 보이지 않는 것들이 얼마나 아름답고 생명력이 넘치고 있는가를 보여주기 때문이다. 그의 시에서 비가시적이고 비합리적인 영역은 근거가 명확한 존재들보다 더 명료하고 큰 존재로 부각된다. 일반적으로 가치와 의미가 부여되는 것들은 후면으로 밀려나고, 시인의 마음에 직접적인 영향을 준 대상들이 전면에 나타난다.

　인상은 어떤 현상이나 대상을 대했을 때, 받게 되는 느낌이다. 서정주 시인의 마지막 시집인 『80소년 떠돌이의 詩』의 가장 두드러진 특징은 시적 화자가 느끼는 '인상(印象)'이 시적 쾌감을 창조하는 결정적 요인이라는 점이다. 이러한 특징은 시의 일반적인 성격이기도 하지만, 서정주의 시에는 이 같은 요소가 극대화되고 있다

　그러므로 서정주의 시에는 필연적 요소, 인과적 전개, 규칙성 등은 부재하는 것처럼 여겨지는 것이다. 인상은 인식 주체의 주관적인 인지 상태이다. 그것은 어떠한 상황과 대상의 가치를 판단하는 데 객관적인 논리체계를 벗어나서 작용한다. 우연성이야말로 서정주의 시에서 모든 만물의 현상을 지배하는 새로운 '질서'이다. 이러한 시적 특징들을 드러내는 시인의 태도는 '탐미적'이다.

그 큰 황소가
언제부터 우리집에 와서 살고 있었는지
그것까지는 모르지만,
내 어린눈에 처음 뜨인 이 나그네는
아주 점잖하고 깨끗하고 믿음직해서
우리집의 누구보다도 더 어른다워 보였다.
여름밤엔 마당가의 모깃불 옆에서
풀을 먹으며 새김질을 하다가는
한숨을 후우 내쉬었는데
이것도 할머니껏보다도 훨씬 더 크고 높아서
우리집 지붕에 가즈런하여
그가 사실은 우리집 주인인것만 같았다.

　　　　　　　－「우리집의 큰 황소」 부분

　위의 시에서 황소는 할머니보다도 더 큰 존재이다. '황소는 한가족이다'
라는 생각은 평범한 자연친화적 사유이지만, 미당은 황소를 가족 가운데 으
뜸의 자리를 차지하는 할머니보다도 더 큰 존재로 그려내고 있다. 황소가
할머니보다 '더 큰' 존재가 되는 이유는 어디에서 오는가? 그 이유는 황소
가 농사일에 없어서는 안 될 일꾼이라서가 아니며, 화자 가족의 큰 재산이
라서가 아니다. 황소가 화자에게 "누구보다도 더 어른다워 보였"던 것은 그
대상에 대한 외적 판단의 결과가 아니다. 그것은 오로지 화자가 황소에게서
받은 '인상' 때문이다. 어린 화자의 소에 관한 인상이란 그만의 순수한 내
적 기준이다. 위의 시는 어떤 대상으로부터 받게 되는 시인의 느낌과 기억
이 그 대상의 가치를 판단하는 제일차적 기준임을 보여준다.

그가 지난 늦가을에 내게 판
그 배추로 김치를 담었더니
이봄 4월에

이걸 와서 먹어본
내 일가친척들은
"이렇게 안시는 김치는 처음 먹어본다"고
감동들을 한다.

－「야채 장사 김종갑(金種甲)씨」 부분

서정주의 '인상'이란 시인이 생활 속에서 마음에 새겨지는 감동을 뜻한
다. 그것은 '아름다움'이라는 말로 다시 바뀔 수 있는 것이다. 서정주 시인
의 시선을 거치면 생명도 자연도, 어려운 생활고도 아름다운 빛깔로 바뀌
게 되는데, 이 같은 시선의 근저에는 그의 탐미적 태도가 깔려 있다. 이는
서정주 시인의 창작의 원칙이기도 하다. "내 인생 경험을 통해 실제로 감
동한 내용 아니면 절대로 시로서 다루지 않는 그 전력(前歷)을 앞으로도
꾸준히 지켜갈 것이다."(「나의 문학인생 7장」, 『80소년 떠돌이의 詩』, 시
와시학사, 1997년, 105면) 이 같은 진술은 미당이 일생동안 지켜왔던 창작
의 원칙이 무엇인가를 명료하게 보여준다.

「야채 장사 김종갑(金種甲)씨」에서 장애인이면서도 건강하게 살아가는
김종갑이라는 사람에게 가지는 화자의 '좋은 느낌'은 4월에도 시지 않는
김장김치의 맛으로 다시 살아난다. 화자는 그 맛이 자신만의 주관적인 인
상에 그치는 것이 아니라는 것을 화자는 친척들의 소감을 들어 입증한다.
이를 근거로 그는 시대를 풍미했지만, 인간적인 감동을 느낄 수 없는 박정
희나 김재규보다도 훨씬 윗사람이라는 판단을 내리는 것이다.

시베리아 찬 바람에
백설기 떡 같이
흰 살결을 한
시베리아 미인들이

황금이빨들을 박어가지고
씨익 웃습네요.

미인의 황금이빨 웃음은
우리네 세상에서는
이미 너무 구식이지만,
시베리아 찬 바람 속에서
보자니깐
이것도 따스하게 느껴지는게
괜찮습네요.

- 「시베리아 미인들의 황금이빨 웃음」 전문

시적 화자의 눈에 시베리아 미인들의 웃음이 아름답게 느껴지는 것은 시베리아 찬 바람이 있기 때문이다. 여기에 어떠한 논리도, 이성적 사고도 감히 근접하지 못한다. 미인의 황금이빨 웃음이 아름답다고 여기는 것은 "이미 너무 구식"인 상투적인 인상이지만, '시베리아 찬 바람'이라는 상황 속에서 그 상투적인 모습은 독특한 인상으로 바뀔 수 있는 것이다. 미당의 사유 속에서는 동일한 대상일지라도 배경과 상황이 달라지면, 그 대상의 인상은 확연한 차이를 갖는다.

순간적으로 인지되는 감각의 아름다움은 절명(絶命)의 순간과 동질의 미적 쾌감을 불러일으킨다. 직관적으로 발견되는 현상의 아름다움은 현실에서 발생하는 비참함, 혹은 참담한 절망감을 압도한다. 그런 점에서 시적 대상에 접근하는 미당의 시각은 탐미적이라고 말할 수 있는 것이다.

추석 전날 달밤에 마루에 앉아
온 식구가 모여서 송편 빚을 때
그 속 푸른 풋콩 말아넣으면
휘영청 달빛은 더 밝어 오고
뒷산에서 노루들이 좋아 울었네.

"저 달빛에 꽃가지도 휘이겠구나!"
달 보시고 어머니가 한마디 하면
대수풀에 올빼미도 덩달아 웃고
달님도 소리내어 깔깔거렸네.
달님도 소리내어 깔깔거렸네.

— 「추석 전날 달밤에 송편 빚을 때」 전문

　인과를 벗어난 화자의 인식 체계 속에서 자연만물과 인간은 무질서한 생명력의 약동을 만끽한다. 자연물들과 사람들 모두 제각기 지닌 생명의 충일한 기운에 의해 움직이므로, 이들 사이에 어떠한 질서나 논리가 끼어들 여지가 없는 것이다. 이들은 자신들의 생을 뜨겁고 강렬하게 내보이지만, 서로에게서 분리되지 않고 함께 하나의 몸뚱이로 뭉쳐진다. 추석 전날에 빚는 송편 속으로 달빛과 풋콩과 노루와 꽃가지와 올빼미는 모두 어울려서 들어간다.

　미당의 시는 삶보다는 죽음과 가까워진 나이에 이른 시적 자아의 삶에 대한 강한 연민을 보이기도 한다. "순 무명의 흰 홑바지 입고 / 어디로 가랴? / 어디로 가면 똑바로 가는 것이냐? // (중략) // 이거나 하나 이밤도 입에 물고 / 어디로 가랴? / 어디로 가면 / 똑 바로 가는 것이냐?"(「80세의 추석날 달밤에」) "내 손바닥을 햇볕에 펼쳐 보니 / 거기엔 「에베레스트」山도 들어있고, / 백두산도 들어 있고, / 내 고향 질마재의 「쇠산」도 들어있다. // (중략) // 그러니 지금 나는 / 이 손바닥을 걸머쥐고 나가서 / 어느 술집에 앉아 쐬주나 마시랴? / 아니면 잘난체라고 고함이나 한번 처보랴? / 아니면 그저 / 죽으랴?! 죽으랴?! 죽으랴?!" 화자의 손바닥에는 그가 걸어온 삶의 흔적들과 그의 이상이 깃들어 있다. 한평생의 꿈과 더불어 화자가 경험했던 외부세계가 그의 손바닥에 모두 담겨 있지만, 그가 진실로 찾고자 하는 자기 자신의 모습은 찾을 수 없는 것이다. 정작 자신이 들어 있

지 않은 손바닥을 들여다보며 자괴감을 갖는 늙은 화자의 모습이야말로
숨길 수 없는 인간의 참모습이 아니던가.

> 지난해와 새해 사이,
> 저승과 이승 사이,
> 한란(寒蘭)꽃이 그윽히 피었다.
>
> 이 한란 꽃에서는
> 돌아가신 내 어머니 냄새가 나고,
> 뛰노는 내 어린손자의 냄새도 난다.
>
> "어머니!"하고 내가 부르면
> "오냐……"하고 대답하시며
> 허서글프신 웃음을 어머니는 웃으시고,
>
> "아가!"하고 또 내가 부르면
> "이게 뭔데?"하고 내 어린 손자는 달리어 와서
> 내 가슴패기에 얼싸안긴다.

> — 「지난해와 새해 사이」 전문

나는 한란꽃을 보며 저승에 계신 어머니를 부르고, 이승의 어린 손자를
안는다. 지난 해와 새해 사이를 오가는 한란, 또 그것들을 하나의 길로 이
어주는 꽃은 화자인 나의 존재론적 위치를 확인케 해준다. 한란처럼 저승
과 이승을 오가는 화자는 모든 것에 가까워진다. 가까워짐은 현상과 사물
의 본질을 직접 감각할 수 있음을 의미한다. 겨울과 봄을 이어 주는 한란
꽃은 겨울의 뜻도 알고 봄이 오는 의미도 아는 꽃이다. 그런 한란을 보면
서 저승의 어머니를 부르기도 하고, 이승의 어린 손자를 안아보기도 하는
나는 죽음도 알고 삶도 아는 존재이다. 나는 죽음을 자연스럽게 받아들이

고, 생명도 자연스럽게 얼싸안는다. 위 시의 화자는 생과 죽음에 갇힌 숙명적 인간을 벗어나 있다.

느림과 순간의 아름다움

– 이가림의 『내 마음의 협궤열차』

1. 느림의 열정

『내 마음의 협궤열차』를 관통하고 있는 시인의 정서는 '열정'이라고 볼 수 있다. 여기에서 시인의 열정은 역설적으로 느림에 대한 사랑으로 표현되고, 살아 있는 시간으로 체험되는 '순간'에 대한 탐미로 나타난다.

> 측백나무 울타리가 있는
> 정거장에서
> 내 철없는 협궤열차는 떠난다
>
> 너의 간이역이
> 끊어진 철교 그 너머
> 아스라한 은하수 기슭에
> 있다 할지라도
> 바람 속에 말달리는 마음
> 어쩌지 못해
> 열띤 기적을 울리고
> 또 울린다
>
> 바다가 노을을 삼키고
> 노을이 바다를 삼킨

세계의 끝
그 영원 속으로
마구 내달린다

출발하자마자
돌이킬 수 없는 뻘에
처박히고 마는
내 철없는 협궤열차

오늘도
측백나무 울타리가 있는
정거장에서
한 량 가득 그리움 싣고
떠난다

                    -「내 마음의 협궤열차 · 1」 전문

　　화자는 왜 그리운 이에게 이르고자 하는 자신을 협궤열차라고 했는가.
신기종의 기차와 구기종의 기차를 구분하는 기준은 속도의 차이일 것이다.
빠른 속도에 대한 숭배는 현대생활의 전반에 걸쳐 있다. 속도야말로 물질
만능의 현대사회를 이끌어 가는 추동력으로 작용한다. 그런데 이가림 시인
은 우리 사회가 요구하는 속도에의 추종과는 정반대의 지점에서 실용성을
상실하고 이제는 사라져버린 협궤열차를 노래하고 있다. 「내 마음의 협궤
열차」에서 시인이 "내 철없는 협궤열차"라고 했듯이 이러한 노래는 과거
에 대한 그의 철없는 향수인가. 기차의 역사 속으로 사라진 협궤열차에 화
자가 자신을 비유하고 있음은 사라진 옛것에 대한 그의 그리움을 드러내
는 것이지만, 그 이면에는 속도만을 중요시하는 현대인에 대한 시인의 비
판이 담겨 있다. 시인의 비판은 온건하지만 날카롭다. 그의 부드러운 어조
는 빠름 속에서 소중한 것들을 많이 잃어버린 우리들의 마음을 찌른다.

그리운 이에게 이르는 길이 끊어진 철교이더라도, 그것보다 이르기가 더 불가능한 은하수 기슭이더라도 "내 마음의 협궤열차는" 그리운 이에게 닿기 위해 열띤 기적을 울리고 또 울린다. 그리움의 힘으로 나는 그리운 이에게 달려가기를 멈추지 않는다. 느리게 달려가는 나의 협궤열차는 출발하자마자 뻘에 처박히기도 한다. 그렇지만 어려움 속에서도 사랑하는 마음을 쉽게 포기하지 않는 화자의 마음을 우리는 발견하게 된다.

지금은 사라져버린 협궤열차는 속도의 가치지향을 거부하는 시인의 마음을 보여준다. 나의 열정적 그리움은 그리운 이에게 달려가는 길 위에 느리게 펼쳐진다. 협궤열차뿐만 아니라, 느린 속도로 달리는 옛적의 운송 수단들이 이가림의 시 속에서는 소중한 사랑의 매개로 등장한다. 물리적인 속도는 아주 느리지만, "덜컹 달구지", "흔들가마", "황마차", "건들기차" (「내 마음의 협궤열차·2」) 등은 최신 운송수단의 속력을 능가한다. 시인에게 중요한 것은 그리운 이에게 빠르게 도달하는 것만이 아니다. 그는 "늘 바람 설레는 황마차" 같이 '가는 길'까지 소중하게 여기려고 한다. 그것은 사랑의 길을 달리는 도정에서 만나는 모든 것들을 사랑하는 마음이기도 하다. 역설적이지만 느리게 달려가는 동안 사랑의 힘이 증폭되는 것이라고 볼 수 있다. 느림의 열정이 이가림 시인의 독특한 사랑의 방식일 것이다.

2. 생 감각의 절정 – 순간

느림을 사랑하는 시인의 열정은 일상에서 일탈을 꿈꾸는 것으로도 나타난다. 열정적인 삶을 추구하는 시인은 먼지 낀 일상에서 서슴없이 뛰어내린다. 일상에서 서슴없이 뛰어내리는 행동은 이성적 판단에서 나온 것이라기보다는 순간의 결정에 따른 행동이다. 시인에게 결정의 순간은 그가 살아 있음을 자각하는 만드는 시간이다. 찰나적 시간은 시인으로 하여금 미세한 떨림으로 삶을 느끼게 만든다. 이가림 시인은 그의 시집『순간의 거울』에서도 시간에 대해 깊이 있게 사색한 바 있다. "나의 하루는 / 천년보다 긴 찰나"(「잠자리」)에서, "번갯불 번쩍 내리쳤다 스러지는 그 찰나 / 그 영원 속에서"(「찌르레기의 노래 3」)에서 양으로 계산될 수 있는 물리적인 시간을 초월한 찰나적 시간의 아름다움을 찬미하였다.

> 불을 마신 듯
> 가슴은 타오르고
> 죽음마저 새로운 여행의 시작인 양
> 두렵지 않아
> 나는 먼지 낀 생의 지붕 위에서
> 서슴없이 뛰어내린다
> 아아
> 아득한 미지의 바다 속으로
> 커다랗고 캄캄한 잠 속으로
> 한없이 추락하는
> 이카루스의 날개여
>
> ─「깃털이라는 이름의 여자와 함께」 부분

> 이 유리벽을 깨고
> 향기로운 꽃가루 날리며
> 저 하얗게 타오르는 불꽃에 몸을 던져
> 날개를 지지직 태우고 싶어
> 황홀한 하늘을 안아보고 싶어
>
> ─「나방이의 꿈」 부분

눈부신 찰나의 불꽃 싸움
아아,
날마다 서로 만지며 손가락을 데이는
꺼지지 않는 절대(絕對)의
횃불이여

　　　 -「순간의 거울 · 5」 부분

　위 시의 화자들이 갖는 시간 경험은 순간으로 인지되는데, 그것은 단절
이 아니라 지속으로, 혹은 연속으로 경험되는 시간을 가리킨다. 순간적으
로 깨닫는 시간은 기계적 시간이 아니라, 베르그송의 개념대로 과거, 현재,
미래가 삼투하는 시간이며 시적 자아가 살아 숨쉬는 시간이다. 진정한 지
속이란 어떤 살아 있는 존재의 여러 부분이 함께 결합하여 서로 침투하는
시간이다.

　"먼지 낀 생의 지붕 위에서 / 서슴없이 뛰어내"리는 순간, "불꽃에 몸을
던"지는 순간을 감각함으로써 화자들은 영원한 시간이 흐르는 세계로 들
어갈 수 있다. 그 찰나적 감각은 스스로 파괴되기를 욕망하는 순간이기도
하다. 생의 절정에서 파탄을 맞고자 하는 욕망은 그 순간을 영원히 그대로
지속하고자 하는 강렬한 갈망의 다른 이름일 것이다. 절정감과 파괴 욕망
은 일치하지 않는 이중의 감정일 터이지만, 이러한 모순된 감정의 발생은
순간적으로 감각되는 생명감을 영속시키려는 강한 욕망에서 비롯된다. 이
처럼 영원한 지속을 꿈꾸는 인간의 보편적인 욕망을 시인은 순간의 감각
에 의지하여 표현하고 있다.

바다가 파란 프리즘이 되는
옹플뢰르의 '백마 호텔' 삼층 유리창에
노을이 피 흘릴 때
언제든 뛰어내려도 좋을 난간에 서서

하염없이 하염없이 바라보던 돛들의 머리

－「시간의 모래 · 13」 부분

시인은 노을에서 붉은 생명의 충일을 체험하는 순간에 죽음을 향한 갑작스런 충동을 느낀다. 생명감의 절정에서 자기 파괴의 본능이 순간적으로 교차한다. 이 순간에는 생과 죽음의 경계는 존재하지 않는다. 생이 죽음을 의미하기도 하고, 죽음의 순간이 곧 생의 절정감을 느끼는 순간이기 때문이다. "산모롱이 돌아서 가며 / 누군가 어머니를 부르는 소리 있어 / 뒤돌아 보면 / 아무도 없고 / 외로운 중음신(中陰身)의 넋인 양 / 솔개 나는 하늘가 / 떠도는 구름 그림자만 / 내 쉰 나이와 같이 큰 소나무들 머리 위로 / 긴 옷자락을 나부끼다 / 가뭇없이 사라진다 // 빨치산의 피 먹고 피어난 / 철쭉꽃들 무더기 무더기 / 선홍빛으로 떨고 있는 대낮 오릿길"(「부용산 · 3」)"에서 화자는 이미 지상에 존재하지 않는 것에 대한 미련 때문에 가던 길을 돌아본다. 그는 그것을 찾고자 애쓴다. 그렇지만 황혼에 접어들은 그의 나이가 화자 자신의 현실이듯, 그것은 화자가 미처 알아차릴 수도 없이 사라지는 것에 불과하다. 그것을 깨닫는 순간 화자의 눈앞에는 선홍빛으로 떨고 있는 철쭉꽃들이 펼쳐져 있다. 화자의 자각은 자신과 그의 어머니에게 미련의 한을 남겼던 존재와 떨리는 생명체인 철쭉꽃은 다른 것이 아니라는 깨달음이다. 그때 화자의 마음 속 깊이 자리 잡은 죽음과 삶의 간극은 허물어진다.

이가림 시인의 의식 속에서 존재의 사라짐은 전율로 감지되는 생명감과 구별되지 않는다. 화자는 대낮에 한적한 길 위에서 소멸과 강렬한 생성을 동시에 체험하고 있다. 소멸과 생명성은 한 공간 안에서 어울린다. 우리의 삶이란 생과 죽음의 절묘한 어울림이라는 시인의 깨달음이 「가을의 끝」에 잘 나타나 있다.

입술에 경쾌한 노래를 달고
새보다 빠르게 지나갔던 열여섯 소녀의
그 푸르른 오솔길
오늘은
알츠하이머 병을 앓는 노파 하나가
알츠하이머 병을 앓는 수척한 개 한 마리 데불고
달팽이보다 더 더디게
중얼중얼
나뭇잎 같은 독백 흩날리며
가뭇가뭇 사라진다
노을 빗긴
생의 소실점(消失點)
그 끝으로

– 「가을의 끝」 전문

　　봄과 여름의 푸른 오솔길을 지나갔던 열 여섯 소녀는 가을의 끄트머리
에서 황량해진 오솔길을 가는 노파와 대응하고 있다. 소녀의 새보다 빠르
고 경쾌한 발걸음은 달팽이보다도 더딘 노파의 걸음과 대조된다. 길 끝이
하나의 점으로 사라지는 오솔길은 삶의 여정이 종말을 맞는 생의 소실점
으로 비춰진다. 푸르렀던 오솔길은 낙엽이 흩날리는 가을 저녁의 쓸쓸한
길과 다른 길이 아니다. 그 길은 하나의 길이다. 생명력이 충일한 봄과 여
름의 길, 열 여섯 소녀의 길은 을씨년스럽게 낡은 늦가을의 길과 동일하
며, 병든 노파의 길과 중첩된다.

　　그러나 위의 시는 대조되는 이미지들을 나열하여 흐르는 시간의 무상감
을 노래하지 않는다. 하나의 장면으로 그려지는 소녀의 생과 노파의 생은
서로 다른 사람의 다른 생이 아니다. 시인은 그 대조되는 이미지들이 한
인간의 생으로 겹쳐진다는 진실을 보여주고 있다. 시인은 계절이 변하듯이
자연스럽게 변해 가는 인간의 삶에 대한 그의 깨달음을 노래하고 있다.

죽음이 욕망을 그치게 하리라

– 최승호의 『모래인간』

1.

최승호는 죽음에 대해 끊임없이 성찰하는 시인이다. 산업화 시대의 말기적 징후를 배경으로 생존하는 현대인들, 물신화에 빠진 도시는 그의 시에서 비판의 대상들이다. 이 같은 시인과 외부계와의 불화는 『세속도시의 즐거움』부터 죽음의식으로 집약되어 나타난다. 시인은 냉정한 목소리로 단선적 시간에 놓인 현대인의 종말적 죽음을 노래한다. 여기에서 삶은 죽음의 감옥에 갇히고 만다. 그러나 『회저의 밤』을 비롯하여 『반딧불 보호구역』과 『눈사람』에 오면 죽음은 삶을 가두는 대상이 아니라 오히려 육신에 갇힌 자가 자유를 얻을 수 있는 계기가 된다. 그것은 죽음과 삶이 대립과 경계로서의 의미를 벗어나기 때문이다.

『모래인간』에서도 역시 죽음의 문제가 최승호 시의 본령이라고 말할 수 있는 냉소적 비판의 시선에 여과되면서 표출된다. 최승호의 상상력을 키우고 살찌게 만든 대지가 바로 거짓 쾌락으로 들뜬 현대도시이다. 그 점에서 도시와 시인은 결코 분리될 수가 없다. 그는 현대인과 도시문명의 갖가지 속악함을 비판하고 그것으로부터 벗어나고자 한다.

모래에서 끝나는 육체, 모래에서 다시 시작하지 못하고 모래로 흘러
다니는 육체, 더 쪼갤 수 없이 잘게 쪼개져서 사막을 흘러다니고 바람에
불려다니는, 더이상 육체라고 부를 수 없는 육체, 방황하는 모래들, 표류
하는 모래들, 푹풍에 들려 빈 하늘에서 빈 하늘로 떼지어 날아가는 모래
들, 누구의 것도 아닌, 그 누구의 뼈도, 그 누구의 살도 아닌,
                    - 「모래인간」 부분

　최승호의 「모래인간」은 「눈사람의 길」(『눈사람』)과 유사하다. 「눈사람의
길」에서 그는 속박된 존재로서의 삶에서 벗어나려는 부단한 모색과 함께
자유로운 세계를 노래한다. 육신의 해탈이 죽음의 재로써 이루어졌다면,
그 재의 형상마저 벗어나 우주를 자유롭게 순환할 수 있는 존재에 대한
꿈은 눈사람이 되어 녹는다.

　죽음을 통한 소멸의 즐거움을 노래하던 시인은 「모래인간」에서도 인간
의 죽음, 혹은 소멸의 당위성을 표출하고 있다. 그것은 형식과 질서와 중
심을 생성하는데 삶을 소모시키는 인간의 모습을 우회적으로 비판한다. 모
래는 해체된 육체이다. 모래는 한때 누군가의 육체였을 것이나, 더 이상
육체의 성질을 가지지 않는다. 권력을 가졌던 이의 육체, 그 권력 앞에 머
리를 조아렸던 이의 육체는 모두 해체되어 바람에 날릴 뿐이다. 인간의 육
체뿐만 아니라, 인간이 만들었던 질서, 체계, 문명 등 모든 것들은 다시
형상을 빚지 못하고 바람에 날린다.

　시간이 지나가면 흔적조차 희미할 인간은 끊임없이 '무언가'를 파괴하고
희생시켜서 문명을 만들어낸다. 최승호의 시에서 인간의 욕망에 의해 희생
되는 '무언가'는 자연이다. 문명의 오만이 자연을 파괴한다. "인간, 그들이
지나가면 뭔가가 죽고 / 황폐해지고 음산해진다 / 지구 위의 새로운 死神, /
엄청나게 망쳐놓고서야 늙어 죽는 존재."(「농담」) 이 시에서 인간은 자신의
무한한 욕망 때문에 주변을, 지구를 파괴시켜버리는 죽음의 신이다.

오! 지느러미 달린 칼이여,
도마 위의 먹갈치는
끊으면 그저 끊어질 뿐.

뭐든지 마음껏 토막내며 토막처럼 걸어가는 토막의 王이 인간이다.
과일이 열리지 않는 토막의 王, 관 속에 누워야 평화로움이 감도는 토막
의 王, 바퀴 달린 장의차에 실려 진흙구덩이로 향하는…… 시간을 토막내
고 토막난 시간 위에서 쫓겨다니다 보면 어느덧 밤, 토막난 일기를 쓴다.
토막난 일기들로 뗏목을 만들 거다.

　　　　－「토막난 일기」 부분

　인간의 파괴욕망을 누가 제지할 수 있는가? 인간과 비교했을 때, 다른
동물들은 얼마나 나약한 존재인가. 자신을 '만물의 영장'이라고 자칭하며,
만물을 회생시키는 인간은 생성의 존재가 아니라, 파괴의 신이다. 최승호
는 인간의 악마적 본성을 들추어낸다. 살아 있는 것들을 해체시키고 절단
하는 죽음의 신은 죽어서야 비로소 파괴적인 욕망의 불길이 그치는 존재
이다.

　　8미터짜리 누에가 잠원역에는 있다. 타일들로 짜 맞춘 누에, 지하철이
　잠원역을 지나갈 때마다 거대한 누에는 타일벽에 붙어 머리를 든 채 잠
　을 자고 또 잔다. 저 누에가 잠을 깨면 길이 12미터짜리 나비가 될 것이
　다. 지하철 학여울역과 잠원역의 桑田碧海, 학도 없고 누에도 없이 사람
　들만 우글거린다. 그들은 8미터짜리 누에 밑을 흘러간다. 그들은 계단을
　올라간다. 말라 휘늘어진 늙은이도 하나 인파 틈에 끼여서 막대기에 의
　지하며 꾸물꾸물 계단을 올라간다.

　　　　－「잠원역의 누엣늙은이」 부분

　잠원역의 누에는 타일조각으로 벽에 붙어 있다. 그림으로 붙어 있는 누

에는 나비가 될 수 없다. 인간의 문명은 누에가 살던 잠원과 학여울을 상전벽해만큼이나 뒤바꿔 버렸다. 인간은 자연의 모든 것을 밀어내고 그 공간을 차지한다. 타일 누에가 잠자리가 될 수 없듯이 기묘하게 뒤틀려버린 자연은 다시 화해와 재생을 꿈꿀 수 없을 만큼 일그러져 있다. 누에가 살아서 나비가 되기를 기다리던 잠원과 그 이름을 딴 지하철 역의 이름 사이에는 "오지 않는 희귀한 나비를 기다리는 / 민들레."의 불가능한 꿈만큼이나 먼 거리가 있다.

"수렁에 잠긴 뒤에는 누구나 반죽이 된다. 거기서는 거머리 한 마리나 머저리 인간 한 명이나 똑같다."(「죽음이 흘리는 농담」) 생물학적인 죽음을 맞게 되면, 거머리나 인간이나 똑같은 해체의 과정을 맞는다. 인간이 생전에 만들었던 '구분'과 '차이'는 수렁 속에서 한 덩어리로 반죽된다. 인간은 죽어서 비로소 만물에 대한 대상화와 사물화, 또한 자기 자신까지도 사물화 시키고 마는 욕망에서 벗어나게 된다. "우리가 박제처럼 무력해져서 / 불룩하게 얻게 되는 덤, 무덤, 무덤들, / 누가 죽음에 이르러 / 죽음의 마취에서 깨어날까 / 무덤에 누워 울부짖으며 / 진흙눈물로 썩은 뺨을 적실까"(「박제」)

이전의 시들에서 보여준 죽음의 의미가 최승호 시인 자신의 실존 문제에 머물렀다면, 『모래인간』에서 죽음은 사회 문제로 확장된다. 자연을 파괴시킨 인간의 탐욕에 대한 비판적인 시각이 죽음의식의 기저를 이룬다. 문명의 폐해가 우주만물에 대한 인간의 오만과 욕망에서 비롯되었을 때, 죽음이 그것을 멈추게 하리라.

몸으로 죽음을 건너가다

- 김선우의 시

김선우의 첫시집인 『내 혀가 입 속에 갇혀 있길 거부한다면』(2000)에 실린 「엄마의 뼈와 찹쌀 석 되」를 보면 그는 어머니의 육체를 통해서 삶과 죽음을 들여다보는 시인임을 느낄 수 있다. 이 시의 화자는 어머니가 준비하는 죽음을 바라보면서 죽음이 육체에 구속된 자의 한계를 벗어나게 한다는 깨달음을 경험한다. 살아서의 속박과 죽어서의 자유로움이라는 깨달음은 평이하다.

그러나 여자이기 때문에 결혼제도와 출산의 속박을 받던 어머니가 그 속박에서 훨훨 날아오를 수 있는 기회로 죽음의 시간을 고대하는 어머니의 심정 표출은 평이하지 않다. 화자는 잠자는 자신의 어머니를 가리키며 "저 여자는 죽었다"고 말한다. 그만큼 어머니는 죽음의 시간에 가까이 가 있는 존재이다. 얼굴에 검버섯이 만개한 어머니가 수의와 함께 벽장 속에 모셔둔 것은 찹쌀 석 되이다. 찹쌀은 진정한 육체의 소멸을 꿈꾸는 어머니의 간절한 마음이 담긴 것이다. 뼛가루와 섞여서 짐승들에게로, 또 바람을 매개로 풍화되기를 기다리는 어머니는 마치 알을 낳으면서 몸이 가벼워지고 있는 나비와도 같다.

김선우의 두번째 시집인 『도화 아래 잠들다』(2003)에서도 시인의 시적 사유는 삶과 죽음 사이를 절묘하게 건너가고 있다. 이는 시인의 시적 상상력의 토대에 어머니의 몸, 여성의 몸이 있으므로 가능하다. 그의 시 「나생이」를 보면 여자들이 갖는 존재의 크기는 그들이 봄언덕에서 쉬기 전에 뜯는 '냉이'처럼 작다. 그러나 여자들이 '나새이'를 뜯으며 '나새이'의 발음처럼 '사이'를 은글슬쩍 궁글려 건너갈 때, 여자들의 몸은 나새이처럼 "허공에 난 새들의 길목"이 된다.

김선우 시인은 모든 것들의 사이를 "나새이"처럼 궁글려 건너가고자 한다. 시인의 시선 속에서 죽음과 늙음과 질병은 생이 비추는 아름다움과 서로 넘나든다. 김선우의 「거꾸로 가는 생」은 일상에 지쳐 늙은 서른 살의 화자와 병들어 누운 예순 넘은 엄마, 아기로 되돌아간 할머니의 삶이 골고루, 그리고 같이 펼쳐진다. 생로병사의 유한함 속에 처할 수밖에 없는 그들의 모습은 지리멸렬한 단면 그 자체이다. 이미 늙은이가 되어버린 화자보다 열 살이 많은 누이는 삶에 숨겨져 있는 비밀을 알아내기 위해서 가슴이 두근대는 여고생이다. 병든 엄마는 "꽃구경 가자"고 졸라대는 철없는 일곱 살배기다. 기저귀를 차고 아들 등에 업혀 옹알이를 하던 할머니는 꽃구경을 하고 싶은 욕망조차도 형성되기 이전의 아기이다. 삶에 대해 어떤 기대를 갖거나 생각이 만들어지지 않은 아기는 실재함으로써 생을 이루는 존재이다. 이 시는 현상적으로는 출생의 시간으로부터 죽음이라는 생물학적 종말을 맞는 인간들의 절망스런 운명을 보여준다. 그러나 화자는 이 절망의 지점에서 '거꾸로 흐르는 시간'을 발견한다. 사람이 늙어가는 시간은 태어난 곳을 향해 점점 가까이 다가가는 시간이다. 질병과 죽음이 초래하는 파국으로서의 시간은 생이 비롯된 곳으로 가기 위해 점점 '자라나는 시간'으로 바뀐다.

> 즐거워라 거꾸로 가는 생은
> 예기치 않게 거꾸로 흐르는 스위치백 철로,

객차와 객차 사이에서 느닷없이 눈물이 터져 나오는
강릉 가는 기차가 미끄러지며 고갯마루를 한순간 밀어 올리네
세상의 아름다운 빛들은 거꾸로 떨어지네

　　　－「거꾸로 가는 생」 부분

　현상적인 절망과 그 안에 깃들어 있는 희망의 알 수 없는 교차가 우리의 삶을 이끌어가는 힘이라는 깨달음으로 이 시의 화자는 느닷없이 눈물이 터진다. 늙고 죽어가는 가족을 보면서 나는 거스를 수 없는 시간에 대한 안타까움을 감출 수 없다. 단선적인 시간 구조 속에 갇힌 인간의 생은 일방향으로만 달릴 뿐 역행하지 못하는 기차의 선로에 비유되고는 한다. 이처럼 탄생하여 점점 늙어가다가 죽는, 소멸로만 전개되는 생의 시간이란 얼마나 허무한 것인가.

　그러나 뒤로 미끄러지며 고갯마루를 밀어 올리는 스위치백 철로 같은, 마흔이 여고생이고 예순이 일곱 살이고 여든이 아기이고, 죽음이 탄생 이전으로 되돌아가는 거꾸로 흐르는 생에 대한 시인의 깨달음은 인간만이 가져야 하는 절망의 틈새로 빛을 보도록 해주며, '죽음은 비롯된 곳으로 되돌아가는 것이다'라는 관념의 뼈에 생생한 육체를 입힌다.

겸허함과 기억

- 길상호와 신용목의 시

1. 움푹함, 삶을 만나는 겸허한 흔적

길상호 시인의 시에는 사실적인 묘사와 서사가 환상의 세계로 자연스럽게 이동한다. 우리의 평범한 일상들은 그것을 그려내는 시인의 붓끝에서 사실성을 뛰어넘어 환상적인 공간으로 들어간다. 시인은 섬세한 대상 관찰을 통하여 그가 실제로 체험했을 삶에 대한 인식적 자각을 발현시킨다. 그 대상들은 그야말로 소박한 존재들 감자(「감자의 몸」), 곶감(「곶감을 깎는 일」), 대서소와 노인(「대서소가 있는 골목」) 등이다. 그들을 바라보는 시인의 눈빛은 그 대상을 온전히 이해하려는 따뜻한 심상에서 나온다. 대상을 이해하려는 시선은 시인이 세상에 대응하는 방법이며 또한 그것을 바탕으로 생의 본체를 터득해 가는 과정인 것이다. 길상호 시인의 작품에는 그가 지닌 이 같은 삶의 자세가 고스란히 반영되어 있다.

> 감자를 깎다 보면 칼이 비켜가는
> 움푹한 웅덩이와 만난다
> 그곳이 감자가 세상을 만난 흔적이다
> 그 홈에 몸 맞췄을 돌멩이의 기억을
> 감자는 버리지 못하는 것이다
> 벼랑의 억센 뿌리들처럼 마음 단단히 먹으면

돌 하나 깨부수는 것 어렵지 않았으리라
그러나 뜨거운 하지夏至의 태양에 잎 시들면서도
작은 돌 하나도 생명이라는
뿌리의 그 마음 마르지 않았다
세상 어떤 자리도 빌려서 살아가는 것일 뿐
자신의 소유는 없다는 것을 감자의 몸은
어두운 땅 속에서 깨달은 것이다
그러고 보니 그 웅덩이 속에
씨눈이 하나 옹글게 맺혀 있다
다시 세상에 탯줄 댈 씨눈이
옛 기억을 간직한 배꼽처럼 불거져 있다
모르는 사람들은 독을 가득 품은 것들이라고
시퍼런 칼날을 들이댈 것이다

　　　　　－「감자의 몸」 전문

　대상에 대한 시인의 세밀한 관찰은 길상호 시인에게 정치하면서도 자유로운 시적 사유를 부여한다. 위 시는 감자의 씨눈에서 시인의 시적 연상이 출발한다. 감자의 씨눈은 움푹 파였기 때문에 칼날에 의해 잘리는 것을 피할 수 있고, 그렇기 때문에 새로운 생명이 잉태된 씨눈을 잘 보존할 수 있다.

　감자의 몸에서 씨가 맺히는 부분은 움푹 들어간 곳에 있다. 감자는 그 외진 부분을 통하여 세상과 만나고 시인의 눈은 그 외진 부분을 들여다본다. 땅 속의 캄캄한 세상과 만난 흔적은 감자의 몸에 새겨진다. "그 홈에 몸 맞췄을 돌멩이의 기억을 / 감자는 버리지 못하는 것이다" 세상이 돌멩이의 형상으로 자신의 몸에 아프게 박혀 들어왔을 때, 감자의 몸은 그것을 받아들이느라고 움푹해진다. 그렇기 때문에 위 시에서 '움푹해지다'는 말은 받아들이다 혹은 수용하다로 바꿔볼 수 있다.

우리가 외부를 받아들일 수 있는 여유를 가질 수 있는 것은 우리의 내면뿐만 아니라, 우리 내면과 맞닿는 외부에 대한 욕심을 버릴 때 가능한 일이다. 세상을 살아가는 일이란 "세상 어떤 자리도 빌려서 살아가는 것일 뿐 / 자신의 소유는 없다는 것을" 깨달아가는 것과 다르지 않다. 그 깨달음은 또한 밝은 빛만이 비추는 지상의 생활에서가 아니라, 어두운 땅 속의 생활을 체험함으로써 얻을 수 있는 것이다. 세상과 맞닿아서 생긴 외진 곳, 혹은 아프게 새겨진 부분에서 감자의 새싹이 돋을 수 있는 것처럼 다시 새롭게 세상에 나아갈 수 있는 힘은 힘든 생활을 뚫고서 자라난다. 「감자의 몸」에서 어두운 땅 속에서 감자는 알이 굵어질 것이며 깨달음의 시간을 가질 수 있으리라는 시인의 인식은 삶에 대한 그의 자세를 잘 보여준다.

> 옥탑방으로 이사 와서 나는 끝내 감금되었다 옥외 계단을 따라 내려가면 거기 세상의 길과 맞닿은 문이 있었지만 어디로도 갈 수 없어 나는 스스로 문을 닫았다……(중략)……나는 거기 감전된 사람처럼 움직일 수 없었다 꼼짝없이 거기 앉아 있으면 개미들이 줄지어 내가 먹다 흘린 빵 부스러기를 나르고 기왕이면 나의 몸도 저 작은 곤충의 등에 맡기고 싶었다 내가 갉아먹다 버린 나의 그림자를 들고 다시 방으로 들어오면 문 밖에서 시간의 간수가 철커덕 자물쇠를 채우고 갔다
>
> —「실업의 날들」 부분

위 시의 화자는 "기왕이면 나의 몸도 저 작은 곤충의 등에 맡기고 싶었다"라고 진술한다. 실업자인 화자가 생활 속에서 실제로 감각할 수 있는 자신의 무게는 개미의 등에 "나의 몸"을 맡기고 싶을 만큼 가볍다. 그 가벼움은 화자인 내가 느끼는 실존감의 상실을 절실하게 드러낸다. 자신의 존재가 외부로부터 완전히 격리되었음을 알게 되는 것은 화자에게 감옥에

간힌 것 같은 고통스러움을 준다. 그러나 「실업의 날들」에서의 유폐된 공간인 옥탑방에서 화자가 보낸 시간들은 「감자의 몸」에서 감자가 견뎌내야 했던 땅 속의 나날들과 다르지 않을 것이다.

"햇볕 잘 익은 마루에 모여 여인들이 / 처마에 매달아 둘 감을 깎는다 / 좀처럼 떫은 맛을 버릴 줄 모르는 / 단단한 기억들을 가지고 나와 사르륵 / 깎고 있는 것이다. 그리하여 / 칼날을 빠져 나온 껍질은 어느새 / 기억을 더듬는 뒷길 되어 몸을 뒤튼다"(「곶감을 깎는 일」)우리의 현재란 언제나 금세 과거의 뒷길이 되어버린다. 우리가 살고 있는 현재는 도르르 말려버리는 감껍질처럼 빠르게 과거가 되어 몸을 뒤튼다. 시인은 이처럼 빠르게 과거 속으로 흘러가버리는 현재를 복원하고 기억을 되찾는 일은 삶을 대하는 자의 겸허함에서 나올 수 있다고 본다. 「감자의 몸」에서처럼 "세상 어떤 자리도 빌려서 살아가는 것일 뿐 / 자신의 소유는 없다는 것을" 깨달아 갈 때, 뒷길로 흘러가버리는 시간과 기억은 다시 연등처럼 환해질 것이다.

길상호 시인은 「그 노인이 지은 집」에서 노인이 자신의 삶을 이끌어가고 한 채의 집으로 완성시키는 바탕은 바로 삶을 대하는 그의 겸허함에서 비롯되는 것임을 노래한다. "토닥토닥 망치 소리가 맥박처럼 온 집에 박혀들었다 / 소리가 닿는 곳마다 숨소리로 그 집 다시 살아나 / 하얗게 바랜 노인 그 안으로 편안히 들어서는 것이 보였다"(「그 노인이 지은 집」) 겸허함이 소멸을 새로운 완성으로 이끌고 있다. 한 인간의 생이란 기쁨과 슬픔이 교차하는 건축물을 지어가는 것과 같으며, 노인처럼 생의 끄트머리에 서게 되는 것은 집을 완성하기 위해 부드럽게 마감하는 노동과 같은 것이다. 집을 다 완성한 노인은 번데기가 고치에 들어 잠을 자듯, 관 속에 편안히 들어 영원한 안식을 취하듯 자신이 완성해 놓은 자신의 생 속에 들어서게 된다.

2. 도심을 건너가는 기억의 저장소

신용목 시인은 과거의 시간을 소중히 여긴다. 그의 시에는 현재보다는 낡고 허름해진 시간이 고요하게 고여 있는 장소가 많이 등장하고 있다. 시인의 눈은 성내동의 옷수선집이 있는 골목, 만물수리상이 있는 골목 등 도심 속에서 망각되어 가고 있는 의미들에 집중한다.

신용목 시인이 현재 서 있는 공간은 삭막한 도심 한복판이다. 도심 속에서 모든 것들은 생기를 잃고 사물화 되어 있다. 시인은 아파트를 지하묘지로 묘사한다. "돌의 사막을 나서는 숫낙타의 갈라진 발톱과 / 마른 혓바닥을 닮은 여인의 얼굴 / 모래알을 씹는 아이들이 몸마다 칸칸이 / 멸망을 분양하고 사는 카타콤에 밤이 온다"(「아파트인」). "알맹이를 삼킴으로써 스스로 껍질이 된 사람들, 껍질을 버림으로써 무수한 껍질들과 동거하는 사람들이 / 허공에 달아놓은 둥근 머리 / 도시를 굴러가는 찢어진 폐타이어 // 차들이 뽑아내는 허공의 빈 국숫발 / 허기진 높이에서 푸른 등이 켜질 때, 나는 가야 할 곳을 기억하고 있었다 바람을 지르는 / 횡단보도 하얀 선을 밟으면 / 끝없는 계단, 바닥 속으로 내려가는 사람들, 삼립빵 봉지"(「삼립빵 봉지」)에서처럼 사물화 된 사람들, 스스로 껍질이 된 사람들의 찢어진 풍경은 어떻게 복원될 수 있을까? 사막 같은 도시에서 빈 껍질이 되어버린 사람들을 치유할 힘은 어디에서 오는가?

신용목 시인은 모든 것이 빠르게 변하는 도시 속에서 변하지 않음으로써 과거의 시간을 붙들고 있는 장소에서, 또 그곳에서 살아가는 사람들의 소박한 모습 속에서 그러한 치유력을 찾아낸다.

> 버스 정류장 옆 만물수리상은 찢어진 고막처럼 유리가 깨어져 있다
> 손님이 들지 않는 낡은 소파에 앉아
> 귀 먼 주인은 언제나 고장난 라디오처럼 잠들어 있었다

한 날 그 앞을 지나다 나는
건너편 건물의 날에 목을 베인 해가
유리창에 걸려 찢어진 채 주인의 얼굴에 비치는 것을 보았다
늙은 얼굴 위에서 바늘에 자주 찔리던 저녁 해,
그는 이마의 주름을 한 올 한 올 풀어내 찢어진 햇살을 소리 없이 기
워내고 있었다
손님이 들지 않아 유리를 갈 수 없었던,
—햇살을 깁기 위해 잠들고 잠들기 위해 귀가 먼 만물수리상 주인의
노동이여!
버스 정류장 옆에서 저녁이 상처를 여미고
흉터처럼 노을을 남기고 사라져갈 때
주인도 팽팽해진 얼굴을 하고 골목의 허리에 몸을 감았다
골목 어딘가 다 써버린 주름을 다시 채워줄 그의 집
주름살을 도매하는 집들이 노을 속에서 귀 멀고 있었다

– 「만물수리상이 있는 동네」 전문

만물수리상은 상처난 것들, 낡아가는 것들을 감싸안으면서 새롭게 생명
을 불어 넣어주는 따뜻한 장소이다. 그곳의 유리는 깨지고 소파는 낡았다.
사람들은 더 이상 만물수리상을 이용하지 않는다. 그러나 낡은 것 대신에
새로운 생활에 훨씬 더 익숙해져 있는 우리들은 실제로 과거의 시간을 잃
어버린 자들이다. 우리는 현재의 생생한 시간을 누리는 것 같지만 과거로
부터 단절된 조각난 시간에 머물고 있을 뿐이다. 주름살이 우리 육체에 새
겨지는 지나간 시간의 뚜렷한 흔적이라면 우리들의 조각난 시간들을 수선
하고, 기워줄 옷수선집과 만물수리상은 지금 우리에게 가장 필요한 장소가
아닐까?

동화책 표지 같은 문고리를 당기면
늙은 아내는 없고

실밥을 뱉어내는 사내가 양서류의 눈으로
잠시 마중할 뿐 엄지와 검지로
길이를 말하면 못 들은 척
아가미를 벌렁거릴 뿐 이내
사람의 바늘코에 입질을 단련시키기 위해
드르르르 말줄임표 같은 박음질을 한다

    (중략)

신문지가 날아와서 두드린다
해도 그 문은 열리지 않는다 자주 세월을 들이면
잉어의 비늘이 마를 것이므로
틀니를 꽉 다물고 버티는 유리가 있다

    –「성내동 옷수선집 유리문 안쪽」 부분

위 시에서 옷수선집의 노인은 오래된 연못 속에서 숨어 사는 한 마리 잉어처럼 묘사된다. 변하는 세상과는 무관한 듯 옛시간을 "틀니를 꽉 다물고 버티는 유리"처럼 꽉 붙들고 있다. 옷이 흔하지 않았던 시절에 옷수선집은 많은 사람들이 이용하던 곳이다. 지금은 그리 소용 닿는 곳이 아니게 된 그곳은 이제 우리의 상상력 속에 존재하는 오래된 연못처럼 설화적 공간이 되어 버렸다. 그렇지만 낡은 것들이 머무는 장소 혹은 과거의 시간들이 고여 있는 곳에는 그곳을 지키는 사람들이 있다. 그들은 낡은 시간만큼이나 늙은 사람들이다. 신용목 시인의 시적 화자들은 도심 속을 거니는 성인이지만 소멸해가는 과거의 시간을 안타깝게 바라본다. 그들의 시선에는 유년시절의 고향에서나 경험할 수 있었던 따뜻했던 기억들을 되살려내려는 갈망이 담겨져 있다. 허름한 골목을 떠나지 않으면서 그곳의 옛시간을 붙잡고 있는 사람들은 기억으로 의미 있는 장소가 된 곳을 지킨다는 점에서 시인 자신의 모습이기도 하다.

소멸에서 불러내는 생기

— 나희덕과 이은심의 시

1. 나를 보러 가는 길

나희덕 시인은 사물에 생기를 부여하는 능력이 탁월하다. 그는 대상들에 접근하는 방법을 얻고 있는 것처럼 보인다. 그는 사물이나 현상을 시인이 서늘하게 감지하는 순간과 그 대상들의 내부를 발견했을 때의 놀라운 심정을 능숙하게 다룬다. 나희덕 시인의 다섯 번째 시집인 『사라진 손바닥』도 그의 독특한 시적 형상을 잘 보여주고 있다. 현실 속에 실재하는 가시적인 자연물들이 그의 시에서는 비현실적인 영역 속으로 들어간다. 그 비현실적인 세계를 시인의 의식은 자유롭게 넘나들면서 생명과 소멸에 대해 노래한다.

> 처음엔 흰 연꽃 열어 보이더니
> 다음엔 빈 손바닥만 푸르게 흔들더니
> 그 다음엔 더운 연밥 한 그릇 들고 서 있더니
> 이제는 마른 손목마저 꺾인 채
> 거꾸로 처박히고 말았네
> 수많은 槍을 가슴에 꽂고 연못은
> 거대한 폐선처럼 가라앉고 있네
>
> 바닥에 처박혀 그는 무엇을 하나

말 건네려 해도
손 잡으려 해도 보이지 않네
발밑에 떨어진 밥알들 주워서
진흙 속에 심고 있는지 고개 들지 않네

백 년쯤 지나 다시 오면
그가 지은 연밥 한 그릇 얻어먹을 수 있으려나
그보다 일찍 오면 빈 손이라도 잡으려나
그보다 일찍 오면 흰 꽃도 볼 수 있으려나

회산에 회산에 다시 온다면

－「사라진 손바닥」 전문

  ‘회산’은 전남 무안군에 있는 회산 백련지를 가리킨다. 「사라진 손바닥」
에서 연못은 태어나고 소멸하는 존재들의 생애를 상징적으로 보여준다. 실
재하는 공간인 ‘회산’의 연못은 시인의 손을 거치면서 생과 소멸이라는 화
두로 떠오른다. 연못은 시의 화자가 알고 있는 특별한 사람처럼 우리 앞에
서 그의 생을 펼친다. 연못은 화사한 연꽃을 피우고 빈 손바닥 같은 잎을
흔들다가 열매를 맺는다. 그러나 연못의 이러한 생은 너무나도 처참하게
침몰하고 만다. “이제는 마른 손목마저 꺾인 채 / 거꾸로 처박히고 말았네
/ 수많은 槍을 가슴에 꽂고 연못은 / 거대한 폐선처럼 가라앉고 있네” 여
기에서 연못은 꽃도 이파리도 열매도 다 사라지고 빈 대궁들만 박혀 있는
형상이다. 그러한 정경은 화자의 눈에 한평생을 견디느라고 수많은 상처를
입은 채 죽어 가는 사람의 모습과 다르지 않다.

  화자가 보는 연못의 생은 궁극적으로는 화자 자신에 대한 성찰이다. 3
연의 “백 년쯤 지나 다시 오면”에서 화자에게 ‘백 년’의 시간이 지나간다
는 것은 곧 화자가 죽은 이후의 시간을 의미한다. 그러므로 화자가 백 년

이 지나서 회산에 다시 오는 일은 불가능하다. 미래의 백 년의 시간은 화자가 연꽃과 이파리와 연밥을 다시 만날 수 없음을 자명하게 만드는 시간인 것이다. 연못이 사라지지 않는다면 백 년 후에도 연못은 다시 연꽃을 피워올리고 잎을 흔들다가 연밥을 들고 있기도 할 것이다. 그러나 미래의 그때에는 현재에 서서 연못의 생애와 소멸을 바라보며 인식하는 주체는 흔적조차 사라지고 말 것이다. 「사라진 손바닥」의 화자는 연못의 연꽃이 피고 지는 현상 속에서 바로 자기 자신의 완벽한 소멸을 가져올 백 년이라는 시간을 설정함으로써 수명에 갇힌 존재인 자신의 현재와 미래를 명확하게 통찰하고 있다.

> 환영처럼 나타났다 사라져버리는 극락강역,
> 타는 사람도 내리는 사람도 없지만
> 대합실에는 밤이면 오롯하게 불이 켜지고
> 등꽃 그늘에 누가 앉았다 간 듯 의자 몇 개 놓여 있다
>
> 그 불빛을 보는 것만으로도
> 生은 또 한 겹의 물줄기를 두르고
> 언젠가는 죽음의 강물과 合水하는 날이 오겠지
> 극락강이라는 역에도 내릴 수 있겠지
>
> ─「극락강역」 부분

「극락강역」에서 극락강역은 광주 지역에 실재하는 간이역 이름이다. 그러나 이승에는 존재하지 않는 '극락'의 상징성 때문에 극락강역은 비현실적인 공간으로 전환된다. 분명히 극락강역과 그것을 인지하는 화자의 육체는 생의 공간 속에 있다. 그러나 극락강역의 역사는 화자에게 환영 같은 낯선 풍경으로 비춰진다. 이 같은 화자의 낯선 경험은 극락이 던지는 죽음

의 의미가 실재의 공간에 덧씌워져 있기 때문일 것이다. 생보다는 죽음의 이미지가 지배적인 비현실의 공간을 지나가면서 화자는 자신의 생의 여정과 앞으로 다가올 자신의 죽음을 생각한다. 화자의 현실과 그의 비현실적인 환영은 동일한 공간 속에서 순간적으로 교차한다. 즉, 저승과 이승은 분리된 공간 개념이 아닌 것이다. 이승에 실재하는 지역과 저승에 속하는 극락이 극락강역이라는 하나의 공간 속에서 결합되어 있다. 그곳을 바라보는 화자의 "生은 또 한 겹의 물줄기를 두르고 / 언젠가는 죽음의 강물과 合水하는 날이 오겠지 / 극락강이라는 역에도 내릴 수 있겠지"라고 노래한다. 이처럼 노래하는 화자의 내면에는 생이 죽음과 "合水"하는 것을, 즉 생에 죽음의 강물이 합쳐지는 것을 순하게 받아들일 수 있는 공간이 마련되어 있다.

"고추밭을 걷어내다가 / 그늘에서 늙은 호박 하나를 발견했다 / 뜻밖의 수확을 들어올리는데 / 흙 속에 처박힌 달디단 그녀의 젖을 / 온갖 벌레들이 오글오글 빨고 있는 게 아닌가 / 소신공양을 위해 / 타닥타닥 타고 있는 불꽃 같기도 했다 / 그 은밀한 의식을 훔쳐보다가 / 나는 말라가는 고춧대를 덮어주고 돌아왔다"(「어떤 出土」) 나희덕 시인은 생명의 유한함을 명확하게 인식한다. 그렇지만 시인의 정신은 그러한 인식에 갇히지 않는다. 늙은 호박이 온갖 벌레들의 젖이 되는 것처럼 죽음은 또 다른 생을 잇는 고리임을 시인이 알고 있기 때문이다. 죽음에 순응하는 생은 아름답다.

2. 염결성의 시

『오얏나무 아버지』는 이은심 시인의 첫시집이다. 『오얏나무 아버지』에 실린 작품들에는 소박하고도 진실한 시인의 마음이 고스란히 담겨 있다.

이은심 시인에게 자연물은 경외의 대상으로 인식되며, 절대적인 존재가 발현된 대상이기도 하다. 그렇기 때문에 자연에 대한 순수한 열정을 보여주는 시적 화자들의 인식에는 시인의 염결한 삶의 태도가 투사되어 있다.

> 소가 몰매를 맞는다
> 말뚝에 매인 몸이 오죽하며 눈물의 반지름을 도는 동안
> 작당하고 몰려와 쏟아지는 채찍을 피할 수 없는 사랑처럼
> 홀로 견디는 그대여
> 이제 젖은 마음을 뒤적이면
> 그 터진 잔등을 어디서 본 듯 하여라
> 오래된 얼굴을 지금 막 내게로 돌리는
> 쓸쓸한 신神의 모습
>
> 용서마소서
> 쩌엉- 울음 끝을 뭉개는 번개
> 이쪽에서
> 혼자 늦은 점심을 먹다가
>
> 부득이 마음 뒷곁에 소를 매고 후줄근히 젖는 사람이 있다
>
> ─「마음 뒷곁에 소를 매다」부분

「마음 뒷곁에 소를 매다」에서 소는 홍수가 나서 고립된 곳에 묶인 채비를 맞고 있다. 고립무원의 조건 속에서 쏟아지는 비를 채찍처럼 맞으며 "홀로 견디는 그대"인 소의 모습에서 화자는 홀로 고난을 견디는 신의 고독을 발견한다. 이러한 발견은 고통을 당하는 대상에게 가까이 갈 수 없는 화자에게 죄책감을 불러 일으킨다. 화자는 절명의 공간에 처한 소를 다만 "마음 뒷곁에 소를 매고 후줄근히 젖"을 뿐이다. 「갈매기의 기도」와 「그믐」 등에서도 나타나고 있는 것처럼 인식 대상들에 대한 한없는 연민과 사랑

은 이은심 시인의 시작품들에 그려진 밑그림이다. 또한 대상들에 대한 시인의 사랑은 시인 자신의 순수한 열정에서 비롯된다.

이은심 시인의 시편들 가운데 완결성이 돋보이는 작품들은 시적 화자의 기억에 관련된 작품들이다. 시에서 과거 시간에 대한 연상의 시작은 기억에 의지한다. 현재에 서서 불러내는 과거의 기억은 평면적이 되기 쉽다. 과거는 생생한 경험으로부터 멀리 떨어져 있기 때문이다. 그러므로 기억을 소재로 하여 작품을 쓸 때, 관건이 되는 것은 시인이 기억을 얼마나 생기 있게 현재로 불러낼 수 있는가이다.

> 아버지의 주민등록등본을 떼러 면사무소에 갔습니다
> 오후의 햇살 속엔 어루만질 추억 하나 없고
> 면사무소 직원이 건네주는 서류가 오얏나무 옛집 주소에 털썩 떨어집니다
>
>   (중략)
>
> 바람이란,
> 삶의 정면을 황급히 장식하는 것이어서 언제 이 얇은 종이 한 장 이
> 하여백으로 불어갈지
> 옛집 추억을 헤집어 대나무 대궁 하나 구부러진 오얏나무 밑둥에 슬
> 며시 기대어 놓습니다
> 막차를 타고 돌아오는 내 등 뒤에서 달필達筆로 휘갈겨 쓴 사람 '人'
> 자 한 그루 흔들리고 있음을 안 봐도 다 압니다
> 높이 꽂아도 슬프기만 한 깃발
> 오얏나무 내 아버지
>
>   —「오얏나무 아버지」부분

위 시에서 "오얏나무 옛집 주소"는 화자의 가족들이 살았던 시간과 장소를 함축적으로 드러낸다. 화자에게 과거는 "어루만질 추억 하나 없"는

시간이다. 다만 주민등록등본에 기재된 주소로 남아 있을 뿐이다. 그러나 문서로만 존재하는 과거는 기억의 끈을 놓아버리고 살던 화자를 다시 과거의 가족과 아버지의 생으로 이끄는 매개가 된다. 가족에 관한 기억은 순간적으로 문서를 통해 되살아난다. 지금은 화자가 살아 있는 아버지의 주민등록등본을 떼러 가지만, 곧 어느 순간 아버지도 다른 가족처럼 문서상에서 이하여백으로 사라질지 모를 일이다. 화자는 지금은 "구부러진 오얏나무 밑둥" 같은 아버지를 위해 대나무를 받쳐 놓는다. 현재의 아버지와 화자의 마음을 이어주는 것은 바로 과거에 존재했던 집과 오얏나무에 대한 기억이다. 문서에 적힌 옛주소가 종이 위에 남은 평면적인 과거라면 그 문서를 통한 되살아나는 아버지에 대한 화자의 연민은 현재의 시간에 생생하게 재현된 과거이다. 화자는 주민등록등본을 매개로 한 기억을 바탕으로 하여 현재로 과거를 불러내고 있는 것이다.

기차를 타고 그 집에 갔네
세월과 내가 김밥과 단무지처럼 나란히 앉아
차를 마시며
보릿고개를 넘어갔네
탱자나무 울타리
가난을 다 가리지는 못하였으나
그 그늘에서 염소는 날마다 코피처럼 우유를 쏟아야 했고
함석 화덕이 불 때는 시늉만 해도 환해지던 얼굴들
잡초 사이 춘궁의 배 큰 밥그릇 뒹구는
어딘가 아픈 그 집을 보러갔네
뒷방엔 못 보던 그림자 검버섯 피고
그때 내 흘린 밥알
초저녁별로 카랑카랑 울고 있는
지상에 없는 양철지붕 옛집
나는 내려야할 역의 이름을 잊고

세월은 내려야할 역을 그냥 지나쳐가네

– 「양철지붕 옛집」 전문

　「양철지붕 옛집」에서 화자를 그의 유년기로 이끄는 것도 기억이다. 화자의 유년은 보릿고개를 넘어갈 만큼 가난한 시절이었음이 위 시에 잘 나타나 있다. 춘궁의 배 큰 밥그릇이 뒹굴고 먹다가 흘린 밥알이 "초저녁별로 카랑카랑 울고 있는" 궁핍한 시절로 화자는 되돌아가고자 한다. 가난과 아픔이 지배하던 시절은 과거로 멀리 사라져 갔고, 가족이 모여 살던 양철지붕도 없다. 그러나 궁핍했던 시절 역시 화자의 현재를 이루는 것이다. 그곳에 되돌아갈 수 있는 유일한 방법은 자신의 기억에 의지하는 것이다. 옛집에 대한 기억은 화자가 현재를 새롭게 감각하게 만드는 원천이다. 화자는 현재의 삶이 현재 시간으로만 지어진 집이 아님을 잘 알고 있다. 과거의 화자는 소멸된 과거의 시간과 함께 사라져버린 존재가 아니다. 과거에 대한 기억은 화자가 현재의 삶을 지각하게 하는 원동력으로 작용한다. 기억은 시간과 공간으로 넘나들면서 과거를 현재로 불러온다. 기억을 통해 과거를 재현해 낼 수 있는 우리의 감각이야말로 현재의 시간을 강렬하게 체험하게 만드는 것이다.

추억하는 시와 비판의 시

- 정진경과 오은의 시

1. 육체에 새겨진 기억

정진경 시인의 신작시 다섯 편은 기억과 죽음이라는 본원적인 문제에 접근하고 있는 작품들과 현실비판적 시각을 보여주는 작품들로 이루어져 있다. 흘러가버린 시간을 과거라고 부를 때, 지금의 나에게 남아 있는 지난 시간의 흔적은 무엇인가? 정진경 시인은 과거 시간의 흔적을 육체에 새겨진 기억으로 재생시키고 있다. 과거는 이미 소멸한 것이지만, 그것은 시적 화자의 육체에 뚜렷하게 새겨져 있는 것이다. 우리가 그 사실을 미처 자각하지 못할 뿐이다.

> 망각이란
> 고통을 행복으로 전환하는 회로지만
> 기억은 기억을 물고 그 날의 상형문자를
> 내 몸에 그려낸다
> 산수유꽃 마을로 가는 버스는 정시에 떠나고
> 망각의 꼬투리에 말라붙어 있는
> 늦어버린 5분은
> 산수유꽃망울로 노랗게 피어
> 내 안에 이식되어 있다

(중략)

기억이라는 문자가 새긴
그 환한 봄날에 앓은 꽃몸살,
사람의 몸에는
사람의 역사가 무성하다

– 「사람에게는 기억이라는 문자가 있다」 부분

시의 화자인 내가 기억을 소중하게 여긴다는 것은 내가 나 자신의 실존을 느낀다는 것과 동일한 의미를 갖는다. 축적되지 않고 흩어져 버리는 시간의 파편들을 지나치면서 우리는 점점 죽음이 기다리고 있는 생의 종점을 향해 다가간다.

그러나 정진경 시인은 '기억'을 통해 소멸하는 시간에 대한 불안감을 떨쳐버린다. 우리는 '어떠한 인식'에 의지하여 죽음 이후에 다시 지상으로 돌아올 기대감을 가지고 죽음의 불안으로부터 벗어나게 된다. 정진경 시인이 선택하고 있는 '어떠한 인식'이란 영원히 소멸하지 않을 기억이라는 장치이다. 그는 우리의 육체가 망각하고 있던 사소한 것들까지 생생하게 꽃 피우는 기억의 저장소라는 시적 사유를 펼친다. 육체에 새겨진 것이 기억이고 기억을 보존하는 것은 인간의 역사를 보존하는 것이다. 한 개체의 육체가 사라진다고 해도 "시간과 공간을 초월한 상형문자"인 기억은 기억을 저장할 수 있는 또 다른 개체가 있는 한 영원히 존재할 것이다. 정진경 시인은 「묘비번호 451번」에서 죽음의 문제를 새롭게 접근하고 있다. 이승에 있는 나는 감각을 통해 저승에 있는 그를 기록하고 재현시킨다. 남루했을 어떤 사람의 일생을 기록하고 있는 자료는 이승에 흔적조차 없다. 그가 이곳에 존재했었다는 것을 알려주는 것은 묘비번호 '451번'뿐이지만, 죽은 그는 나의 생생한 느낌 속에서 이 지상에 살아 있었던 누군가로 다시 되살아난다.

게릴라 기습이었다
붉은 잎맥을 우려낸 샘물을 마셨는데
지난 여름 열정에 시달린
단풍나무 상사병을 마셨는가
샘물 위쪽에 자리한
무덤 속의 사내가 내 속에 들어와 꿈틀거렸다

묘비번호 451번,
연고지가 없는 주검에게 부여된 이름이다
생전에 달지 못한 문패를 나를 통해
이승에 걸고 있는 그 사내
풍물장이 징소리가 풀어내는 울음잡기
그 사내 옹이에 담아둔 행려병자 행적이
나에게 서술된다

우화란 이런 것일까

저승문 열어둔 광장에서
빈 껍질 생 울음잡기 몸에 얹어 춤을 추는
병신춤,
굳은 봉분을 등에 얹어 추는 곱사춤
죽음이란
황폐해진 영혼을 땅에 묻어 회생시키는 게 아니라
두드리면 징한 사연을 토해내는 징울림이다

나는 그를 증명하는
묘비번호 451번,
이승을 기록하는 내력서가 된다

－「묘비번호 451번」 전문

정진경 시인은 "울분을 깁는 / 수백 개 작열하는 영정, / 꽃바늘"(「영정, 꽃바늘」)에서도 죽음을 다루고 있다. 그러나 「영정, 꽃바늘」에 나타나는 죽음은 '울분'을 매개로 죽은 자와 산 자가 동질성을 획득하는 반면 「묘비번호 451번」는 죽은 자의 전생이 현생을 살고 있는 화자에게 순간적인 깨달음으로 발현되고 있다. 시인이 보는 "죽음이란 / 황폐해진 영혼을 땅에 묻어 회생시키는 게 아니라 / 두드리면 징한 사연을 토해내는 징울림이다". 아마도 허름했을 죽은 자의 전생은 그것을 짐작하는 자의 감각 속으로 들어와서 생생한 생명의 느낌으로 다시 살아난다. 무덤은 죽은 자의 공간이지만, 산 자의 감각을 통하여 죽음과 생으로 분리된 공간은 서로 소통하게 된다. 산 자의 육체 속에서 죽음은 '재생'의 의미로 전환된다고 볼 수 있다.

정진경 시인의 비판적인 시선을 잘 보여주는 작품은 「동행」이다. 그는 기계문명과 자연의 숙명적인 공생관계를 '동행'으로 함축시켜 보여주고 있다. "지문을 감지한 철문이 열리고 / 내가 그 금속음 속으로 들어간다 // (중략) // 테크노피아 시대, 계절은 없어진 지 오래다 / 산달이 아니어도 식물들은 열매를 맺고 / 어미가 없어도 동물들은 새끼를 낳는다"(「동행」) 「동행」에서 보이는 기계문명의 과잉에 대한 비판은 다음에 살펴볼 오은 시인의 신작시에 나타나는 주된 시적 주제이다.

2. 시의 산문성과 현실비판

인간복제가 가능한 시대라면 인간은 더 이상 번식을 위한 성이 필요하지 않다. 과학과 의학의 발전은 인간에게 수명 연장의 꿈을 실현시켜 주는 대신에 인간의 감정과 의식을 기계적인 것으로 대체시켜 버릴 것이다. 자신들의 생명이 자신의 손에 의해 선택된 인간들은 스스로 인간의 존엄성을 자신들의 천박한 욕망의 손에 넘겨버린 형국을 맞게 되는 것이다.

　오은 시인은 반어의 기법으로 인간의 오만과 욕망이 과학과 결합하여 낳은 자연파괴의 문명을 예기하고 질타한다.

> 　고타분 씨는 증식을 위해 태어났습니다 매일 아침 정자은행에 30cc의 정액을 가져가는 게 그의 일이죠 양과 질에서 모두 훌륭해요 운동성도 뛰어나고요 ……(중략)……이를테면 조야하다는 겁니다 성교하는 게 말예요 소더비 경매에서 최고인기품목은 뭐니 뭐니 해도 신생아입니다 눈에 쌍불을 켠 부부들이 쌍쌍으로 모여 아이들을 사고팝니다 성별은 중요치 않아요 이을 대 같은 건 아무도 신경 안 쓰니까요 그런데도 아이들에 왜 그리 안달복달인지 모르겠다고요? 부잣집에서 아이들은 일종의 페트인 셈이요 멍멍이가 뼈다귀를 향해 점프를 하고 야옹이가 능란하게 재주를 넘듯 아이들은 고까를 입고 걸음마를 하죠 아장아장은 현대인이 가장 좋아하는 부사랍니다 예쁘장한 아이는 큰 걸로 족히 넉 장은 줘야 살 수 있어요 울지 않으면 최상품 대열에 낄 수 있습니다 보조개와 쌍꺼풀, 몽고반점은 플러스 옵션이죠 이제 경매에서 밀린 부부들이 타박타박 정자은행으로 발을 돌릴 시간이에요

> 　　　　　－「고타분 씨가 이 시대를 사는 법」 부분

　위의 시에서 오은 시인은 남성과 여성이 결합하여 또 다른 개체를 탄생시키는 일이 없어진 시대의 도래를 예언하고 있다. 인간이 사랑이라 부르는 생식행위는 불필요하고 자식을 낳기 위해서 유전적으로 결함이 없는 인간의 정자가 필요할 뿐이다. 아이의 유전자를 부모가 원하는 바대로 '선택'하여 마치 애완용 동물 같은 '아기'를 얻게 된다. 실제로 이와 같은 일의 실현은 생명공학의 발전으로 불가능한 일만은 아니다.

　인간은 1997년에 동물복제에 성공했고 2000년에는 인간의 배아복제에 성공하였다. 2000년 9월 영국에서는 부모가 자식의 난치병을 치료하기 위

해 유전자가 일치하는 수정란을 선택하여 동생을 출산하는 일로 논란이 일었다. 이를 맞춤아기라고 부르는데, 2004년도 현재 영국에서는 '맞춤아기'의 선택적 출산이 허용되었다. 맞춤아기는 체외수정을 통해 암 등 질병 유전자를 제거하여 자궁에 착상하여 탄생하게 된다. 맞춤아기나 배아복제는 사람이 생명탄생의 선택권을 갖는다는 것은 여러 가지 면에서 문제를 야기한다. 아무리 그 목적이 합당한 것일지라도 목적을 위해서 인간이 인간을 실험대상으로 하여 생명체를 취사선택하는 것은 생명의 존엄성을 훼손하는 결과를 빚는다.

오은 시인의 「닫히지 않는 창문」도 자신의 욕망으로 스스로를 파괴하는 존재로서의 인간을 그린 작품이다.

> 창문은 열려 있었다 푸줏간에서 막 배달 온 고기는 얼어 있었고 텔레비전은 여전히 달뜬 채였다 도마를 꺼내고 칼을 집어 들었다 아니 그전에 먼저 창문을 닫았다 브리트니 스피어스의 마이크는 고장이었고 노래 부르기에 무대는 너무 좁았다 언 고기는 잘 썰리지 않았다 창문은 열려 있었고 노래 부르기에 너무 좁은 무대에서 그녀는 춤을 추기 시작했다 아니 그전에 먼저 관객석으로 난 문을 닫았다 전자레인지에 고기를 넣고 해동 버튼을 눌렀다 ……(중략)……창문은 열려 있었고 그녀가 윙크하는 모습이 카메라에 잡혔다 아니 그 전에 먼저 고기는 땡땡 얼어 있었다 공연을 마친 브리트니 스피어스가 관객석으로 난 문을 열고 창문을 향해 기어들어갔다 아니 그전에 먼저 노란불이 켜졌고 그녀는 어느새 고기를 밀어내고 무대를 차지하고 있었다 마이크 대신 펩시를 든 채였다 윙크하려고 감은 눈을 그녀는 다시 뜨지 못했고 창문은 아직 열려 있었다

-「닫히지 않는 창문」 부분

위 시의 화자가 요리를 하기 위해 냉동된 고기를 전자레인지에 넣어 녹였다가 도마 위에서 써는 모습은 그로테스크하다. 전자레인지에서 빙빙 돌

아가며 해동되는 고깃덩어리는 한정된 틀인 무대 위에서 노래하는 대중가수와 병치된다. 또한 고깃덩어리와 대중가수는 요리를 하는 시적 화자와 병치되면서 독자의 상상력 속에서 이들 세 가지가 동일한 대상이라는 사실을 깨닫게 만든다. 화자와 대중가수와 고깃덩어리는 자율성이 제거된 것들이며, 외부로부터 주어진 작동원리에 의해 마치 인형이 움직이는 듯한 모습으로 묘사된다. 이들의 동질성은 모두 어떠한 방식으로든 한정된 틀에 갇힌 존재들이며, 타율적인 존재들이라는 점에서 비롯된다.

오은 시인의 시에서 시적 자아가 외부와 대응하는 모습은 방어적으로 나타난다. "내 심장을 관통하고 / 다음 타자를 쑤시기 위해 떠났던 / 한 톨 낟알의 아픔이 // 덕지덕지 덩이져 / 거대한 부메랑 되어 날아온단다 / 전속력으로 나를 찾아든단다"(「변신」) 시적 자아에게 타자 혹은 외부는 적대적인 관계 속에 놓여 있다. 그것은 시적 자아가 인지하는 외부의 속악함에서 비롯된다. 따라서 속악한 외부를 세세히 드러내고, 그러한 현실과 시적 자아를 통합적으로 구성하는데 산문시 형식은 적절하며, 바로 이 부분이 산문시의 장점이 될 수 있다.

그러나 시인이 산문형식으로 시를 쓰게 될 때, 그것의 장점과 아울러 단점을 함께 고려해 보아야 할 것이다. 시대의 혼란상을 반영하려는 비판의 시정신은 산문시의 정신이라고 볼 수 있다. 하지만 자칫 시가 지니는 다른 장점들인 시인의 주관적 정서나 내적 세계를 드러내는 데 산문적 진술은 장애로 작용할 수도 있다. 시에 객관 세계의 일이나 사건은 시적 자아 속에 흡수되어야 한다. 오은 시인의 산문시에는 시적 자아의 자의식이 환상적인 진술들로 이루어져 있다. 그런 만큼 주관적 정서를 객관화시켜야 하는 지점이 사라지고 만다. 이는 시에서 형성되는 의미의 응축을 형성해 내기가 어려워진다는 뜻이기도 하다.

소멸과 바탕의 역설

– 박찬과 송재학의 시

1 생과 소멸의 한 송이 꽃

박찬의 네 번째 시집인 『먼지 속 이슬』은 생과 죽음이 동시적으로 교차하는 「화염길」(『화염길』)의 시정신과 맞닿아 있다. "붉게 익다 못해 검게 타들어가는" 화염산의 강렬한 붉은 색은 검은 색으로 소진된다. 색채의 강렬한 대조는 분리된 두 가지 색채의 대비가 아니라 한 가지 색채가 극에서 극으로 이어져 있는 것으로 나타난다. 이처럼 극단적으로 대조되지만 하나로 이어지는 색채를 통해 시인은 무엇을 노래하려 했는가? 저승의 세계로 먼저 떠나간 사람들과 이승의 화자는 하나의 길인 화염길 위에서 겹쳐진다. 강렬한 붉은 색과 검은 색은 현상의 차이에 불과한 것이다. 이 시에서 색채의 대비를 통해 시인은 현상적 구별만이 있을 뿐, 저승과 이승의 길은 하나의 길로 이어져 있다는 깨달음을 잘 보여준다.

박찬은 『먼지 속 이슬』에서도 생성과 소멸이 동일하다는 자각을 시로 형상화시키고 있다. "빗속에도 꺼지지 않는 파아란 불길. / 하늘로 올라 이슬이 되어 먼지 위에 내려앉으시다."(「먼지 속 이슬－화염길 그후」) 여기에서 불길과 이슬은 형상의 차이만이 있을 뿐 시인의 의식 속에서 그 둘은 하나의 본질을 갖는 것으로 인지된다. 지상의 불길은 하늘에 올라갔다가 다시 이슬로 지상에 내려오기 때문이다. 또한 그 이슬이 먼지 위에 내려앉고, 이슬과 먼지는 하나로 융합한다. 이슬이 생성의 물이라면, 먼지는 모든 생명력이 소진되어 버린 상태이다. 그러나 이슬이 먼지 위에 내려 앉아 그것을 감싸안을 때, 이슬과 먼지의 현상적 차이는 소멸한다.

> 그는 흑백사진 속에서 웃고만 있다. 여인은
> 그 앞에 앉아 경을 읽다가 일어나 절을 하곤 한다.
>
> 나는 망연히 창 밖을 내다보고 있다.
> 화단에는 주황색 능소화 나무를 휘감아 오르며 피어 있다.
> 창 밖은 칠월의 땡볕이 내려 쪼이고 있다.
> 뜨거운 허공으로 능소화 한 송이 꽃 모가지째 뚝 떨어진다.
> 그 울림에 나의 머리는 이명으로 아득했다.
> 땀을 흘리며 절을 하던 여인이 다시 쭈그리고 앉아 경을 읽는다.
> 이명 저쪽에서 여인의 경 읽는 소리가 들려오기 시작한다.
>
> 창 밖에 강아지 한 마리 다가와
> 살래살래 꼬리 흔들듯, 살랑살랑 바람이 불어오고 있다.
>
>   -「능소화」 전문

위 시의 화자는 사찰의 명부전에서 한 때를 보내고 있다. 명부전 앞에서 한 여인은 죽은 이를 위해 절을 하고 경을 읽는다. 화자는 여인이 고인의 명복을 비는 광경과 문 밖에 핀 능소화를 동시에 바라보고 있다. 사찰의 이같은 풍경은 정적에 사로잡혀 있는데 반해, 능소화가 나무를 휘감아 오르며 핀 모습은 역동적이다. 능소화는 꿈틀거리는 생명력으로 충일하다. 그러나 화자는 그 꽃이 갑작스럽게 생을 중지하는 광경을 목도하게 된다. 모가지째 허공으로 뚝 떨어지는 소리는 화자의 내면을 뒤흔든다. 과연 능소화가 좀전까지 내뿜던 생의 활기와 땅으로 뚝 떨어지는 것에는 어떤 구별이 있을까?

여인은 가까운 이를 잃은 아픔을 지닌 채, 경을 읽고 땀을 흘리며 절을 하고 있다. 화자는 그런 여인과 문 밖의 능소화를 함께 보면서 한 가지 깨달음에 이르는 것이다. 사람의 삶도 능소화와 같지 않은가. 생기를 발산하던 능소화가 갑작스럽게 떨어지는 모습은 생과 소멸이 다만 현상의 변화라는 사실을 보여준다.

박찬의 시에는 생과 소멸이 다른 것이 아니라는 시인의 자각이 지속적으로 나타난다. 「폐가에 대하여」에서 그는 자연의 생기가 넘치는 집이라는 점에서 사람이 살든 살지 않든 어떠한 차이도 없음을 노래한다. 다만 사람이 그 집에서 사라졌고, 시간의 흐름이 흔적으로 남아 있을 뿐이다. 「오래된 집」에서 화자는 죽은 이의 집인 무덤에 찾아가는 길에서 활기찬 꽃들과 나비를 만난다. 그리고 화자는 당신의 오래된 집 위에 수북하게 자라난 고사리와 호랑이 발톱을 본다. 나의 이승과 당신의 저승, 생명이 충일한 것들과 죽음은 한 가지 길 위에 펼쳐져 있다.

"산이 된 이래, 비 한 방울, 이슬 한 번 내린 적 없는 산을 오르네. 나무 한 그루, 풀 한 포기 자란 흔적도 없이, 붉은 흙먼지만 일어나는 산, 꼭대기에 문득, 돌팍 한 개 놓여 있네. 생긴 것도 영락없는 황토 진흙덩이. 돌팍 들춰보니 곰팡이 실낱같은 거미줄, 이슬이 맺혀 있네. 그 속에 이름을 알 수 없는 곤충도 한 마리."(「지상의 한 돌」) 붉은 흙먼지만 일어나는 황폐한 산꼭대기에 놓인 돌은 겉으로는 마치 생명이 없는 존재로 여겨진다. 그러나 그 돌팍 속에는 거미줄, 곰팡이, 이슬, 곤충 등 생명 있는 것들로 꽉 차 있다. 시인의 의식 속에는 무기물인 돌과 생물들이 구별되지 않는다. 그는 한 공간 속에 그것들이 동서하고 있음을 보여준다. 이처럼 생의 영역과 그것을 넘어서 있는 것들을 하나로 융합시키는 시인의 상상력은 우리를 지상의 유한함에서 벗어나게 한다.

2 바탕이 본질을 꿰뚫는다

송재학의 『기억들』은 그의 다섯 번째 시집이다. 송재학은 이 시집에서 사물의 바탕으로 존재하는 것이 본질적인 실존임을 노래한다. 흰 색은 어떠한 사물이든지 그것을 거부하지 않고 받아들일 수 있는 바탕이다. 흰 색은 사물들이 지상에서 명료하게 드러나도록 만드는 것이 무엇인지를 보여준다. 흰 색은 자신을 스스로 규정짓지 않는다. 또한 그것은 외부로부터 고정된 의미와 형상을 부여받기 전의 상태이기도 하다.

> 그 새들은 흰 뺨이란 영혼을 가졌네
> 거미줄에 매달린 물방울에서 흰색까지 모두
> 이 늪지에선 흔하디흔한 맑음의 비유지만
> 또 흰색은 지느러미 달고 어디나 갸웃거리지
>
> (중략)
>
> 지금 늪은 산산조각나기 의해 팽팽한 거울,
> 수면은 그 모든 것에 일일이 구겨지다가 반듯해지네
>
> ―「흰뺨검둥오리」 부분

송재학은 흰뺨검둥오리의 흰 뺨에서 타자를 드러내는 바탕이 되지만, 일정한 틀을 부정하는 영혼의 색깔을 발견한다. 흰 색은 일정한 틀을 소유하지 않았으므로 자신의 존재를 지상에 밝히지 않는다. 그래서 "흰색은 지느러미 달고 어디나 갸웃"거리고, 다른 것들의 무량한 바탕이 될 수 있는 것이다. 실재하는 사물들의 배경으로서만 자신의 존재를 밝힌다는 점에서 '흰 색'은 현상의 테두리를 넘어서서 "영혼"의 범주에 속한다. 흰뺨검둥오리뿐 아니라 잠시 오리의 배경이 되었던 "수면"도 그러한 영혼을 가지고 있다. "수면은 그 모든 것에 일일이 구겨지다가 반듯해지네"에서처럼 반듯했던 수면은 모든 것의 형상을 일일이 담아내느라고 구겨진다. 수면은 사물들의 배경이 되지만, 동시에 그 자신은 다른 것들을 가두지 않는다. 표면이 팽팽한 수면이 다른 형상과 만나면 산산조각 난다. 그것은 수면이 자신의 형상을 규정하지 않은 채로 존재하듯이 다른 것들에 대해서도 '고정된 거울'이기를 스스로 거부하는 영혼이기 때문이다. 수면은 언제든 산산조각나기 위해 일촉즉발의 긴장을 유지하는 부정의 거울이다.

송재학의 시는 스스로를 규정짓지 않으며, 또한 외부에 대해서도 고정된 틀을 거부하고자 한다. 일정한 형상을 버림으로써 무량한 자유를 얻은 존재가 바로 순백의 영혼인 것이다. 송재학은 흰 색의 자유로움을 "황무지"에서도 발견한다. "사실 황무지는 장삼이사의 내면이면서 / 책의 속살인 것, 그 연약함이여 / 황무지가 폐허가 아니라 심연이라고 믿는다면 / 신기루야말로 책의 저자들"(「황무지에로의 접근」) 폐허가 무언가가 인위적으로 세워졌다가 파괴된 흔적이라면, 황무지는 인간의 손길이 닿지 않아 거칠어진 땅이다. 송재학은 이 시에서 황무지와 책을 대조시키고 있다. 저자에 의해 세워진 책이 이미 딱딱하게 굳어버린 것이라면, 황무지는 딱딱해지지 않은 책의 속살이다. 연약한 속살과 같은 황무지는 어떤 것이든 새로 세워질 수 있는 심연의 빈 터인 것이다. 그래서 화자는 자신이 가진 "사막은 자꾸 넓어져야 한다"고 노래한다.

열 개의 죄악, 열 개의 손가락이 끊어지리라
내가 못하면 나한이 와서 잘라버리리라

뱉어야 할 것마저 마구 삼켰던 위장과
동굴에 가까운 소리의 입구,
내 시선에 들어와서 비로소 악이었던 것들의 배후인
검은 눈알을 꺼내어
전나무숲의 말없음이나 눈 위에 쏟으면
뼈만 남아 내소사 설경과 다름없이 고요해질
몸!

- 「내소사 韻」 부분

　내소사로 오르는 동안 나는 차례차례 눈, 입, 손가락, 위장, 눈알을 버리
고, 버린 부분들의 허공은 내소사의 설경으로 채워진다. 나를 버리면서 나
는 내소사의 설경이 고요하게 들어서는 배경이 된다. 내 몸을 이루고 있던
것들을 버리는 일은 쉽지 않다. 그것은 나 자신을 산산조각나게 만들 것이
기 때문이다. 그러나 다른 것이 들어설 수 있도록 나의 몸을 내주는 것은
나를 빼앗기는 것이 아니라 자유를 얻는 첩경임을 위 시는 잘 보여준다.
나를 버린다는 것은 나를 부정하는 것이다. 끊임없이 나를 부정하고 난 뒤
에 나는 타자의 바탕이 될 수 있는 것이다. 내소사의 설경뿐만 아니라, 무
엇이든 다 받아들일 수 있는 나의 몸은 자유롭기 그지없다.
　우리의 판단은 현상적 차이에 의해 결정적인 영향을 받는다. 그러나 송
재학은 현상의 차이는 다만 피상적인 차이임을 역설한다. 현상의 차이에
감춰진 동질성을 시인이 꿰뚫어 볼 수 있는 것은 '유연함'에 그의 시선이
맞춰져 있기 때문이다. "한 영혼을 음양이 나눠서 하나는 어둔 땅 아래
뿌리를 가져 식물이게 하고 다른 하나는 어둠을 뇌수 안에 가두어 강아지
처럼 돌아다니게 한 것이다"(「버들강아지」부분). 강아지와 버들강아지는 보
드라운 하나의 영혼이 현상적으로 다르게 발현된 것일 뿐이다. 시인의 이
같은 발화에는 부드러운 영혼과 대조되는 것들, 딱딱한 것들에 대한 비판

이 숨겨져 있는 것이다. "수치의 햇빛은 너무 강렬하여 수치사람들은 금방 녹아버린다 그 앙금 위로 어제 자신이 녹아버린 줄 모르는…수치사람들에게는 다시 돋아나는 삶의 떡잎이 감춰져 있다"(「수치에서」). "떡잎"처럼 날마다 새롭게 삶을 일구는 수치사람들에게서 시인은 삶의 순수와 유연성을 발견한다.

> 게다가 슬픔이나 고통 역시 버릴 수 없는 색깔임을 무어라고 설명하나요 그 모두가 서로를 버티게 해주는 사방무늬라는 것에 대해 이 열세 살짜리는 이해할까요
> 저 느티나무 한 그루가 정말 살아 있다고 말하려면 3평방미터를 가득 채워야 하는 풀, 새 몇 마리, 벌레 수백 마리, 엄청난 미생물 등이 늘 깃들여야 하고 청설모가 다녀간 흔적과 들쥐의 울음 또한 없어서는 안된다는 내 쓸데없는 해석이 아이에게 혼란을 주었겠지요
>
> ― 「사방무늬」 부분

화자가 아들에게 소중한 것 세 가지를 묻다가 우리 삶에서 기쁨만이 아니라 슬픔이나 고통 역시 버릴 수 없는 것임을 깨닫는다. 기쁨만으로 사방무늬는 만들어지지 않는다. 삶의 사방무늬는 슬픔과 고통이 기쁨과 서로 교직될 때에 가능한 것이다. 그 감정들은 분명히 갈라지는 것들이지만 또한 하나의 몸을 이루고 있다. 슬픔과 기쁨이 하나의 몸이라고 믿는 화자의 삶은 그의 외부세계와 사방무늬를 만들어 낸다. 서로에게 바탕과 배경이 되어 주고, 서로 팽팽하게 맞잡고 있을 때, 비로소 삶의 무늬가 그려질 수 있는 것이다. 사람은 기쁨만을 맛보면서 살 수 없는 존재이다. 오히려 살아가는 것이 모순으로 여겨질 만큼 슬픔의 부분이 생의 대부분을 지배한다. 그렇지만 아프게 새겨지는 부분이 우리 생에 비어 있다면, 기쁨의 무늬 역시 짜여지지 않을 것이다. 이 같은 사방무늬로 짜여지는 삶에 대한 깨달음이 우리의 삶에 살아있음의 감각을 부여하고 풍요롭게 할 것이다.

꿈에서 분리된 자의 꿈

― 박남희의 시집 『이불 속의 쥐』

1.

박남희 시인의 시집 『이불 속의 쥐』(2005)는 그의 두 번째 시집이다. 여기에 실린 작품들은 시인의 주변자 의식을 표출한 인상이 강하다. 시의 소재로 쓰인 일상들은 사소하고 작은 이야기들이지만, 시인은 그것들에서 발견하는 큰 깨달음을 시로 형상화 시키고 있다. 그는 독특한 개성을 표현하기보다는 일상을 소재로 하여 평이하게 대상들에 접근하여 그 평범한 대상들이 지닌 비범함을 드러내 보여준다.

그의 시 「이불 二不」은 박남희 시의 이 같은 시적 개성을 잘 보여준다. 이 작품에서 시인의 언어 유희는 가볍고 시의 내용 또한 '아내와 이불 덮기'와 같은 아주 작은 이야기가 다루어진다. 그러나 시인은 생활 속의 작은 이야기를 "노자의 도"처럼 큰 이야기로 확대시킨다. 이불조차 마음먹은 대로 잡을 수 없는 생활에서 화자는 "노자의 도와 같이 휘저어도 잡히지 않는 어떤 것"을 느낀다. 시인이 그의 시에서 제시하는 것은 사소한 일상이지만, 그가 지시하는 의미는 크다고 볼 수 있다.

"아버지의 무덤은 / 당신의 명을 하늘로 밀어올리며 / 푸르게 푸르게 무성하다 // 나는 가지고 간 아들의 멍자국을 / 아버지 무덤에 가만히 대어

본다 / 할아버지와 손자의 푸른 멍이 / 반갑다고 반갑다고 서로 몸을 비비는지 / 감촉이 까실까실하다"(「멍요일」) 아들을 혼내주다가 아들의 몸을 멍들게 만든 화자의 가슴도 멍이 든다. 다른 사람 때문에 멍이 들고 자신 또한 다른 사람을 멍들게 만드는 삶에서 우리는 자유로울 수 없다. 화자는 아들과의 관계 속에서 자신의 아버지도 숱하게 멍이 드는 삶을 살았음을 깨닫는다. 화자가 느끼는 이 같은 깨달음의 감촉은 "까실까실하다"로 표현된다.

2.

박남희 시인의 첫시집인 『폐차장 근처』(1999)에서도 그러했지만, 이번 시집에서도 여전히 시인은 주변적인 것에 몰두하고 있음을 알 수 있다. 박남희 시인이 다루는 시의 배경은 버려진 장소, 중심에서 멀리 떨어진 주변이다.

> 이곳에 있는 바퀴들은 이미 속도를 잃었다
> 나는 이곳에서 비로소 자유롭다
> 나를 속박하던 이름도 광택도
> 이곳에는 없다
> 졸리워도 눈감을 수 없는 내 눈꺼풀
> 지금 내 눈꺼풀은
> 꿈꾸기 위해 있다
> 나는 비로소 지상의 화려한 불을 끄고
> 내 옆의 해바라기는
> 꿈같은 지하의 불을 길어 올린다
> 비로소 자유로운 내 오장육부
> 내 육체 위에 풀들이 자란다

내 육체가 키우는 풀들은
내가 꿈꾸는 공기의 질량만큼 무성하다
풀들은 말이 없다
말 없음의 풀들 위에서
풀벌레들이 운다
풀벌레들은 울면서
내가 떠나온 도시의 소음과 무작정의 질주를
하나씩 지운다
이제 내 속의 공기는 자유롭다
그 공기 속의 내 꿈도 자유롭다
아무것도 가지고 있지 않은 저 흙들처럼
죽음은 결국
또다른 삶을 기약하는 것인지도 모른다
나는 이곳에서 모처럼 맑은 햇살에게 인사한다
햇살은 나에게
세상의 어떤 무게도 짐지우지 않고
바람은 내 속에
절망하지 않는 새로운 씨앗을 묻는다

ー「폐차장 근처」 전문

박남희 시인의 등단작품인 「폐차장 근처」(1997)는 완결미를 갖춘 작품
으로 박남희 시인의 창작의 출발점이자 그가 도달하기를 꿈꾸는 세계가
담겨 있다. 폐차된 차들의 마지막에 이르는 곳인 폐차장은 곧 우리의 생을
건너 도달하는 죽음의 장소이기도 하다. 그곳은 살아서 운동하던 것들이
소멸하는 곳이므로 폐허로 규정되는 장소이다.

그러나 박남희 시인의 시선 속에서 그 폐허의 장소는 어떤 생명의 공간
보다도 역동적이고 풍요롭다. 세상 밖으로 버려진 폐차는 폐허에서 자신이
바라던 꿈에 밀착해 있다. 폐차의 꿈은 바로 자신의 육신으로부터 벗어나
는 것이며, 물질적인 욕망에서 벗어나는 것이다.

박남회 시인이 지속시키고자 하는 꿈은 세상에서의 쓸모에서 자유로워지는 것임을 「폐차장 근처」에서 잘 알 수 있다. 세상으로부터 버려진 것들이 모여 있는 폐허에서 사물들은 진정한 존재의 자유를 획득한다. 사물들은 그곳에서 새로운 꿈을 꾸기 시작한다. 세속의 가치와 욕망이 시인으로 하여금 꿈꾸는 것을 방해하고 그를 꿈에서 분리시켜 나갔던 것과는 정반대로 쓸모를 모두 소진한 것들이 주인인 폐허에서 시인은 비로소 자신의 꿈과 합일할 수 있는 것이다. 세속의 속도와 언어에 갇혀 있던 것들이 탈신의 자유를 얻고 강압적으로 자신에게 부과되었던 가치판단이 영원히 유보되는 곳에서 시인은 소멸, 혹은 죽음의 진정한 의미를 발견한다.

폐허에서 진정한 자유를 찾는 박남회 시인의 시의식은 『이불 속의 쥐』에서도 지속적으로 표출된다. 세상으로부터 버려진 장소인 폐허는 '허공'으로 이어진다. 시인은 허공에서 자유로움이 구현된 상태를 본다.

옷장사 나갔던 엄마는 저녁이 되어도 돌아오지 않고
허기진 내 속은 쓰려왔다, 엄마처럼 외롭게
허공에 던져진 돌은 끝내 내려오지 않았다

그 때부터 내 꿈은 허공에 있었다
허공의 광활함보다는
허공의 쓸쓸함을 먹고살던 내 꿈은
방바닥 돌들의 기다림을 까맣게 잊은 채
허공에 이리저리 굴러다녔다
떠돌이별이 되었다

나는 요즘도 밤하늘을 보며
내가 어렸을 때 던져놓은 돌들의 행방을 찾는다
밤하늘에 무수히 반짝이는 저 돌들은
누가 던져놓은 것들일까 생각하다가
나는 문득 내 현기증 근처에서 떠도는

누군가의 환한 눈망울을 느낀다
     -「허공에 돌 던지기」부분

  유년기의 화자가 성인으로 자라는 과정은 꿈과 하나의 몸이었던 시절에서 점점 분리되어 가는 시간이라고 볼 수 있다. 현재의 화자는 꿈에서 완전히 떨어져 있다. 예전에 공깃돌 놀이처럼 손 안에 가지고 있었던 꿈의 돌들은 이제 "누군가의 환한 눈망울"처럼 현기증나는 생활 속에서 문득 나타났다 사라지는 것이 되었다. 화자의 꿈은 화자로부터 떨어져 나와서 허공의 떠돌이별이 되었다. 화자가 어렸을 적에 가졌던 꿈은 영원히 자신의 것이 되지 못한 채, 현기증 나는 일상 속에서 꿈의 흔적으로만 나타날 뿐이다. 화자는 꿈과 분리되어 홀로 지상에 남게 된 것이다. 시인에게 지상과 허공이 구분되지 않았던 시기, 그의 꿈과 하나로 뭉쳐져 있던 때는 사라지고 현재의 화자에게 지상과 허공 사이에는 뚜렷한 경계선이 그어져 있다. 그가 바라던 꿈은 그의 소유가 되지 못한 채 멀리 허공에서 떠돌아다닌다. 꿈에서 분리된 자가 꿈을 꾼다. 그것은 '허공'에서 주인을 잃은 채 떠돌이별이 된 유년의 꿈과 하나가 되는 꿈이다.

  박남희 시인은 지상과 현격한 거리를 지닌 허공에서 떠도는 꿈을 지상에서 발견하고자 한다. 시인은 이미 그 자신에게서 떨어져버린 꿈의 시절로 되돌아갈 수는 없으며, 지상에서 분리된 꿈 역시도 그 자신의 관념이며, 추상임을 잘 알고 있기 때문이다. 시인은 우리의 삶은 지극히 사실적인 것들로 이루어지고 있음을 부인하지 않는다.

    할아버지는 부채와 곰방대 뒤에 바람을 거느리고 계셨다 할아버지가 거느린 바람은 그 속에 대숲을 헤집고 나오는 호랑이나 소나무 위를 날고 있는 학을 나란히 품고 있는 것이어서 이승과 저승, 기쁨과 슬픔 사이에 놓여있던 담장도 접으면 얇게 접힌다는 것을 보여주고 있었다

　　나는 흰떡 뒤에 쳐진 병풍을 바라보았다 흰떡이 무어라고 말하는지
병풍 뒤의 할아버지가 연신 곰방대를 빨고 있었다 할아버지는 자신의
평생에 늘어놓은 바람의 뒤편에 무엇이 있는지 궁금하셨던 것일까 병풍
은 세워둘 때만 아름답다는 것을 아는지 병풍 앞에 세워둔 촛불이 바람
에 흔들린다

　　-「병풍에 들다」 부분

　　박남희 시인의 상상력은 주변적인 것들을 재료로 삼아 빚어진다. 그의
시에서 주변적인 것의 대부분을 차지하는 것은 가족사인데, 특히 이미 돌
아가신 할아버지의 이야기는 시인에게 특별한 시적 상상력의 기회를 마련
한다. 「병풍에 들다」는 할아버지의 죽음을 가리고 서 있는 병풍을 보면서
느끼는 화자의 감정이 드러나 있는 작품이다. 화자는 우리 삶을 이루는 구
체적인 사실들과 욕망 사이에는 현격한 거리가 있음을 할아버지의 죽음
앞에서 명료하게 깨닫는다.

　　화자가 견고한 담장이 쳐진 것으로 알고 있던 이승과 저승 사이는 얇은
병풍이 가로막고 이승에 있는 화자와 저승으로 떠난 할아버지 사이에는
추상적인 거리가 없다. 병풍을 간단히 접을 수 있듯이 저승은 화자의 면전
에 서 있다.

　　병풍에 그려진 산수화 속의 바람처럼 살다간 할아버지의 생애는 병풍의
그림만큼이나 현실과는 거리가 멀다. 할아버지의 바람기 때문에 할머니를
비롯한 가족의 아픔과는 동떨어진 할아버지의 삶은 한 폭의 추상적인 그
림에 지나지 않는다. 병풍은 바람과 대숲과 호랑이와 학을 나란히 품고 있
는 아름다운 그림이지만, 그것은 다만 평면의 추상에 지나지 않으며, 죽은
육신을 가리고 있는 그림에 불과하다. "흰떡 뒤에 쳐진 병풍"은 할아버지

의 죽음 앞에 서 있는 사물로 죽음을 지극히 사실적으로 지시하고 있다. 화자는 "바람의 뒤편에 무엇이 있는지 궁금해 하셨던" 할아버지의 이야기를 우리 모두의 이야기로 확장시킨다. 한 평생 꿈꾸던 것들이 그려진 "병풍은 세워둘 때만 아름답다는 것"에 불과할 뿐 그것이 실제 우리의 삶의 모습과는 거리가 먼 것임을 알게 된 화자의 심정은 병풍 앞에 세워둔 촛불이 바람에 흔들리는 것처럼 쓸쓸하다.

그림은 사실이 아니다. 우리의 꿈은 우리의 바람대로 만들어진 추상적인 그림에 불과하다. 이러한 사실을 알고 받아들이는 것은 힘들다. 그렇지만 꿈이 추상적인 것이라 할지라도 꿈을 망각하지 않으려는 고투의 자세가 우리의 삶을 구체화시킨다.

"내가 버린 시들은 / 휴지통에서 구겨진 채 완성되었다 / 그 시들은 더 이상 내 것이 아니었으므로 / 아름다웠다"(「구겨진 시」) 자신이 원하는 시는 빳빳한 종이 위에서 바라는 대로 쓰여지지 않는 것임을 시인은 너무나 잘 알고 있다. 시는 생활과 분리된 고결한 창작의 시간에 탄생하지 않는다. 지루한 일상 속에서 시인이 구겨질 대로 구겨졌을 때, 그 구겨진 시간들로 채워진 종이가 휴지통에 버려질 때 비로소 실감나는 시가 완성될 수 있을 것이다.

생과 죽음의 시적 기록

인쇄일 초판 1쇄 2006년 07월 01일
        2쇄 2013년 06월 03일
발행일 초판 1쇄 2006년 07월 07일
        2쇄 2013년 06월 10일

지은이 조 해 옥
발행인 정 찬 용
발행처 새미
등록일 2005.03.15. 제17-423호

서울시 강동구 성내동 447-11 현영빌딩 2층
Tel : 442-4623~4 Fax : 6499-3082
www. kookhak.co.kr
E- mail : kookhak2001@hanmail.net

ISBN 978-89-5628-218-3 93810
가 격 15,000원

*저자와의 협의 하에 인지는 생략합니다.